《山西抗日根据地红色文化经典文献大系》
编纂委员会 编

山西抗日根据地红色新闻经典文献

晋察冀根据地卷（二）

张汉静 主编

山西出版传媒集团 山西人民出版社

山西抗日根据地红色新闻经典文献

晋察冀根据地卷（二）

李 杰 编撰

《抗敌报》

一九三九

YI JIU SAN JIU

一九三九

武装保卫麦收　粉碎敌人进攻

前期本报发表了军区聂司令员的一篇重要谈话,针对着敌人近日在平山一带人肆烧杀,焚掠麦收的狂暴兽行,聂司令员号召着"用全边区人民的汗和战士的血来保卫丰收,粉碎敌人对边区新的大举进攻",我们相信全边区的军民同胞,一定会立刻在实际行动上最响亮地回答聂司令员这一号召。

诚然,日本兽军的杀人放火,焚掠粮食,这都是全边区人民意料中的事情。抗战以来,我边区同胞,以及全国同胞都曾经无数次地身受了敌寇的烧杀蹂躏,我们早已尝尽了敌寇所谓"皇恩"的灭绝人道的残暴野蛮的滋味,同时全世界的公正的人士也都看透了日本帝国主义这一禽兽的面目。敌寇狞狰的禽兽的面目愈加暴露，它就愈加为全世界正义的人类所唾弃与仇视，它就愈接近死亡的日子。

事实是很明显的，在敌寇每一度残暴兽行之后，被残害的人民，就更加咬牙切齿地起而复仇，更加坚决而英勇地拿起自己的武器和不共戴天的敌人搏斗。我们边区忠勇的同胞，从来就不曾在敌人的暴行面前动摇屈服过，相反的，我们只看到在千百万的同胞的心里，更加燃起了反抗的怒火，武装了起来，为了给国家民族和自己的亲人复仇，为了保卫家乡田园和所有的财产而流血死战。

今天我们面临着日益残酷的战争，屡次挫败的垂死的敌人，必然会越加凶狠地施展它的一切毒辣的手段以进攻我们，我们所遭受的牺牲与损害将会更多，但是除了甘心灭亡的人，谁也不会丝毫动摇屈服的，因为我们都看得很清楚，我们只有像聂司令员所说的，决心宁愿吃树叶树皮树根也要坚决杀敌，从流汗流血的英勇斗争中求民族国家和自己的生存，我们所损失的只是亡国奴的锁链，而得到的都是永远的自由与幸福！

现在敌人正继续进行对我边区的大举进攻，在不断遭受惨败的打击之后，它必然要更加紧其残暴烧杀的报复行为，企图破坏和摧毁我们边区同胞辛苦耕种所得的靠以活命的麦收，这个时候，我们既不能屈服而死亡，就惟有照着聂司令员所指示我们的道路——"更英勇地起来，用我们的汗和血，来保卫边区，保卫我们的丰收，更英勇地粉碎敌寇的大举进攻，争取更多更大的新的胜利，以还击敌寇残暴野蛮的烧杀"。

为了达到这个目的，我们全边区的同胞，应该立即起来：

（一）广泛组织各地的子弟兵，加紧武装的动员，用实力保卫丰收，击败进攻的敌人。

（二）加紧完成麦收，把粮食赶快收藏起来或迅速送到边区内地出售，严禁粮食出边区，随时准备坚壁清野。

（原载一九三九年六月二十五日《抗敌报》第一版社论）

用突击的精神加紧武装边区子弟

我中华民族伟大神圣的抗日自卫战争。至今已经二十多个月了，抗战二周年纪念很快就摆在我们面前了。

当这抗战将近二周年的时候，敌寇正在继续发泄着它的战略进攻的余力，积极企图实现其进攻大西北的计划，对华北采取长期"扫荡"的政策，我晋察冀边区是支持华北游击战争的中心堡垒，是敌后的抗日根据地，是大西北的有力屏障，因此，敌寇对我边区的长期"扫荡"，更是势所必然的，而今后战争的环境，也就必然更加残酷、更加艰苦，这是我们全边区的人民，和敌寇进行生死搏斗的最紧张的时期。

目前，敌寇正在企图继续深入边区，分割和缩小我们的根据地，虽然由于我们边区军政民的亲密团结、部队战斗力的提高，近一月来，在边区西线、东线、南线和北线的猛烈战斗中，给予敌寇以严重的杀伤与打击，但是我们要保证今后在长期残酷的战争中，争取更多更大的胜利，澈底粉碎敌人不断的"扫荡"的进攻，保卫边区，以达到最后的胜利，我们就要千百倍地加紧我们的武装工作，充实和加强部队的战斗力，保持和巩固我边区的武装力量。

最近边区□□□团体决定以抗战二周年的七月，作为边区"武装突击月"，这实在是富有历史的战斗意义的壮举。我们应该用广泛的建立子弟兵，武装上战场的雄壮的光荣的行动，来庆祝和纪念民族自卫战争的二周年，响应最高领袖的国民精神总动员的号召，迎击敌寇的长期"扫荡"与烧杀暴行，保卫我们的家乡和财产，粉碎敌人进攻边区进攻大西北的计划。

我们相信全边区的人民和各地群众团体的会员与干部，一定都具有最大的决心与无限的热忱来响应边区各团体的这一伟大的号召而完成这一壮举。

过去我们看到边区的人民，在武装动员中，曾经有无数英勇模范的例子：有父子相率投军的英雄家庭，有兄弟携手上战场的一双好汉，有送郎从军劝儿杀敌的伟大女性。我们希望而且相信在这武装突击的七月当中，我边区英勇的人民，在武装上前线的狂潮里，一定会有千千万万的父子、兄弟和妇女，都成为民族英雄，双双好汉和伟大的女性。

过去我们也看到边区各地群众团体的会员和干部，在武装动员中，曾经同样创造了无数光荣的模范例子：有组织和领导了当地数千的子弟，建立游击队的农□干部，有率领成群的青年会员一齐投军的青救会主任，有全体自动组织游击小组的工救分会，还有那踊跃报名参加部队的千万群众团体的会员。我们同样希望而且相信在这武装突击的七月当中，我边区各地坚强的群众团体的会员和干部，在武装上前线的狂潮里，一定更有成千成万的光荣的例子被创造出来，发扬抗日群众团体的会员和干部的高度模范的民族精神。

同胞们！同志们！我们要用突击的精神，加紧武装，在伟大的七月里，英勇地走上战场，让我们结成铁的子弟兵，在七月里争取新的伟大的胜利！

（原载一九三九年六月二十九日《抗敌报》第一版社论）

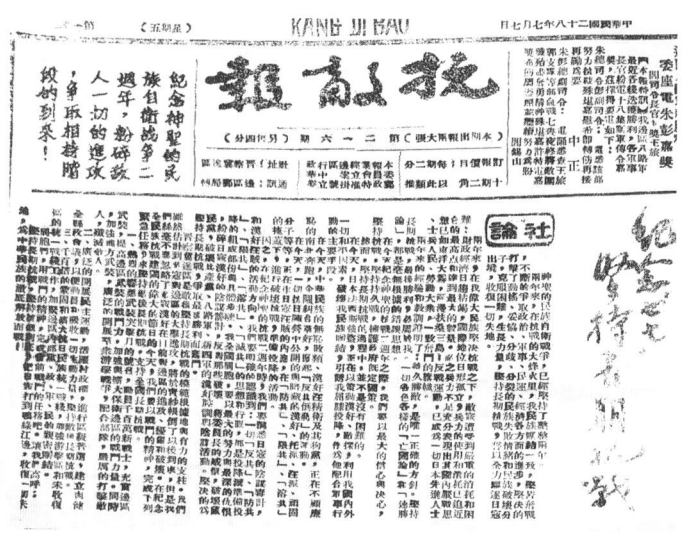

纪念"七七"坚持长期抗战

神圣的民族自卫战争,已经坚持了整整两年。

两年来,在抗战的大烽火里,我民族团结一致,艰苦奋战,不断的争取政治、军事、民运、经济各方面的进步,坚决的打击了动摇、妥协、分歧、分裂的民族失败情绪和民族破坏分子,克服困难,生长力量,坚持长期抗战,誓以全力驱逐日寇出境,收复一切失地。

两年来,在我伟大民族坚决抗战之下,敌寇遭受到严重的消耗和困难:财政经济日趋枯竭,国际地位日形孤立,兵力的使用和消耗已迫近它的最高点和达到最大的数量。敌之兵力不足充分表现出其国内厌战思想已如东洋大雾,弥漫扶桑三岛;反战运动,已成为一切日本先进人士、士兵人民、劳动大众，一致奋斗的旗帜。

两年来的经验和教训证明了：持久胜敌，是唯一正确的方针。坚持长期抗战，最后胜利，必属于我。一切各色各样的"亡国论"和"速胜论"，都是毫无根据的错误思想。

在今天纪念神圣的抗战二周年之际，我们要以最大的信心与决心，坚持抗战，坚持持久战，拥护政府既定国策。

然而，坚持长期抗战的过程中，并不是没有困难的。

在今天，日本法西斯强盗，正在以策动汉奸、敌探，利用我国内外一切和平因素，破坏我民族团结，引诱我屈膝投降，作为他配合军事行动的主要手段。

在今天，中华民族的无耻败类、汉奸汪精卫及其狗党，正在不顾廉耻的南北奔跑，企图纠合群奸，掀起"反共倒蒋"的运动。

在今天，一切抗日阵营中公开的与暗藏的汉奸、托派、汪派、顽固分子等等，正在作日寇汪贼的内应，在"防共"、"限共"、"溶共"的掩盖下，进行破坏抗战，准备投降的活动。

因之，在纪念神圣的抗战二周年时，我们要洞悉日寇的阴谋毒计和汉奸汪贼的活动方向。我们要明确的认识到：一切"反共"、"防共"、"限共"、"溶共"、"灭共"的思想和行动，都是投降派准备投降的组成部份与具体步骤。我全国同胞，要以最大的努力与最深的仇恨，粉碎日寇汉奸的阴谋诡计，反对那些破坏□□□□□□，破坏国民党，破坏共产党、八路军、新四军的汉奸腔调与阴谋活动。坚决的为坚持长期抗战，争取最后胜利而奋斗。

晋察冀边区是敌后坚持长期抗战的模范根据地与有力的支柱。我们虽然估计到□寇对边区的大举进攻，将于青纱帐倒了以后到来，但是我们丝毫不应忽略了□寇汉奸在目前对边区的进攻、扰乱和破坏。在纪念全民族抗战建国的伟大的节日的今天，我们要以战斗的精神，完成下列紧急任务，来坚持敌后长期抗战，支持全国长期抗战。

一、热烈的响应武装突击月的号召，动员千百万新战士，充实边区武装，提高边区武装的战斗力，加强与扩大保卫边区的战斗力量。同时，加强地方武装，广泛的开展群众游击战争，配合部队，严厉的打击敌人，歼灭敌人。

二、广泛的开展民主运动，活跃村政权，进行区级普选，建立与健全县政会议，以便动员□吸收一切生动力量，坚持敌后长期抗战。

三、千百倍的巩固和扩大抗日民族统一战线，加强游击区和未收复区的统一战线工作，加紧边区内部党、政、军、民的亲密团结。

同胞们，用战斗的精神，完成当前战斗的任务吧。让我们高呼：

坚持长期抗战，坚持抗战到底，把日寇打到鸭绿江边，收复一切土地，为中华民族的澈底解放而战！

（原载一九三九年七月七日《抗敌报》第一版社论）

反对敌寇强征我青年壮丁

目前敌寇的战略进攻，在主力战场方面虽然暂时入于停顿状态，而在敌后方则加紧其"扫荡"的进攻，同时又特□普遍地加紧其政治的分化与欺骗的阴谋，配合其在军事上准备继续进攻的步骤。

敌寇现在已经深深地遭遇到兵力不足的最大困难，妨碍其进攻计划的实现，同时敌寇又要准备进攻苏联的战争，因此，敌寇就更加残暴地掠夺我国的人力与物力，作为它在长期战争中的消耗的挹注。在人力的掠夺上，最显著而毒辣的莫过于到处强拉我壮丁同胞。

历来，敌寇在其占领区域及其军事进攻力量一时所达到的地方，都是极力用欺骗蛊惑，以及诱捕绑架的方式，把当地年青力强的壮丁，尽可能地掠载而去，强迫他们充当进攻祖国，屠杀自己骨肉同胞，蹂躏自己家乡，而最后当炮灰的千古沉冤的亡国之鬼；或是替敌人修筑堡垒工事，而最后被敌寇活埋了。

敌寇这种极尽人间黑暗的罪恶的行为，凡是在未收复区的同胞和接近敌占区的同胞，没有不知道的，就是外国的旅行者也都有所见闻。敌寇惨无人道的野蛮的兽行，终于无法掩盖天下人的耳目的。

最近由于战争更残酷的开展，和伪满与苏蒙边境的形势比较紧张，敌寇兵力愈感不敷分配，于是更变本加厉地企图在关内敌占区内强征青年壮丁四百万，运出关外，一部份编练成伪军，去当炮灰，一部份当苦工，用以秘密构筑工事，并即于事后加以杀害以防泄漏消息。这类事情，在最近我军缴获敌寇文件中和由敌人占领区域的来信中，都不断地说到，有无数惨痛的事实证明。而且就在我们边区的曲阳、定县、井陉、获鹿、正定、寿阳、定襄、□县等地，都已经先后发现敌人强征青年壮丁的这种伤天害理的行为了。

我们全边区的同胞，特别是我们边区年青力壮的优秀的弟兄们，对于敌寇这种新的毒辣的阴谋，必须有千百倍的警觉，记住自己是中国人，是中华民族神圣的子孙，誓死不上敌人的当，不替敌人害我们自己的国家、民族和自己的家乡与骨肉同胞，反对敌寇强征青年壮丁，誓死抗日，粉碎敌寇的欺骗阴谋。

敌寇也很知道我们边区的人民，有很严密的健全的组织，因此，它近来更积极指挥汉奸，以"反共"为名，到处组织汉奸团体，欺骗和强迫我同胞加入，特别是加紧欺骗和强迫我青年同胞。最近汉奸所组织的"反共青年团"，"反共清乡队"，"反共自卫团"等，都是这种一贯的阴谋，这是我们边区同胞看得最清楚的。因此，我们目前更要加紧粉碎这些汉奸组织，使它无法假借这些汉奸组织来欺骗我们少数落后的同胞，掠夺我们的青年壮丁。我们所有中国人，所有的青年同胞，都要永远团结在我们中国人自己的抗日的团体里，战胜日本帝国主义，求我们国家民族和家庭的自由独立和幸福。我们中国人今天只有一条路，我们不能被敌人骗去当亡国的冤鬼，我们要活着奋斗，做新中国的主人！

（原载一九三九年七月十三日《抗敌报》第一版社论）

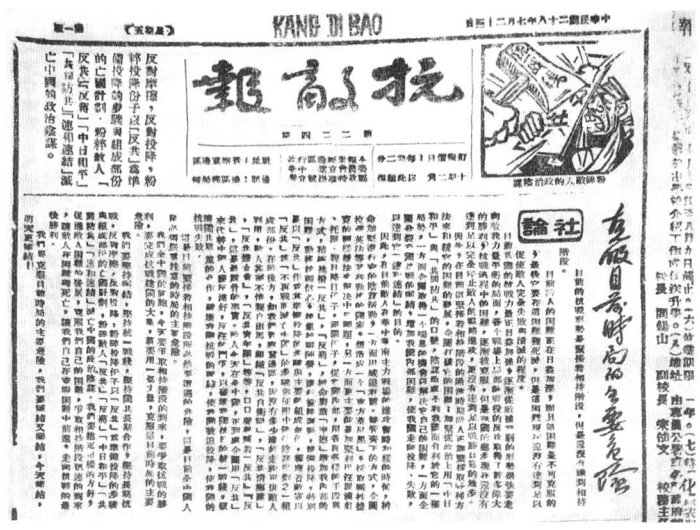

克服目前时局的主要危险

目前的抗战形势是紧接着相持阶段,但是还没有达到相持阶段。

目前敌人的困难正在日益加深,而且这困难是不可克服的,最后它要在这困难里死灭,但是这困难现在还没有达到足以促使敌人完全失败与溃灭的程度。

目前我国的抗战力量正日益加强,逐渐从敌强我弱的形势很快要走向敌我力量平衡的局面,各个战场上局部的战役的反攻取得了许多伟大的胜利,抗战过程中的困难,逐渐被克服,但是我国的进步现在还没有达到足以完全停止敌人的战略进攻,更没有达到足以战胜日寇的地步。

因此,在目前这紧接着相持阶段的过渡时期,敌人正加紧采取各种方法来和缓它的困难的发展，企图打破它的困难；加紧从政治上用"中日和平"与"共同防共"的口号，阴谋造成不利我国而有利于它的一种局势，一方面企图取得一个喘息的机会以解决它自己的困难，一方面企图分裂我国□战的团结，增加我国内部困难，使我国走向投降、失败，以达到它"速和速结"的目的。

因此，在目前敌人在华中华南主力战场的进攻暂时和缓的时候，拼命加紧进行它的阴谋活动，一方面用威迫利诱、双管齐下的方式，企图拉拢英法等某些动摇的国家，想造成一个"东方慕尼黑"，采取牺牲捷克的同样办法来解决中日问题，另一方面更主要的是加紧利用汪派汉奸、托派、亲日降日份子、顽固份子，从我国内部，用各种各样的手段与方式，积极挑拨"反共"，"反蒋"，拼命制造"摩擦"增加我内部的困难，动摇抗战信心，扰乱抗战阵营，进行投降运动，准备投降，特别是以"反共"作为其准备投降的步骤与主要的组成部份，响应着敌寇以"反共"为"不再战而灭亡中国"的步骤与征服中国的阴谋计划之一组成部份。在敌后方，如我们晋察冀边区，因没有多少汉奸走狗可供敌人利用，敌人甚至不惜亲自出马，组织"反共自卫队""反共清乡队""反共妇女会""反共青年团"等等，口口声声喊着"反共""反共"，这是最露骨的事实。敌人今天在全中国，正到处企图用"反共"来代替中国人民反汉奸、反汪的斗争，以破坏我国抗日的统一战线，破坏国共两党的合作，破坏我国抗战的团结，使我国被迫投降，使我国的抗战失败。

这是目前紧接着相持阶段所必然要遭遇的危险，这是目前全中国人民必须严重注意的时局的主要危险。

我们全中国的同胞，今天要争取相持阶段的到来，要争取抗战的胜利，要完成抗战建国的大业，就要用一切力量，克服这目前时局的主要危险。

我们要坚持团结，坚持统一战线，坚持国共长期合作，坚持长期抗战，反对摩擦，反对投降，粉碎投降份子以"反共"为准备投降的步骤与组成部份的亡国计划，粉碎敌人"反共""反蒋""中日和平""共同防共""速和速结"灭亡中国的政治阴谋。我们要抱定这样的方针，促进敌人困难的发展，克服我们自己的困难，争取相持阶段迅速的到来，让敌人在困难里死亡，让我们自己在克服困难中前进，走向抗战的最后胜利。

我们要克服目前时局的主要危险，我们要团结又团结，今天团结，明天更团结！

（原载一九三九年七月二十一日《抗敌报》第一版社论）

救济水灾坚持敌后抗战

旬日来，淫雨连绵，大水成灾。为民国六年以来所未见，而灾区之广，势已延及整个华北，无论在敌占区或□□自己的地区，灾象都已经普遍地形成了。我们无辜的同胞，庐舍被冲毁，人畜被淹没，特别在敌人占领的地方，在敌□残暴的屠戮勒索压迫之下，又加以水灾的损害，那种水深火热的痛苦，更是不堪设想。至于在我们边区的千百万同胞，幸而得免敌寇的暴虐统治与奴役压迫，得到了生活的改善和民主的权利，然而，这普遍的水灾的损失，却也是不可避免的。

目前边区被灾的详细情形，虽然还没有确实的统计，但是，毫无疑问的，这一场大水灾，是给了我边区经济上，特别是食粮上，以很大的损失，给我们坚持敌后长期抗战上，增加了一些新的困难。

但是，这些新的困难，我们必须克服，而且也是能够克服的。从来没有任何困难，使我们丧失过丝毫的坚持抗战的决心和最后胜利的信心。这□次的天灾，更不能使我们□丝毫的动摇或灰心。无论在任何条件下，我们都是准备着坚决的战胜一切困难，渡过任何难关，坚持抗战到底，争取最后胜利的。况且这一场水灾，固然增加了我们的困难，但同样也增加了敌人的困难。在今天，我边区一千二百万人□，更应以最大的决心和高度的自信，发扬我民族坚韧不拔、百折不挠的战斗精神，来设法救济灾难，克服水灾所给予我们的一切困难，以坚持敌后长期抗战。我们不但不应该灰心，失望，丝毫的放松了当前的中心工作，而且应以更大的努力，来补偿这一次损失。

对于我民族是灾害的，对于日本法西斯强盗和一切汉奸卖国贼便是庆幸。今天，我边区一千二百万同胞被灾受害之时，正是我们的民族大敌乘机加紧政治上的挑拨欺骗与进攻之际。敌寇汉奸，以及一切妥协投降分子，一定要乘机活动，夸大我们的困难，散布失败情绪，进行造谣欺骗，挑拨离间的破坏阴谋。我边区全体人民、各军□机关和群众团体，应以高度的民族警觉性，随时随地揭发敌伪的阴谋诡计，无情的给以击破。同时，水灾之后，边区的斗争环境，是更加艰苦了。我们应更加发扬军政民同甘苦，共患难的精神，以更稳固的团结，来粉碎敌伪的阴谋诡计，更顺利的完成人力、物力的抗战动员，来克服困难，渡过难关，争取抗战的最后胜利。我们建议：除了政府当局想方设法救济以外，军政□各机关、各团体的指战员，工作人员，应积极的、有组织的、在不妨害战斗和工作的条件下，参加各项救灾工作。

此外，我们在这里提出一些具体步骤，供政府当局和各界人士参考：

一、迅速成立各级的水灾救济委员会。进行调查统计，对一些无家可归的难民，进行必要的安置。向中央政府，报告灾情，请求赈济，并向海内外各慈善机关、海外侨胞，请求援助。

二、迅速有组织、有计划的整理田禾，修补田地，赶种一些早熟的庄稼，如山芋、荞麦，或菜蔬之类，并有组织的□抗属代耕，不使任何一块能种的田地荒废。

三、迅速动员籽种补助，和调剂籽种的不足。

四、迅速设法，清除街道房院，进行卫生运动，防止瘟疫的发生和流行。

五、迅速进行一些预防水灾的必要设施，如修筑堤坝，深掘河道等等。

（原载一九三九年七月二十三日《抗敌报》第一版社论）

救灾与节约

目前怎样救济边区的水灾,已经成为全边区军政民各界一致的最关心而亟谋解决的问题了。

救灾的办法很多,所牵涉的范围也很广。怎样安辑和抚恤流亡贫病的灾民;怎样设法整顿被灾田地,搜集与贷放籽种,补种短期作物;怎样拨筹巨款,施放急赈,以及开始设施灾可能而必要的水利改革,广泛实行卫生防疫运动,以防灾情的扩大与蔓延等,这些问题,头绪万端,都需要各方详细讨论,切实施行。

但是,我们觉得当前有一个问题是与救灾问题密切相关而必须提起各界严重注意的,那就是"节约"问题。

我们知道:凡是一次"大灾"之后,必定就是一次"大歉"。

换句话说："灾年"一定就是"荒年"，这是事理所必然的。无论旱灾或水灾，直接的影响必然就是农业上的歉收，所以历史上"灾"与"荒"总是相联的，"灾"必致于"荒"，"荒"必由于"灾"，这就叫做"灾荒"。

这一次水灾的结果，对于我们边区和对于全华北一样，都是一个经济上，特别是食粮上的严重损失。这就是说：这一场水灾必然直接影响边区农业的收成，今年的边区一定是个荒歉的年头。虽然今年边区的春耕有了很大的成绩，但是这水灾的损失太大了，不是容易弥补的。

荒歉的年头就是饥饿的年头。这荒歉与饥饿就是摆在坚持抗战中的全边区人民面前的新的困难。我们要克服困难，就要克服由荒歉而将要引起的饥饿。这是和一加一或减一同样的最干脆最尖锐的问题，谁也不应该而且不能丝毫忽略的。

怎样才能免去饥饿呢？要回答这问题也很简单：一方面要大量设法吸收粮食，另一方面就必须节省粮食。

在我们边区，我们可以看到从来没有什么大的浪费的地方；但是我们也不能说边区完全没有半点浪费的现象了。浪费多少还是有的，因此我们今天要严格地彻底消灭浪费的现象。

但是，今天只做到消灭浪费还不够，因为浪费本来是不应该的，是罪恶，如果荒年到了还要浪费，那更是天大的罪恶；荒年到了本来也不会有东西再让人浪费。因此，今天的问题是除浪费以外还要特别节省。这里，最主要的是粮食的节省。

今天节省粮食是为着避免饥饿，保证军食民食，克服困难，坚持长期的抗战，这是有伟大目的的节省。因此，我们主张：今天边区后方的非战斗的军政机关和人民除了积极开辟各种新的生产，参加生产之外，要广泛提倡"节省运动"，多省下一粒谷子都为着供给前方战斗部队的作战弟兄！我们要严厉反对一切不节省和浪费，特别是不节省和浪费粮食的现象。

我们提议的办法是：

（一）后方非战斗的军政机关和民众团体，立即具体决定"节约运动"，特别是"节食运动"的办法，用政治上的解释与宣传鼓励，广泛推行。

（二）严厉执行政府禁止以粮食酿酒的法令，消灭粮食的浪费现象。

（三）尽量提倡以红枣、地瓜等类的果实与地下茎充食，减少谷麦的消费量。

我们这样做，就可以避免饥饿，保证军食民食，克服困难，坚持敌后的长期抗战。

今天敌人也同样受着饥饿的威胁，这一场水灾，也要根本打破它那"现地自给自足自营主义"。况且敌人只占城市据点，我们据着广大乡村，现在就看谁最能够避免饥饿和谁能挨饿，谁就获得最后的胜利！

（原载一九三九年七月二十五日《抗敌报》第一版社论）

救灾与互助

我们已经说过,救济边区水灾的办法很多,所牵涉的范围也很广,头绪万端,需要各方详细讨论,切实施行。我全边区的同胞,大家都要尽最善的心,拿出最大的力量,积极救灾,渡过当前的难关,坚持敌后的长期抗战。

我们已经提议过:迅速建立各级水灾救济委员会,有组织有计划地进行救灾工作;我们也已经提议过:广泛推行节约运动,特别是节食运动,保证军食民食。这些都是当前急需实行的必要的办法。

现在我们再提出救灾与互助问题的意见。

我们全边区的同胞,今天在抗战里,在敌人的后方,我们的心是一条,我们的命也是一条,我们是同生死,共患难，我们早就是一样的命运。我们应当尽我们的力量，不分什么你的我的，大家都抱着高度的友爱互助的精神，共同解决困难。特别是在敌寇继续进攻，水灾遍地的今天，我们边区同胞友爱互动的精神，更要发扬到最高度。

事实上，在这一次大水灾中，被灾的农家，固然难免仰天号哭，而工商兵学各界也无不深感切肤之痛；况且山洪所至，地势较低的市镇，也都被淹没，受灾者更不止于农家，今天的水灾，显然已经威胁到全边区同胞的生活，绝不容许任何人丝毫再存着彼此不相干的落后的错误的观念。因此互助救灾，也就成为全边区每一个同胞自救救人的唯一道路。

现在，我们的边区政府，正竭力设法救济水灾，各专员各县长正在加紧购买短期植物种籽，将广泛贷给被灾的农家补种，同时正在调查灾情，设法筹款施赈，这充分表现着政府与民众的互助。

我们军区的部队，在不妨害战斗的时候，也都到处在努力着帮助被灾的□家，修筑房屋墙垣，整理被冲毁的田地；并且有许多部队，在水退了的地方，更加紧地在帮着当地农家补种菜蔬藜麦等等，这又充分表现着部队与民众的互助。

我们全边区的同胞，今天更应该本着我们政府和部队所发扬着的这种同休戚共患难的友爱互助的精神，普遍实行互助救灾。边区各级群众团体，应该联合各级军政机关，发动自己的会员起模范的作用，发动全边区的同胞，决定互助救灾的具体办法，来克服灾荒，维护全体同胞的生活，以渡过难关，坚持敌后的长期抗战。

我们建议：

（一）由群众团体发起，联合军政机关，立即组织县区村各级救灾互助委员会，调查各地受灾情形，决定互助救灾的具体办法。

（二）划分救灾互助区，把受灾的村庄与农家和没有受灾的村庄与农家，互相混合在一起，划成各个互助单位，发动群众互相帮助。

（三）组织慰问团救济团，到各受灾地区，慰问被灾同胞和实际救济被灾同胞，给他们精神上与物质上的安慰。

（四）发动全边区各界，特别是工商各界用救灾义卖、救灾捐款捐粮等方法，慷慨集资，赈助被灾同胞。

（五）通电全国各地，呼吁救济边区灾难同胞。

（原载一九三九年七月二十七日《抗敌报》第一版社论）

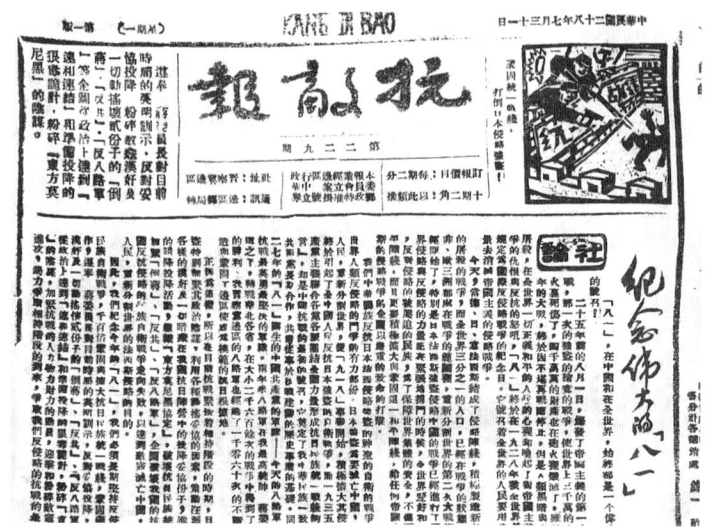

纪念伟大的"八一"

"八一",在中国和在全世界,始终都是一个伟大的响亮的号召!

二十五年前的八月一日,爆发了帝国主义的第一次世界大战。那一次的强盗的抢夺的战争,使世界上三千万的人民在炮火里死伤了,四千万的财产也在炮火里毁灭了,虽然延长四年的大战,终于因不堪再战而停止,但是人类黑暗与恐怖的大屠杀,在全世界一切正义和平的人民的心里却唤起了对帝国主义强盗战争的仇恨与反抗的怒吼,"八一"终于在一九二八年被全世界劳苦阶级规定为国际反侵略战争的纪念日。它号召着全世界的人民要用自己的力量去消灭帝国主义的侵略战争。

今天，当德、日、意法西斯结成了侵略阵线，积极制造新的大规模的屠杀的战争，而全世界三分之一的人口，已经在战争的状态中，亚、非、欧三洲都处在战争的范围里，重新分割世界的第二次大战事实上已经开始了，特别是日本法西斯强盗侵略中国的战争已经进行了两年，世界侵略与反侵略的力量正在紧张地搏斗的时候，全世界爱好和平的人民，反对侵略的被压迫的民族，为了保障世界集体的安全，不仅要结成和平阵线，而且更要积极扩大与巩固这一和平阵线，给任何帝国主义法西斯的侵略战争的企图以严重的致命的打击。

我们中华民族反抗日本法西侵略强盗的神圣的自卫的战争，正是世界人类反侵略的斗争的有力部份。日本强盗为要灭亡中国，宰割中国人民，重新分割世界，从"九一八"事变开始，积极扩大其侵略行为，终于引起了全中国人民反抗日本强盗的自卫战争，而一九三五年中国共产党主张联合各党各派团结全国力量形成抗日民族统一战线的"八一宣言"，却是中国抗战的最初的号召，它奠定了我中华民族一致团结，国共两党长期合作，共同从事于抗战建国的历史事业的基础。同时在一九二七年的"八一"诞生的中国共产党的军队——今天的八路军，恰就是抗战最英勇最坚决的军队。两年来八路军在我最高统帅□□□□的领导之下，转战华北各省，在大小二千六百余次的战争中得到了无数光荣的胜利，我晋察冀边区的八路军也经过了一千零六十次的不断战斗，创造与巩固了边区使成为模范的抗日根据地。

正因为这样，所以在目前抗战紧接着相持阶段的时期，日本侵略强盗特别加紧其政治阴谋，利用各种动摇妥协的因素，策动汪派托派各色各样的汉奸及一切暗藏在我国抗日阵营中的投降妥协份子，进行政治上的诱降投降活动，组织"东方慕尼黑协定"，破坏抗日民族统一战线，加紧"倒蒋"、"反共"、"反八路军"，企图破坏我国的抗战，使我国反抗侵略的民族自卫战争走向失败，以达到敌寇灭亡中国，宰割中国人民，重新分割世界的法西斯侵略的目的。

　　因此，我们纪念今年的"八一"，我们必须长期坚持反侵略的抗日民族自卫战争，千百倍巩固与扩大抗日民族统一战线，巩固国共长期合作，遵奉□□□□对目前时局的英明训示，反对妥协投降，粉碎敌寇汉奸及一切动摇怀贰份子的"倒蒋"、"反共"、"反八路军"等企图从政治上达到"速和速结"和准备投降的狠毒诡计，粉碎"东方慕尼黑"的阴谋，加紧抗战的人力物力财力的动员，迎击和粉碎敌寇任何新的进攻，竭力争取相持阶段的到来，争取我们反侵略的抗战的最后胜利！

　　　　　　　　（原载一九三九年七月三十一日《抗敌报》第一版社论）

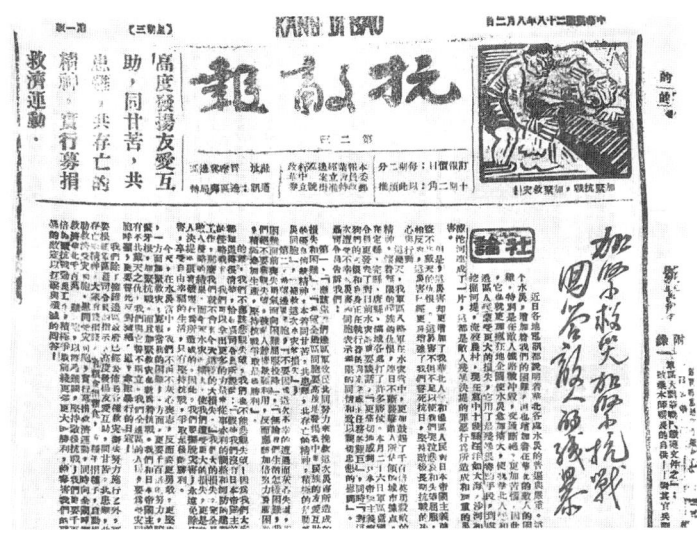

加紧救灾加紧抗战回答敌人的残暴

近日各地电讯都说明着华北各地水灾的普遍与严重。这个水灾，增加着我们的困难，但也增加着在华北的敌人的困难。特别是在敌人铁路被冲毁，交通断绝，更加苦恼。因此，它也就更加疯狂地企图使水灾愈加扩大，使我华北人民和边区人民蒙受更大的损失，它用了最残暴狠毒的手段，到处挖掘河堤，淹没农村，现在冀中十几县汪洋如大海，沙河和滹沱河连成了一片，这都是敌人残暴决堤的罪恶行为所造成和加重的灾害。

但是，这灾害却更增加了我华北人民和边区人民对日本帝国主义强盗不共戴天的仇恨。这灾害不但不足以使我们哭泣悲哀和失望屈服，相反□，这灾害已经更加增强了我们誓死抗日，坚持敌后长期抗战的决心与行动。

这几天，我军区八路军在水灾当中，更加鼓起了千百倍英勇杀敌的精神。怀着无限的民族的仇恨，连日不断袭击敌人所占领的城市据点，在定县、完县、唐县、满城各处打了许多胜仗。本月二十六日军区聂司令员更发表了对目前水灾的重要谈话，"更痛切地感到日本帝国主义疯狗们的可恨和自身正在执行着的尚未完成的任务的艰巨"，同时"对这次遭受不幸与灾害的同胞表示无限的同情和致以亲切忠恳的慰问"。

聂司令员告诉我们：

第一，"应该靠我们边区军政民共同努力来挽救这次灾害所造成的损失和困难"。"希望全边区同胞要高度地发扬我中华民族的友爱互助的优良传统精神，本着同甘苦，共患难，共存亡的精神，积极的帮助受灾同胞"，"补救这次水灾的损失"。

第二，希望边区同胞，"不要因为这次不幸的遭遇而灰心失望，在困难面前丧失勇气而向困难屈服投降"，"无论我们生活怎样困难，我们绝不要悲观失望，被敌人趁机欺骗利用，反而应该加倍努力克服困难，积极参加生产，坚持抗战争取最后胜利"。

的确，我们不应该悲观失望，我们也不能悲观失望！因为我们大家都知道得很清楚，恰如聂司令员所说的："假使我们没有日本帝国主义的侵略战争，我们可以拿出更多的力量来从事水利的调整和河防的建设工作，那么我们就不会有今天这样的大损失。"我们大的损失，完全是敌人侵略的结果。而今天水灾的扩大，使我们遭受更大的损失，更是敌人决堤的狠毒破坏行为所造成的。因此，我们要摆脱灾害，永远免除灾害，享受自由幸福的生活，只有坚持抗战，争取最后的胜利。

今天，在水灾当中，我们不但不灰心丧志，反而要更勇敢、更坚决，一方面加紧救灾，克服当前的困难；一方面，更要千百倍的努力，咬紧牙根，加紧抗战。而且加紧救灾也就为着抗战。我们和日本帝国主义有不共戴天之仇，我们与它势不两立。我们全边区的人民，要为受灾同胞呼吁，更要誓死反对灭绝□道□禽兽暴行的日寇！

我们除了拥护边区政府已经公布的各种救灾办法努力施行之外，更要根据军区聂司令员的指示，高度发扬友爱互助，同甘苦、共患难、共存亡的精神，大家有钱捐钱，有粮食捐粮食，有种子捐种子，自动捐助救济受灾同胞，慰问受灾同胞，实行募捐救济运动，同时向全国呼吁救济华北千百万□难□胞，以渡过难关，坚持敌后抗战；我们更要千百倍加紧抗战动员工作，积极争取前线更多更大的胜利，给毒害我们的残暴的敌寇以打击与歼灭的回答！

（原载一九三九年八月二日《抗敌报》第一版社论）

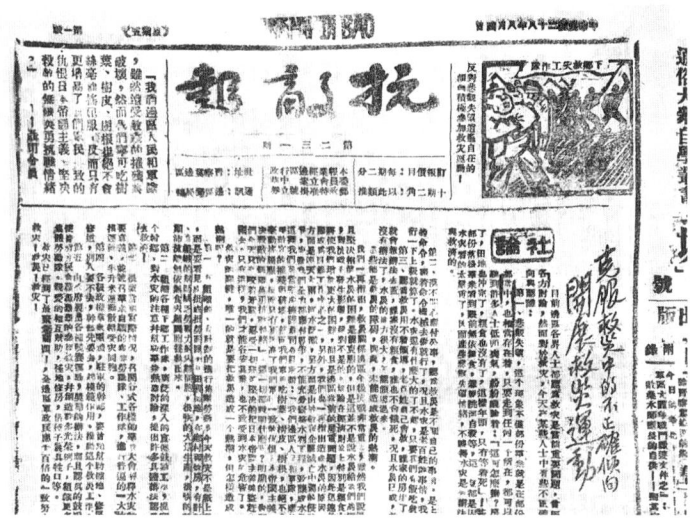

克服救灾中的不正确倾向开展救灾运动

目前边区各界人士都认为救灾是当前重要问题，曾经引起各方讨论，然而对于救灾，今天在某些人士中有些不正确的倾向与认识：

第一，悲观失望，这个现象不仅部份群众就是在部份的干部当中，也相当存在着，只要走到任何一个所在，都可以看到听到许多人士低头丧气，纷纷议论着："这可怎么办？房子塌了，田地也冲完了，粮食也没有了，这样年头，只有等着死！"甚至有部份落后群众看到眼前无依无食，想要跳河自杀等，这□□都是因为把水灾看的太严重了，因而产生悲观失望情绪，不晓得水灾是有办法克服与救济的。

第二，漠不关心应付公事，因为救灾是不关自己的事情，是上级给的命令，跟着命令机械去做就行了，况且水灾是老百姓的事情，我们敷衍一下上级就算了。水灾还有什么大的了不起，只要我们有饭吃就行。

第三，认为救灾用不着领导，老百姓自己会救，谁家的房塌了，谁就会想办法去盖，谁家没有粮食，谁也不会饿死，况且水灾已成，救也没有办法了，水灾的地方很大，怎能领导过来。

这些都是救灾的障碍，因此，未能造成救灾的热潮。

我们一再指出，救灾关系边区今后抗战非常重□，虽然我们说过而且坚决相信水灾的困难是能克服的，但是这并不是说水灾给我们的困难，对抗战不发生影响，绝对不是的。□论在经济财□上特别是粮食上，将使我们增加更大的困难，而且是边区当前的严重问题，因此迅速救灾□成为目前工作中心之一，另外，我们也一再指出造成水灾的原因，一方面是连天大雨，河水泛滥，另方面是由于敌寇企图灭亡中国的侵略战争，□□我们全力都应付战争，不能充分修筑水利工程，致酿成水灾，这里我们□当坚决拥护聂司令员所说"我们边区人民和军队，虽然遭□敌寇的摧残与破坏，然而我们宁□吃树叶、树皮、树根，也绝不会丝毫动摇屈服，反而只有更□高了我们军□一致的仇恨□□帝国主义，坚决杀敌的□□英勇抗敌情绪"，这一切都说明什么呢？明显的，告诉我们今天只有咬着牙关，忍受一切痛苦坚决的把日本帝国主义强盗赶出中国去。只有这样，我们才能各安其业，也不致受到水灾的危害了。

□灾的关键，唯一的就是要把救灾造成一个热潮，但怎样造成一个热潮呢？

第一，有组织的、有计划的进行集体劳动，今天救灾不是纸上谈兵，而是要看见成批成批劳动队□□田里□地，在乡村□□房，有计划的、有组织的帮助缺乏劳动力的灾难同胞，很快的大量生产，很快的把颠沛流离无依无食灾难同胞拯救出来。

第二，组织各种下乡工作队，广泛的深入的宣传鼓励工作，提醒每个村乡，对水灾的注意并帮助群众热烈讨论，提出许多具体办法认真的去救济！

第三，根据当前实际情况，召开各式各样的群众大会□释水灾的重要意义，并号召群众自愿的□□劳动队、工作队，进行普遍的一大枚募捐运动、半升米运动散给受灾同胞。

第四，各级政权群众团体、驻军的干部，要甘愿帮助翻地、修房、修道，别人要不去，干部先要去，起模范作用。推动这个救灾工作。

第五，由□府制出各种竞赛运动，奖励的办法，而且认真的鼓励，使□□□民□□轰轰烈烈的参与救灾，并创造许多光荣例子，组织更多的集体劳动队。亲爱的相互帮助，种地修房，借种子农具牲口等。

救灾已经到了最紧急关头了，全边区军政民应千百倍的一致努力，救灾！救灾！救灾！

（原载一九三九年八月四日《抗敌报》第一版社论）

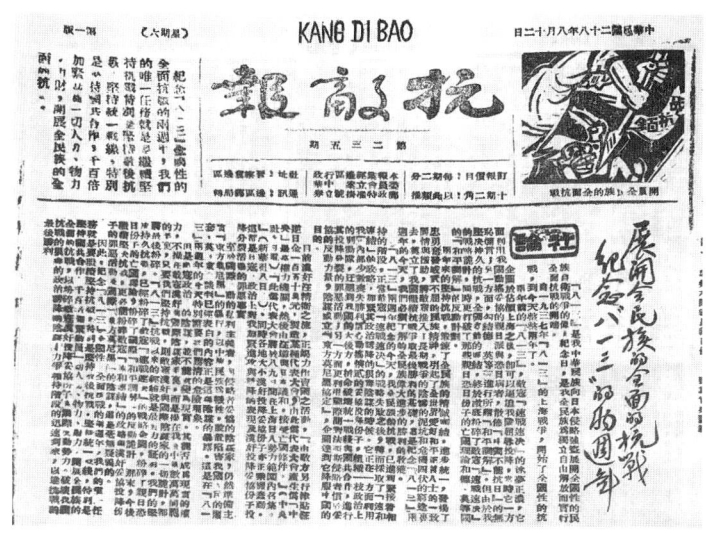

展开全民族的全面的抗战纪念"八一三"的两周年

"八一三"是我中华民族向日本侵略强盗展开全国性的民族自卫战争的伟大纪念日,是我全民族为独立自由解放而实行全面抗战的开端。

自一九三七年"八一三"的上海战争,开始了全国性的抗战,到今天整整两年了。

两年前的"八一三",敌寇"速战速决"的迷梦正浓,它企图于占领上海之后,即可以逼迫我国屈辱投降,当时它一方面利用我国动摇妥协的亲日派与恐日病者,散布"中国不能抗日"的无耻烂言;另一方面,勾结德、英等国进行所谓"和平调解"。但由于我坚决持久的抗战,全国

□□的团结，终于澈底粉碎了敌寇"速战速决"的战略诡计，同时更打破了那些亲日恐日份子的亡国理论和德、英等国的"和平调解"的反动计划。

两年来的坚持抗战，锻炼了全民族的精诚团结，进步统一，发扬了忠勇奋发威武不屈的民族精神，引起了全世界爱好和平正义人士的一致同情与援助，将敌寇推入了长期战争的阴□的泥坑和危机四伏的穷途里去，奠立了我国继续抗战争取最后胜利的基础，这是纪念"八一三"两周年的今天，我们必须了解的全民族伟大进步的胜利的收获。

"八一三"两周年纪念的今天，我全民族的抗战，已进到紧接着相持的阶段，正常敌寇"速战速决"的战略失败之后，转而采取了"速和速结"的政略，加紧其政治诱降的狠毒阴谋的时候。它正在一方面利用我国内部少数丧失胜利信心动摇怀贰的妥协投降份子，组织一枝政治上的别动队，迂回到我国的大后方，拼命破坏统一战线与国共合作，进行其投降分裂的罪恶活动；另一方面更利用国际间对法西斯侵略者惯于妥协的反动力量，阴谋成立"东方慕尼黑协定"，企图达到它降服中国的目的。

目前汉奸汪精卫之流，正竭力作卖国之活动，"由敌方另行津贴汪逆日金一百五十万元，制造某种代表大会，由此伪代表大会产生伪'中央'最高权力机关，然后由汪逆与日本议和，接受亡国条件"（中央社□日电），"此伪代表大会将于八九日间在上海日人势力范围内召集"（新华社八日□）。同时各地大小汉奸投降妥协份子亦正乘机蠢动。这都是日寇□政治上对我加紧进攻与诱降的表现及汉奸投降妥协份子投降分裂活动的罪恶事实。

至于国际□动的私利主义者，与侵略者妥协的阴谋家，仍然准备主演"东方慕尼黑"的暴行，以中华民族为牺牲，设置陷害我国人民的圈套，英□□□谈判已经表白的内容正是这□阴谋的暴露。这是在"八一三"两周年的今天特别需要我们认清的危险现象。

但是敌寇政治□的阴谋，并不能改变为现实。其能否成为现实的权力，不操在敌寇汉奸与国际阴谋家手里，而是操在我□中华数万万同胞的手里，只要我们坚持抗战，则敌寇汉奸与国际阴谋家的一切诡计，都将最后粉碎。"八一三"抗战以来的经验就是最有力的证明。我们的坚决持久抗战，已经粉碎了敌寇"速战速决"的战略企图，粉碎了亲日恐日份子的亡国谬论，粉碎了国际"和平调解"的反动诡计，那末，今后继续坚决抗战，更必能粉碎敌寇"速和速结"的政略与汉奸妥协投降份子的罪恶活动。国际"东方慕尼黑"的阴谋，这是毫无疑义的。

因此，纪念"八一三"全国性□全面抗战的两周年，我们的唯一任务就是要继续坚持抗战，特别是坚持敌后抗战，坚持统一战线，特别是坚持国共合作，千百□□紧动员一切人力、物力、财力，开展全民族的全面的抗战，以粉碎敌寇汉奸投降妥协份子与国际反动势力，破坏我国抗战的狠毒的政治诱降的阴谋！力争相持阶段的迅速到来，以达抗战的最后胜利。

（原载一九三九年八月十二日《抗敌报》第一版社论）

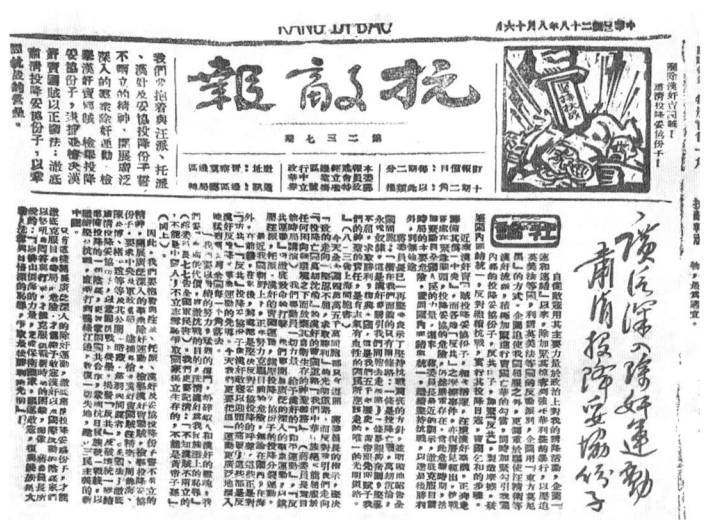

广泛深入除奸运动　肃清投降妥协份子

自从敌寇用其主要力量于政治上对我的诱降活动，企图"速和速结"以来，除加紧其掠夺列强在华利益的暴行，以压迫英美法等国，利诱英美法等国的反动派别，企图用"东方慕尼黑"的方式，企图迫使我国屈服之外，更侧重于驱使汪精卫等汉奸流派，积极加紧进行卖国亡华的勾当，同时加紧勾引我国内部的投降妥协份子，反共份子，加紧"反共"，制造摩擦。破坏国内团结统一，反对继续抗战，实行其投降日寇，卖国乞和的步骤。

近来汉奸卖国贼投降妥协份子，相当活跃，汪逆汉奸群丑，正奔走筹备其伪"中央"，而各地"反共"之摩擦事件，亦复层见辄出，抗战正处在紧急关头，投降妥协的危险，仍然严重存在。当此危□时期，□加紧动员全国人民的力量，遵奉蒋委员长最近的训示，彻底克服目前时局的主要危险，巩固国内团结与统一，继续坚持抗战，以达最后胜利外，别无他途。

蒋委员长已一再坚决表示了坚持抗战到底的方针，并明确地昭告全国同胞："横在我们面前的只有两条路：一条是投降亡国，万劫沉沦，永为奴隶，这是汉奸要诱引我们同胞去走的路；一条是艰苦奋斗，坚忍不屈，求取胜利，复兴中国，这是我们五千年的历史，黄帝祖先所赋予我们的神圣的责任，是有志气有血性的国民所应该走的唯一的光明道路。"（八一三告上海同胞书）

今天全中国四万万五千万同胞都只有遵照□□□□的指示，坚决一致的走向"坚忍不屈，求取胜利"的光明道路，而反对诱引我们走向"投降亡国万劫沉沦"的汉奸的卖国道路。"我们中华民族绝不能屈服于任何困难环境之下而放弃其自卫生存的神圣义务"（□□□□对目前时局讲演），我们要动员一切力量，给予汉奸的"和平运动"，"反共运动"以澈底致命的打击。我们要开展广泛的深入的群众运动，以镇压汪派，托派，汉奸的卖国运动，镇压投降□协份子的投降分裂运动。

最近我国朝野上下，正□努力克服目前的危险，无论在国内，在海外、在前线，在敌后，到处都是坚决反对妥协投降的呼声，这些正是对"防共""反共"投降妥协份子与汉奸敌寇以迎头的痛击；这些都是反汉奸反投降的群众运动的先导。今天我们更要把这一运动更广泛地深入地猛烈□□到全国每一个角落去。

"我们要以持续的努力，猛烈的搏斗，粉碎敌人和汉奸的灵魂，我们要□□肉的代价，□澈抗战的目的，洗清汉奸为我民族添上的耻辱"（□□□□七七告全国军民书）。我们更要记清："不知汉贼不两立的，不能是中国人；不立志雪耻争取国家独立生存的，不能是黄帝子孙"（同上）。

因此，我们要抱着与汪派、托派、汉奸及妥协投降份子誓不两立的精神,开展广泛深入的群众除奸运动。检举汉奸卖国贼,检举投降妥协份子,要求中央及军政当局□逮捕□枪□汉奸卖国贼汪精卫、周佛海、陈公博、褚民谊等等及其公开□暗藏□党羽与同谋者,□□国法;澈底肃清投降妥协份子,以巩固抗战□营垒。揭发"反共"及破坏统一团结准备投降的一切阴谋,更加巩固国共合作,巩固抗日民族统一战线,以继续坚持抗战,直至打到鸭绿江边,收复一切失地,建立三民主义的新中国。

只有这样开展广泛深入的除奸运动,澈底肃清投降妥协份子,才能澈底克服目前时局与危险,才能给予敌寇汉奸以及国际反动的阴谋家们以怒吼的回答与打击,才能克服抗战新时期的困难,□像□□□□所说的:"以排山倒海的力量,完成保卫国家,驱逐敌寇,复兴民族的大业,洗清与日倍深的耻辱,争取最后胜利的光明!"

(原载一九三九年八月十六日《抗敌报》第一版社论)

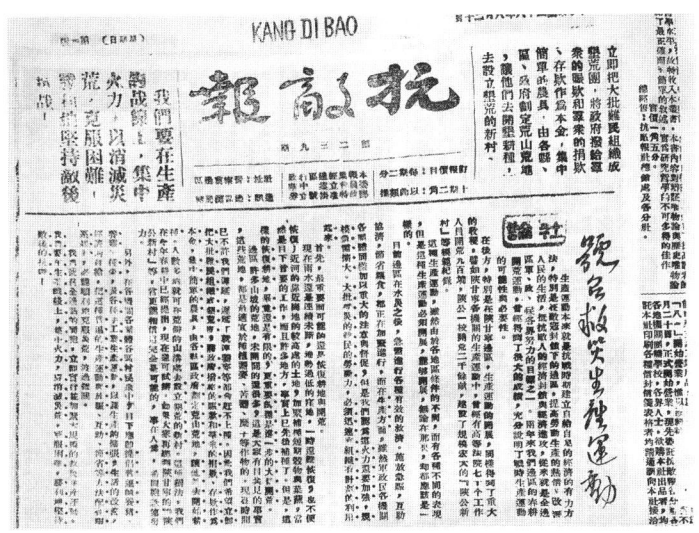

号召救灾生产运动

生产运动本来就是抗战时期建立自给自足的经济的有力方法,特别是在敌寇封锁下的边区,提高劳动生产的热情,改善人民的生活,抵抗敌人的经济封锁与经济进攻,从来就是全边区军、政、民各界努力的目标之一。两年来我们边区的春耕开荒运动,曾经得到了很大的成绩,充分说明了战时生产运动的可能性与必要性。

在后方,特别是在陕甘宁边区,生产运动的开展,同样得到了重大的收获,譬如陕甘宁各机关的生产运动中,曾经有高等法院七十个工作人员开荒九百垧,陕公一校开荒二千余亩,建设了规模宏大的"陕公新村"等模范记录。

这种生产运动,虽然由于各地区条件的不同,而有各种不同的表现，但是这种生产运动必须开展，能够开展，无论在那里，却都应该是一样的。

目前边区在水灾之后，急需进行各种有效的救济。施放急赈，互助协济，节省粮食，都正在加紧进行，而在生产方面，虽然军政民各机关各团体同样加以重大的注意与督促，但是我们认为这火力还要加强，规模急需扩大。大批受灾的难民的劳动力，必须迅速有组织有计划的利用起来。

首先，最重要而可能的还是恢复耕地与开荒。

现在雨水还是连续未断，地势过低的洼地，一时还难恢复，也不便恢复；近河的靠近岗地的较高处的土地，加紧补种短期谷物与菜蔬，当然是目下首要的工作，而且许多地方，事实上已先后补种了。但是，这样的恢复耕地，毕竟还是有限的，更重要的还是进一步的大量开荒。

边区许多山坡的荒地，未开发的还很多，这是大家有目□见的事实，这些荒地，都是最适宜于种植□麦、苦□、□□等作物的。现□时间已不许我们迟延，迟延了就连□麦等都会赶不上种。因为我们希望立即把大批难民组织成□荒□，县政府拨给的赈款和群众的捐款，疑作为本金，集中简单的农具，由各县区政府划定荒山荒地，让□□去开始耕种。人数多□就可在荒僻的山沟处去设立垦荒的新村。这种办法，我们在今年春耕中已经提出，现在还可试办。如果大家再听到陕甘宁的"陕公新村"等，当更能相信这完全是可能的，事在人为，希同胞急速努力。

另外，在各机关各团体各区村民众中，目下应即提倡普遍养猪、养鸡、种□、□各种手工业生产运动，以谋生产的扩张，生活的改善，经济的自给，把这种普遍的生产运动与放赈、互助、节省等方法配合联系起来，必能顺利地克服灾荒，渡过难关。

我们号召全边区的同胞，立即实行并加紧大规模的救灾生产运动。我们要生产战线上，集中火力，以消灭灾荒，克服困难，胜利地坚持敌后的抗战！

（原载一九三九年八月二十日《抗敌报》第一版社论）

保障群众团体的独立性

　　动员广大群众的力量，发挥广大群众的力量，这是坚持全民族全面的长期抗战，争取最后胜利的最基本的条件，谁忽视这个力量，限制束缚这个力量，那就是敌视和摧残这□力量，敌视和摧残民族抗战的事业，那就是反群众反民族的败类。

　　要尽量动员和发挥广大群众的力量，□须要给广大群众以最大限度的自由，反对一切限制、束缚而敌视摧残群众自由的行为。在今日全民族全面抗战中，只要不违背国家民族利益，不违犯政府抗战的法令，在这一范围内，群众应该有最大的自由，惟其广大群众得□了自由而充分发挥其力量，才是国家民族最大的利益。广大群众从来不会违反国家民族利益与危害国家民族利益的！因为国家民族的利益就是广大群众的利益，也只有广大群众才是□深切了解国家民族的利益！只有广大群众的利益才真正是国家民族的利益！

今天在抗战中，广大的群众组织起来了，形成了各种抗日救国的群众团体，因此要给广大群众以自由，发挥广大群众的力量，首先就要尊重这些群众团体在政治上组织上的独立性，决不容许任何对群众团体的"统治"的企图，群众团体内部的组织生活及其为实现抗战救国的政治上的具体主张与行动，谁也不应□以干涉。谁要企图在群众组织起来之后，把它放在自己的"统治"之下，成为自己的附庸，任意加以干涉、束缚，甚至于压迫，那是封建时代的暴君对它的奴才或古代奴隶主对付奴隶的办法。实行这种办法的人，它自己必然就成为广大群众的敌人，广大的群众是不能容许这种办法的，广大群众必定要反对而且会粉碎这种"统治"的任何企图，粉碎这种反民族利益反群众利益的专制暴君的行为。

我们晋察冀边区是在广大群众的英勇抗战里，由广大群众创造出来的，边区的群众团体领导着边区广□的群众与全体人民，得到了充分的民主自由，充分地发挥着他们在抗战中的力量，使敌寇汉奸怕得发抖，因此，也就成为一□□□降日准备投降的顽固份子所嫉视□力谋破坏的对象，他们正积极计划破坏这些群众团体，摧毁这些群众组织，首先它们就企图带着各色的假面具，制造各种阴谋，以干涉、束缚，甚至于压迫这些群众团体。而怀抱着对群众团体□以"统治"，企图实现这一"统治"的人，无论他的□□如何，实际上都成为敌寇汉奸的工具，策应投降份子顽固份子准备投降的奸谋。

但是，全边区的广大人民，对于这种奸谋，必定要给以迎头痛击，全边区的广大群众要求绝对保障群众团体的独立性，保障群众的自由。群众团体绝对要是广大群众自己的，广大群众要保障群众团体处理自己内部的生活与工作的权力，反对任何干涉与侵犯，保障群众团体自己在政治上组织上的独立性与抗日救国的自由，更高度地动员和发挥广大群□的力量，克服时局的危险，坚持全□族全面□长期抗战，最后战胜日本帝国主义！

（原载一九三九年八月二十四日《抗敌报》第一版社论）

严惩违反抗战国策的"反共"投降份子

据本报二十一日电讯：张荫梧□领之民军于本月十日突以三千余人之兵力包围猛攻并追击八路军×师□三大队之第三营，公开宣传"专打八路军"，污蔑坚持抗战之八路军为"伪抗日军"，而欲加以"消灭"，且搜捕吊打八路军家属，屠杀共产党员，勒□巨款。□兹□后抗战紧急之秋，而此张荫梧等辈居然枪口对内，一意摩擦，至以武装挑□于坚持敌后抗战两年如一日而艰苦□尝之八路军，彼等自己既不抗日，而复诬抗日之军队为"伪抗日军"，搜捕、吊打、屠杀无所不用其极，此实汉奸狗彘之行为，稍有心肝者，闻之能不发指！

查张荫梧于去年十二月十六日，当冀中八路军第三□

队与敌苦战之时，即曾密令其所部向博野八路军×司令部进攻，旋张之参谋长吴嘉谟复率部在安国之庞各庄活埋共产党员宋振恒、何鲲山、张振安、何福林等数名□后张荫梧复率其所部重渡滹沱河，扬言"消灭共产党八路军"，以包围攻击姿势向冀中进扰。此前后大规模的军事行动，皆值敌寇猛攻冀中之时，敌寇从正面进攻，张荫梧则从侧面与敌人配合以夹击八路军。且居然勾结叛变投敌之伪剿匪司令柴逆恩波及戴逆月波等，结纳公开出卖民族之汉奸，平日则专吃摩擦饭，贪发国难财，浮报□额，骗取军费，更复欺压良民，敲诈勒索，奸淫掳掠，无法无天。

由于以上事实的暴露，张荫梧等辈口称"反共""反八路军"，实际上是破坏抗日，策应敌寇，夹□抗日军队，勾结公开投敌之民族败类，鱼肉同胞，他虽然还存在于抗日营垒之中，而实则从其行动、言论与文件中，已完全证明其与敌寇联成一气而为敌寇之内应。"反共""反八路军"等口号只是他用以掩饰其破坏抗战，降敌叛□的汉奸行为的烟幕，他名为抗日军队，实为土匪汉奸之武装，其枪口不对外而对内，且助外敌而为内应，不惜以武装挑衅，专□破坏国共合作，破坏抗日民族统一战线，破坏抗战建国的国策，□兹敌寇正加紧其政治上分裂□降阴谋的时候，张荫梧之流恰恰是以"反共"的面目出现，分裂□国内□之团结统一，以为其准备公开投降的重要与主要步骤。

今天，全中国人民与政府正一致努力克服当前时局的重大危险，克服妥协投降，继续坚持抗战，对此准备投降的"反共"份子如张荫梧者，应予以□厉□惩处，实为绝对必要。最近国民政府，业已通令全国严缉降敌□国之汪精卫、周佛海、高宗武等汉奸群□，而对怀贰通敌，摧残国脉民命，隐藏于内部之汉奸，如张荫梧者，更应严加惩治，绳之以法，以整饬抗战□国之纪纲，以维护民族国家与广大人民之利益。因此，我们认为政府对违反抗战□策之张荫梧的罪恶行为，应即施以澈底之查究，正国律与军纪，慰全国人民之殷望，以□抗战之基础。

□于我广大人民，对此破坏抗战，通敌残民之张荫梧等汉奸，更应站□维护国家民族□自身利益之立场，坚决与以打击，揭发与粉碎敌寇汉奸"反共"□降投降之阴谋，使敌寇汉奸，不复能利用"反共"以为诱降与投降之阴谋藉口，洗刷抗战营垒中的民族败类，巩固国共长期的合作，巩固抗日的民族统一战线，巩固全国抗日的各党各派各军各界的团结统一，以坚持抗战，特别是坚持敌后长期残酷的游击战争，以争取我民族独立解放的最后胜利的到来！

（原载一九三九年八月三十日《抗敌报》第一版社论）

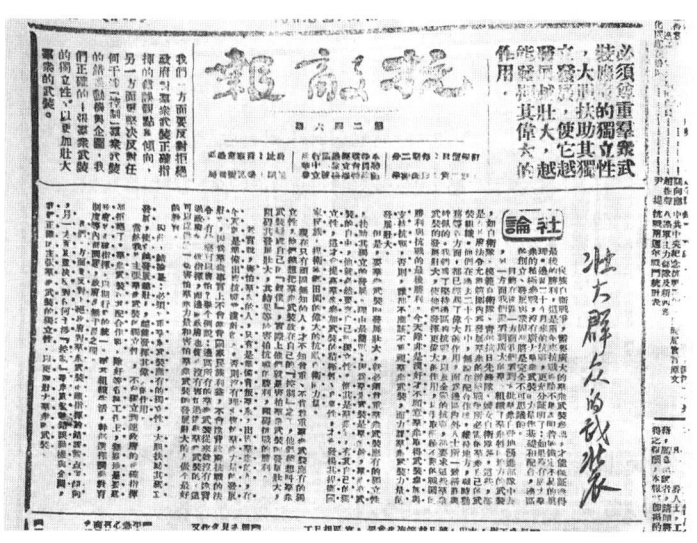

壮大群众的武装

民族自卫战争，需要广大的群众武装参战，才能保证□得最后的胜利，这是两年来抗战□验不□□明着的铁定不易的真理。边区二十个月来的抗战，更充分证明了：如果没有广大群众的积极参战，没有广大群众武装的力量作基础和配合，边区的创立、发展与巩固都将是完全不可思议的。

目前在边区一方面我们看到大批群众自动地涌进部队中去，另一方面我们还看到广大的群□组织了群众牲的地方的武装，如自卫队、模范自卫队、青年抗日先锋队、妇女自卫队等，这些，都是□□政府法令允许范围内为发展群众的游击战争所必需的群众自己的武装组织。他们在过去二十个月中，无论在配合作战，维持地方，战时勤务等各方面，都已经起了伟大的作用，而为边区内外人士所一致称许与赞佩的。我们为了坚持边区的抗战，以及全国的抗战，都要求这些群众武装的发展壮大，使他们发挥更伟大的作用，以争取继续不□的战斗的胜利与抗战的最后胜利。今天除非是汉奸才不愿意群众取得武装参加与支持抗战，否则，谁都不应该不重视群众武装，而力谋群众武装力量的发展壮大。

但是，要群众武装的发展壮大，就必须尊重群众武装应有的独立性，扶助其独立的发展。理由最简单，因为群众武装是□□的，群众有武装的自由，他就必然要有自己的独立性。惟其是群众□，有其自己的独立性，这才会提高群众参加武装的积极性、□□性，才会发扬其捍卫国家民族，捍卫家乡田园的伟大的抗敌自卫□力量。

现在只有顽固无知的人，才不知尊重、不肯尊重群众武装应有的独立性，他们总想把群众武装放在自己的"控制"之下，他们总想叫群众武装变成自己的"奴仆"，实际上他们就是害怕群众武装的发展壮大，阻碍其发展壮大，其结果等于害怕抗战的胜利，阻碍抗战的胜利。

老实说，害怕群众的人，只有是准备背叛群众、出卖群众的人，在今天就是准备出□抗战当汉奸□□，否则没有理由害怕群众力量的发展壮大，因为群众事实上不会违背国家民族利益，不会违背政府抗战的法令，有什么可以害怕？举个例说：边区所有的群众武装从来就没有违背过政府□□确指挥，而边区政府也从来没有害怕过这些群众武装的。这可以提供的一切害怕群众力量和害怕群众武装的发展壮大的人做个最好的教育。

因此，结论是：必须□重群众武装应有的独立性，大胆扶助其独立发展，使它越发展越□，越能发挥其伟大的作用。

当然我□主张群众武装的独立性，不会独立到连政府的正确指挥都拒绝了。群众武装□其配合作战，除奸等各种工作上，无疑地是要听政府□□确指挥，以期行□的统一。□其组织生活，干部选择调动教育制度等内部问题，政府□无干涉之理。

我们一方面要反对□绝政府对群众武装正确指挥的错误观点和倾向，另一方面要坚决反对任何干涉"控制"群众武装□错误动机与企图，我们正确的主张群众武装的独立性，以更加壮大群众的武装。

（原载一九三九年九月三日《抗敌报》第一版社论）

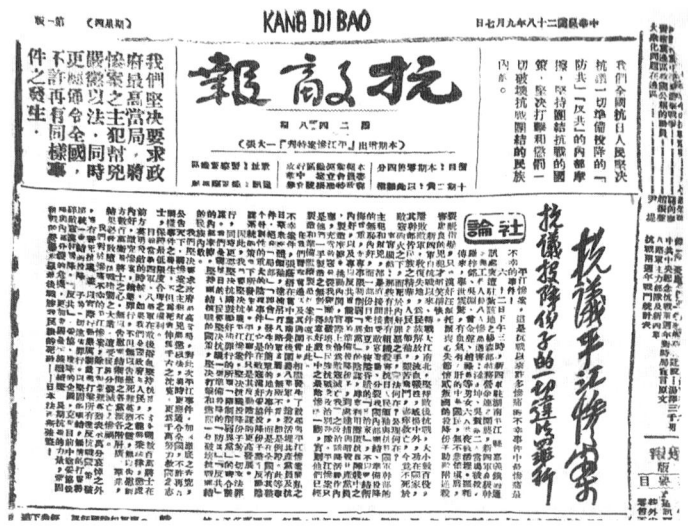

抗议平江惨案 抗议投降份子的一切违法罪行

　　平江惨案，这是抗战以来许多惨痛的不幸事件中最惨痛最不幸的事件！

　　六月十二日下午三时，新四军驻湖南平江县嘉义镇的通讯处突遭驻扎该地之杨森部特务营余连□围袭，新四军高级干□与工作人员八人惨烈遇害：涂□坤、吴贺□二人当场被杀，罗梓铭、吴渊、曾金声、赵禄英等男女六□□夜被活埋。噩耗传来，举世震惊，有血气有心肝的中华国民，无不悲愤填膺，裂眦指发，只□汉奸汪派托派丧心失节怀贰叛国的投降份子助敌附逆杀害忠良的凶犯才暗笑称快。

　　新四军自抗战以来，转战大江南北，坚持敌后抗战，大小数百役，屡败敌军，收复失地，为民族解放，流血牺牲，威扬中外，功在国家，其干部皆民族之精华，人民之领袖，艰苦奋斗，尽瘁救亡，今竟不死于敌寇炮火之下，而死于内奸罪恶之手，国法何在？公理何在？

事实显然：那些有计划有组织杀害抗日人民领袖与抗日国军干部的主犯和帮凶，都是直接间接受敌寇策动、分裂我国内部团结、准备投降的无耻内奸，而一部份目光如豆，狭隘昏暗的"政治家"，不以□结御侮为重，而专事限制削弱"异常"的阴谋，肆意利用隐匿抗日阵线中之内奸，以及专以反共□能事的准备投降份子，到处逮捕与暗杀共产党员，制造摩擦，挑动内闹，实际上恰为敌寇灭亡我□之政治诱降活作内应，充当敌寇分裂我国团结破坏我民族抗战之政治别动队。平江惨案只是他们一手制造之无数"得意好戏"中之最阴惨的一剧，实则他们已经制造和准备继续制造□案件远不止此。

在我们晋察冀边区及其周围曾□相继发生了数起与平江惨案同类之不幸案件，张荫梧在冀中冀南先后围袭八路军，抢杀活埋共产党员及抗日群众团体领袖，逮捕吊打八路军□□，无所不为，即是例证。此等条件，绝□"局部""误会"发生的简单的地方事件，而是在全国有其整个计划性的重大的阴谋事件，它是在敌寇汉奸妥协投降份子整个反动阴谋系统的策□下所发生□。平江事件只是其反动阴谋的更高发展。

因此，我们要坚决抗□平江惨案，坚决抗议投降份子的一切做法罪行，同时更要坚决抗议鼓励奸徒罪行的所谓"限制削弱异常"的□令诡谋。我们全国抗日的人民要坚决抗议一切准备投降的"防共""反共"的内部摩擦，坚持团结抗战的国策，坚决打击和惩罚一切破坏抗战团结的民族内奸。

我们坚决要求政府最高□局，对此次平江事件，加以彻底之查究，公告天下，□惨案之主犯帮凶严惩以法，同时更应通令全国，不许再有同样事件之发生，不但为死者伸□千古之沈冤，更为千万努力救国之志士，保证最低限度合理之权利。

目前当新四军、八路军在敌后浴血坚持抗战，□□国数百万将士在前方英勇杀敌的时候，如果我们全国政府的人民，不能严秉法律，惩处内奸，澈究惨案，镇压罪行，不但无以告慰死难英烈之灵，无以告慰前方数百万□□将士之心，无以告慰团结御侮之各党派各阶层广□群众，结果必致败堕抗战建国之大业，遭受民族分裂灭亡之惨祸。

我们对于惨痛不幸的平江惨案，除了对蒙难英烈表示万分哀悼之外，惟有誓死抗战□并□以实际行动严厉制裁与打击所有违反抗战国□策□破坏统一团结的投降□子的一切违法罪行。以坚固的□□，无情的打击粉碎敌寇汉奸诱降，"反共"妥协，投降的企图，克服目前中□妥协投降与内部分裂的危机，更加□固全民族继续□□长期抗战的力量，坚固抗战的□□，以最后战胜我民族的死敌——日本法西斯强盗！

（原载一九三九年九月七日《抗敌报》第一版社论）

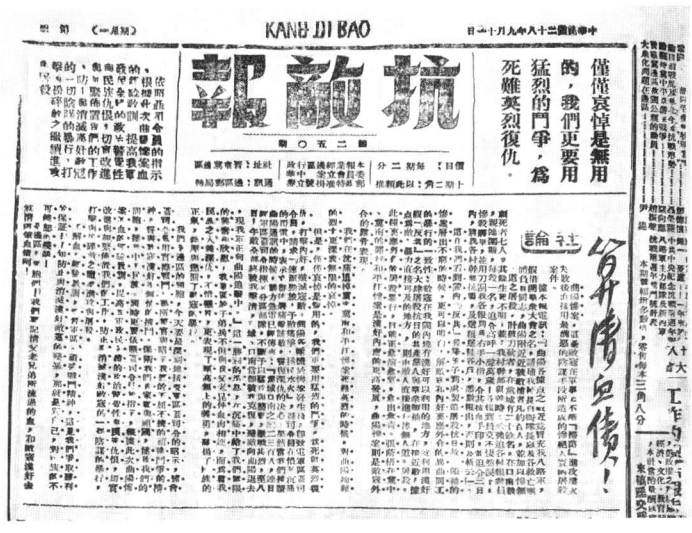

算清血债!

曲阳惨案,这是敌寇在军事上不断"扫荡"进攻屡次失败后直接用最丑恶的阴谋手段所造成的惨绝人寰的屠杀案件。

据本报电讯:"曲阳各据点之最近竟冒充我八路军,假借开群众大会之名,诱捕我□长自卫队长以及各救亡团体负责同志,曲阳附近近被敌捕者凡约百人,并加以惨无□道之屠杀,计被刀砍者,在党城有二十余名,在口南被刺死者七人,其余生死不明,并,我村干部就义时:敌强迫各村报□员,亲临围观,每杀一名,迫令高呼一声万岁!各报到员莫不凄然泪下,惨杀将军,并用刀割我各报到员右手小指,令其按血手印,并迫令三日内,将我各村干部抗属，及送粮送鞋各户，悉数报出，否则公斩云"。

这在我们看到国内"反共"投降份子到处制造屠杀抗日救□领袖的惨案层出不穷的时候，更可以明白了解敌寇和内奸里应外合的异曲同工的暴行的一致性：敌寇在我国内地有汉奸可以利用的地方，就利用汉奸假"反共"之名大肆屠杀抗日的共产党人与群众领袖，在接近敌人据点为敌□暴力直接可及的地方，则由敌人直接进行惨无人道的屠杀。此种里应外□的屠杀暴行，目前正愈演愈烈，愈出愈奇。张荫梧在冀中、冀南的罪行和平江惨案是汉奸内应的更高发展，曲阳惨案则是敌寇外合的露骨表现。

我们在沈痛追悼冀中冀南和平江惨案死难英烈的时候，对曲阳殉难的烈士更深表无限的哀悼。

但是，仅仅哀悼是□用的，我们更要用猛烈的斗争，为死难英烈复仇，打击内奸，歼灭寇敌。曲阳各团体于惨案发生后，即致电军区聂司令员，请求"速派劲旅，予敌痛击，拯民水火"，聂司令员在愤怒沉痛的复电中，表示立即布署痛击该敌，誓复深仇的决心，果然当我们接读曲阳通讯的时候，前方急电已经传来："党城口南之敌二三百人，连日经军区聂司令指挥×分区部队，不断予以猛攻与袭击，激战甚烈，至八日上午敌全部终被我击溃，□城、□南当即被我克复，残敌向曲阳退去，现我军正向曲阳追击中。"这一胜利的消息，在沉痛中给了我们无限的兴奋和欣慰，我军区的子弟兵不但与我父老昆仲血肉相连，而为着我民族之大义深仇，不惜牺牲，更表现了至高无上的义勇，发扬了民族的正气，镇压与惩罚了敌寇的暴行。

我们全边区的同胞，今天要最深刻地接受军区聂司令的昭示，体会聂司令员用实际战斗□动所□实与昭示我们的不屈不挠的顽强斗争的精神，誓与敌寇汉奸作无情的搏斗，保卫我们国家与祖国，拯救我们的同胞，拯救中华民族。同时更要依照聂司令员□指示，根据此次曲阳惨案□血的经验教训，提高□军致民□体的政治警觉性□□□民族仇恨，切实改进与加紧布置我们的工作，防止□消灭汉奸敌寇的一切阴谋的暴行，打击与□碎敌之□□进攻与屠杀。

　　了解血□经验教训，□习军区□顽强战斗精神，这是我们争取胜利的保证——知防止与消灭汉奸敌寇的残暴，那就是对自己，对民族的不可饶恕的残暴！

　　全边区的同胞们！我们要记清父老兄弟所流过的血，和敌寇汉奸去算清这笔血债呵！

（原载一九三九年九月十一日《抗敌报》第一版社论）

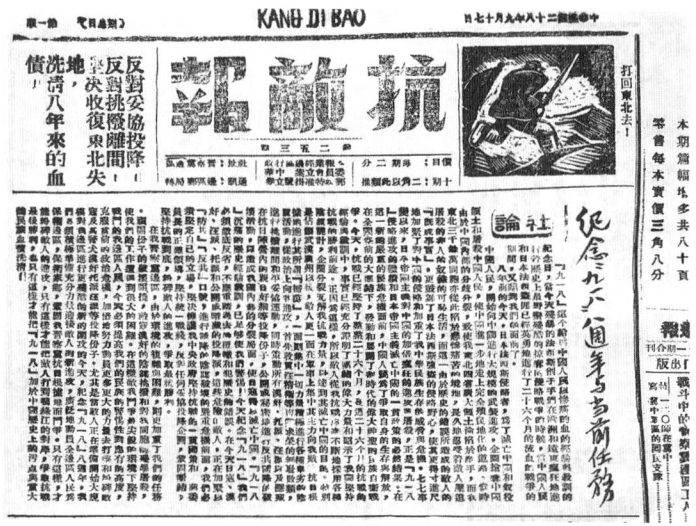

纪念"九一八"八周年与当前任务

"九一八"这个给□中国人民以惨痛的血的经验与教训的纪念日,当今天残暴的法西斯刽子手们在欧洲和远东疯狂地进行着历史上最野蛮残酷的掠夺的侵略战争的时候,当中国人民和日本法西盗匪已经英勇地进行了二十六个月的流血的战争的期间,又临到我们的面前了。

八年前的今天,日本法西斯侵略者,为了灭亡中国和奴役中国人民,开始向中国进行大规模的武装进攻,企图抢夺中国领土和屠杀中国人民,使中国进一步地走上完全殖民地化的道路。当时由于中国内部的分歧分裂,致使我东北四省广大领土沦陷于敌手,而我东北三千余万同胞亦从此陷于悲惨痛苦的境地,长久地忍受着敌人的压迫屠杀的非人的奴隶的可耻生活，而这一由于历史的错误所造成的敌人的"既成事实"，更鼓舞了日本法西斯强盗的侵略野心，使其更得寸进尺地加紧了对中国的侵略和加重了我中华民族生存的□□与危机。七七事变以来，日本帝国主义对中国的加倍疯狂的进攻与屠杀，正是"九一八"侵略进攻的继续和日本帝国主义灭亡中国的一贯政策的必然结果。在这一新的严重的民族危机面前，中国人民为了争取自身的生存与解放，在全国空前的大团结下，发动和展开了划时代的伟大神圣的民族自卫战争。今天，抗战已经坚持了整整二十六个月，□□二十六个月的抗战的经验与教训中，事实已经充分证明了团结的伟大力量和昭示了我国坚持抗战的胜利前途。正因为这样，所以敌人从我抗战以来不断地采用各种阴谋诡计，企图分裂瓦解我抗战力量，已达到其灭亡中国的目的。特别是占领武汉广州以后，敌人更一面在军事上集中其主力向我敌□抗日根据地进行其所谓"扫荡"，一面则集中一切力量积极进行各种卑劣的阴谋活动，从政治上向我进攻，首先收买汪精卫等卖国求荣的无耻败类，进行挑拨离间和平妥协运动，同时策动所有汉奸、托派、汪派以及隐藏在抗日阵营内的亲日奸细等投降份子，公开或秘密地进行反共诱降的破坏活动，以造成我国内部的分裂局面，使日寇得以灭亡中国。"九一八"沉痛的历史经验教训，已足够使我们警惕！今天纪念"九一八"我们必须彻底反省，不应重踏过去的覆辙和犯历史的错误。在今天日寇、汉奸、汪派、托派和公开或暗藏的投降派，这些危险的敌人，正在加紧以"防共""反共"口号，进行诱降的阴谋破坏的严重危机前面，我们必须坚定自己的立场，坚决拥护我中央政府坚持抗战的一贯□策□□□□□□□□□，坚持统一战线，反对任何妥协投降企图，巩固团结，坚持抗战到底，粉碎敌人的进攻，争取最后胜利。

在我晋察冀边区，由于环境的复杂与困难，则更加重了我们的任务。顽固分子的破坏阻挠，敌寇汉奸的阴谋挑拨和对我同胞的残暴屠杀，使我们的工作遭遇到很大的困难。在这样敌我斗争□尖锐的环境下坚持战斗的我边区人民，今天必须提高我们的民族的警惕性到应有的高度，克服当前的政治危机，加倍地努力动员更多更大的力量去打击和粉碎敌寇及其警犬汉奸托派汪派等投降份子。尤其是当敌人正在准备开始大规模对我边区进行更残酷的新的围攻的今天，纪念"九一八"八周年，我们必须积极准备充分力量迎接敌人的新进攻，广泛地动员全边区人民为保卫边区、保卫家乡，巩固我晋察冀抗日根据地而斗争。只有这样，才能粉碎敌人的进攻，只有这样才能把敌人打到鸭绿江的对岸，争取抗战最后胜利，也只有这样才能把"九一八"加于中国历史上的污点与重大的民族血债洗清！

（原载一九三九年九月十七日《抗敌报》第一版社论）

秋季生产运动中的几个战斗任务

在秋收时节,我们感觉到有几个问题,值得提出来,供我边区军、政、民各界参考:

在敌后坚持残酷的持久抗战,我们是在战争之中生活,在战争之中工作,也是在战争之中进行生产的。今年的秋收和我们别的工作一样,□要在残酷的战斗环境中,以英勇的战斗姿态来彻底完成。

两年来,虽然我们不断的击碎或破坏了并且在继续击碎或破坏着敌寇对我边区的进攻或进攻计划。但是,敌人是从来没有放弃其消灭我模范的抗日根据地的阴谋的。正相反,它是要时时准备着,布置着,特别是在今天,"'扫荡'华北",已成为其诱降阴谋的主要构成部分之一。我们应该而且早日估计到：敌寇青纱帐□后的大举进攻，不但□能，而且会必然到□。同时，也已经迫在眼前了。

两年来的残酷斗争，特别是这几月来滹沱河沿岸等地的血的经验教训向我们指出来：敌寇的残暴无耻，无所不用其极，在今年的大举进攻中，除了更加疯狂的烧杀奸淫之外，必将会大量的破坏我之秋收，毁坏与抢掠我之食粮，以摧毁我坚持敌后抗战□物质基础，而达其使我"枯竭自灭"的目的；同时，补救其□况愈工的经济状况，特别是水灾以后的食粮恐慌。

因此，我们号召边区军、政、民全体：□□的动员起来，以人民的汗和战士的血，来保卫秋收，加紧秋收！

首先，实行武装保卫秋收，让太行山的铁的子弟兵，在聂司令员的英明领导之下，不断的给敌寇以严重打击；同时，加强地方□□□武装，□广泛的群众游击战争猛烈的开展于敌之后方和个别□使□疲于奔命，忙□□付，□便利我进行秋收。

其次，动员一切劳动力□组织一□闲散的劳动力，以战斗精神，加紧进□秋收。提高民族警觉性，实行快收、快打、快□的运动，特别是大道沿线敌据点附近及战斗可能发生的地区，应在计划的用集体□伟力，提前完成秋收。在不防害战斗和工作的条件下。某些部队及政、民工作人员，应有组织的帮助秋收。

第三，进行广泛深入的政治宣传与坚决的对敌伪□斗争，保存交通沿线，敌据点附近以及战争可能发生地区的高杆，以便到游□□的广泛开展。

这是秋收时节的第一个问题。

与迅速的□成秋收有同样重要意义的，便是迅速的，有计划的进行秋耕。——这是秋收时节的第二个问题。

第一，对今年秋耕的意义应有足够的认识；水灾以后，明春及夏初可能感觉粮食恐慌，对这一点，应有足够的估计。这一困难的解决一部或大部要依靠今年的秋耕。因之，在加紧秋收中，应□紧秋耕，以明年丰富的夏收，渡过难关。点线周围及战争可能发生地区的秋耕，更应有计划的提前完成。

第二，今年秋耕的种籽，应适当的、及时解决：水灾之后，多数贫家特别是贫苦抗属的种籽恐慌，有赖于政府、群众团体、合作社的通盘筹划，适当调济。

第三，今年秋耕中的劳动力，应充分的利用，科学的组织；水灾之后，耕地必先修补整理，所用劳动力必多。战争之中，帮助军队，配合作战，农村劳动力，在某些地方与某种程度上，可能感觉减少；而另一方面，灾民难民，还没有广泛的组织于生产之中，妇女、儿童还没有大批的、积极□涌上生产战线。因之，在今天，秋耕运动的能否得到预期效果，主要的要依靠于劳动力的组织，使用和调济。□样进行整田运动，怎样组织劳动队，互助队，实行"集体劳动"，怎样使秋耕与战斗适□□配合起来，需要有充分准备和布置。

最后，秋□时节的第三个问题，是怎样准备明年春耕的问题。

首先，应广泛深入的进行政治动员，克服流行于一些群众之中的悲观失望情绪，粉碎敌伪的欺骗宣传，提高广大群众的生产热忱和信心。

第二，尽量□整理被冲刷或淤□的土地，不使一块耕田沦为荒地。大量的开渠筑□，充分增进水利，严格防范水灾。

第三，充□的准备与储存籽种，准备肥料。

第四，组织一切散□劳动力，进□□□开荒，增加明年耕地面积。

关□秋收时节的问题，主要的就是这些。

生产是坚持抗□的□间构成□□□有今天，加紧秋收，完成秋耕、准备春耕，应该成为准备一切力量，粉碎敌寇秋季大举进攻的重要一项，全边区的同胞们努力呵！

（原载一九三九年九月十九日《抗敌报》第一版社论）

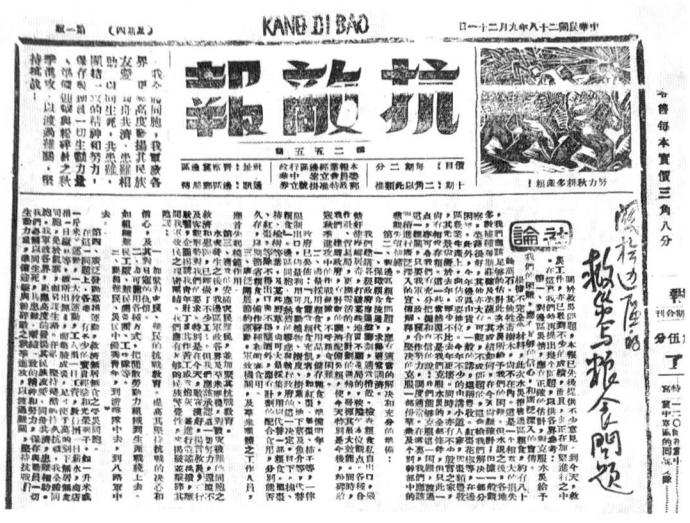

关于边区的救灾与粮食问题

关于救灾问题,本报已先后提供不少意见,到今天,救灾工作,亦已收到不少的成绩,而且,也正在加紧进行之中。在这里,我们特再提出几个问题,以供各界参考:

第一,对边区灾情,应有正确的估计,对克服水灾给予我们的困难,应有足够的信心,和广泛深入的宣传。

根据不完全的材料,此次水灾损害边区粮食,约有八十余万石。其他牲畜树木,尚不在内。这是一个相当大的损失,我们应该足够的估计此次水灾所给予我们的困难。但水退之后,各地多数补种短期庄稼及菜蔬,其成绩如何,在今天尚难确计;但据一般观察,菜蔬很好,其他亦大有可观,不成问题的,这会给我们解决一部分困难。此外,今年边区山货，一般的讲，堪称丰收。红枣花椒等，在边区农业生产上，向占重要地位。今年不少的山沟小道人家，因枣类丰收，其光景尚优于去年，至少不比去年更坏。同时，亦有不少殷实之家，尚有相□存粮。这一些当然还不是我们克服水灾的全部条件，但只此一点，亦可令我们有充分把握和自信的说：我们能够克服这一困难，渡过这一难关，只要我军、政、民合作努力，调度适当。在这里，我们应该继续进行广泛深入的宣传解释，坚决的克服一部份群众及个别干部中的悲观失望情绪。

第二，对边区粮食问题，应有适当的解决和充分的准备：

一、保障粮食流通，求得适当调济。

我们建议各级政府应通盘筹划，适当措置。检查粮食私自出口，严禁奸徒操纵居奇，打破某些地区不顾□局的、狭隘□本位观点。各种合作社、贸易局，更应灵活的、有计划的周转，发挥其最大效能。同时，我们□建议政府，有计划地调济配备公粮，使今天特别是今后，粉碎敌寇秋季进攻中的作战部队，不受粮食困难。

二、尽量采用粮食代用品，储存粮食，准备明年。

政府已公布："凡能当粮食充饥者，如红枣、黑枣、柿子等，一律限制出口，尽量利用可食动植物、树皮、树叶、地下茎及鱼介等，代替粮食"。边区同胞□应热烈的响应与执行政府的这一决定。目下，槐、椿、榆树等叶□及某些野草，尚可大量采集，用以代替一部粮食。黑枣、红枣等除不得出口与不得酿酒外，应有计划的配合食用，分别能否久存，以期节省粮食，备作籽种和明春食用。

三、广泛开展节约运动，军政机关，及群众团体之工作人员，应首先起模范作用。

第三，适当□安插灾民难民，并加紧其抗战教育。

水灾发生之后，我边区军政各界及群众团体，对被灾被难的同胞之救济和慰问，已经做了不少工□。但我们应该承认这一切努力，还远不及客观形势对我们的要求。特别是在今天，敌寇汉奸，扬言救灾，□行欺骗，企图拐诱我青年壮丁为其作苦工或当炮灰□并进行造谣挑拨，离间我军政民之亲密团结。我们应有足够的民族警觉性，来揭破并击碎其阴谋：

一、加紧对灾民、难民的抗战教育。提高其坚持抗战的决心和信心，及其对日寇的仇恨。

二、尽可能用各种方式，把闲散劳动力组织到生产战线上去。如组织难民工厂、难民开荒团、工作队等。

三、动员难民、灾民中优秀青年，到游击队中去，到八路军中去。

第四，广泛发动募捐运动，救济无居无食之受灾同胞。

在这一问题上，各地□有不少的宝贵经验和光荣例子。如一升米或一斤米□运动，一大枚运动，工人捐一日工资，教员捐一日薪水，商店捐一日赢利等，虽所出无□，而集腋成裘，足可使千万的刻下无居无食同胞，免于饥寒，而另谋生路。在敌□坚持残酷的持久抗战，我全体同胞，我军政各界，更应高度的发扬其民族友爱，同舟共济，患难相助。我们必需以同生死，共患难，团结一致的精神和努力，保存与动员一切生动力量，准备迎击与粉碎敌之秋季进攻，以渡过难关，坚持抗战！

（原载一九三九年九月二十一日《抗敌报》第一版社论）

粉碎汪派汉奸的破坏阴谋

今天全中国的同胞，特别是晋察冀三省的同胞必须严重注意汉奸汪精卫走狗奸徒们的新□破坏谋！

今天全国抗日的党派，特别是中国国民党和中国共产党两党的同志们，更必须严重注意汉奸汪精卫走狗奸徒们的新的破坏阴谋！

汉奸汪精卫及其走狗奸徒们□□破坏阴谋是什么？

据本报□期电讯：由敌寇御用的□□□发出□通讯里，暴露着汪派汉奸□在以伪国民党的□全大会的名义发表了公开卖国的宣言，以"反共"为号召，成立□其所谓"中枢组织"的汉奸卖国的大本营，加紧进行其降敌灭华的活动，这些卖国的汉□，更在天津保定□地，积极收买并训练奸徒走狗，组织汉奸别动队，进行破坏国民党，破坏国共合作，破坏抗战，破坏我内部团结的狠毒无耻的阴谋。

尤其是在我们边区的灵寿、行唐、井陉、□鹿各县□事实上已经发现了散播汪派汉奸的卖国言论，诋毁□□□□，替汪逆汉奸行动做辩护的奸徒们的活动了。

这些事实，说明了汪逆汉奸集团在敌寇直接的策动□使之下，现在正穷其无耻的鬼蜮技俩，尽其毒害国家民族的罪恶的能事，驱使一切民族的丑类，企图深入我国内部，组成汉奸破坏的政治别动队。以汪逆在我国内部积年累月的历史的关系，收买少数丧心失节的份子，冒充国民党党员，混入国民党的组织里，进行反对与瓦解国民党的工作，冀图把国民党变成汪逆汉奸用以破坏团结，破坏抗战的卖国阴谋的□关，藉此□遂行其挑拨离间国共两党的亲密合作，鼓□"反共"，使国共两党陷于互相摩擦，以至于火并分裂的地步。这种阴谋奸计的险诈刻毒，实在是无以复加的了。

因此今天的国共两党同志，在汪逆汉奸的阴谋毒计面前，应该有深刻的警觉，加强彼此亲密的团结，澈底检查自己，严密内部，肃清动摇妥协顽固投降的面目不清的份子，随时警惕，勿为汪逆汉奸贼徒所乘。国共两党忠实抗日的同志，必须随时随地严防奸徒的破坏，毫不容情地揭发□打击一切主张"反共"破□团结，破坏抗战的汉奸言论与行动。加强与巩固抗战的阵营，集中火力，肃清一切破坏国共两党，制造内部磨擦，准备妥协投降的因素□特别是国民党的同志们，更要加倍发扬孙中山先生革命的三民主义的理论与精神，反对一□污蔑和曲解孙中山先生的革命遗教，败坏国民党的奸贰言行，护卫国民党与其革命的传统，粉碎汪派奸徒密谋窃取国民党的阴谋！

同时，一切坚决抗日的党派□同志们和全体抗日的人民，特别是晋察冀三省的同胞，更要有普遍的高度的警觉性，严防并肃清汪派汉奸的破坏阴谋，坚决拥护国共两党的亲密合作，反对任何破坏国共合作□破坏团结，破坏抗战的言论与行动，使汪派汉奸的阴谋诡计，没有丝毫施展的机会！

我们誓死要□汪派汉奸窃取国民党、鼓励"反共"，分裂国共合作，破坏抗战的阴谋罪行做斗争，直至完全扑灭汪派汉奸，驱逐日本帝国主义出中国！

（原载一九三九年九月二十五日《抗敌报》第一版社论）

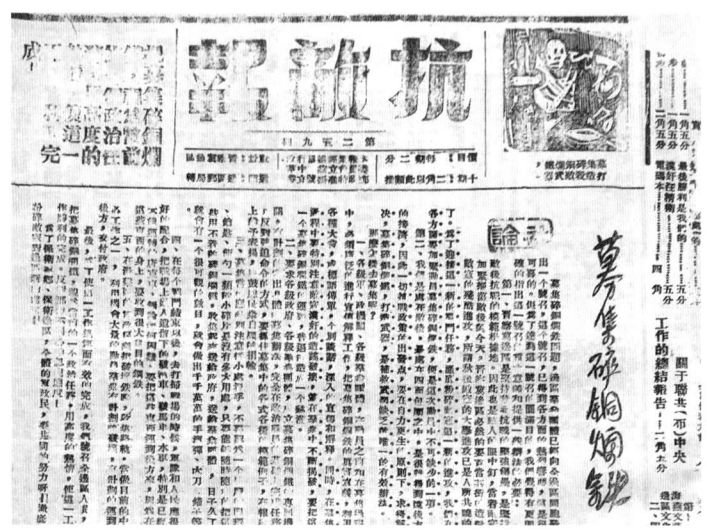

募集碎铜烂铁

募集碎铜烂铁问题，边区群众团体已经向全边区同胞发出一个号召，这个号召，已得到各方面的热烈响应，这是很可喜的。但为了达到这一号召的圆满目的，我们觉得有更明确的指出这一号召的重大意义和提供一些办法的必要：

第一，晋察冀边区是坚持华北抗战的坚强堡垒，是坚持敌后抗战的模范根据地。因此也是敌人的眼中钉，当着敌寇加紧"扫荡"敌后的今天，晋察冀边区必然的要首当其冲的遭受敌寇的残酷进攻，所谓秋后敌寇的大举进攻已是人所共晓的了。为了迎接这一新的战斗任务，澈底粉碎敌寇这一新的进攻，我们在各方面要加紧动员募集碎铜烂铁，便是这次动员中不可缺少的一项。

第二，我们是处在敌后，是处在四面包围之中，是很难得到远后方的接济，因此一切抗战政策的出发点，要在自力更生的原则下，求得解决，募集碎铜烂铁，打造武器，是补救武器缺乏的唯一的有效办法。

那么怎样去募集呢？

一、各级军、政机关、各级群众团体，在动员之前和在募集过程中，必须广泛的进行宣传解释工作，把募集碎铜烂铁的真实意义，利用各种大会，或标语传单，个别谈话，深入的宣传和解释。同时，在募集过程中要特别注意敌寇汉奸的造谣破坏，并在群众中不断揭破，要把这一个募集碎铜烂铁的运动，普遍□造□一个热潮。

二、要求各级政府、各级群众团体，□立募集碎铜烂铁的专门机关，有计划的出□体的募集办法，完全在政治动员的基础上完成任务□反对强迫命令的方式，要抓住募集中的各式各样的模范例子，在报纸上给予表扬，以鼓励民众资源的捐输。

三、募集当□应特别注意从小处□手，不要□为一个□□□□、钥匙、□勺一类的小碎片是没有多大用处，只要能够随时随地的把这些用不着的碎铜烂铁，收集起来送给政府，送给群众团体，日子久了就会有一个很可观的数目，就会做出千千万万的手溜弹、大刀、锚子等。

四、在每个战斗结束以后，去打扫战场的时候，军队和人民应很好的配合，把战场上敌人遗留下的破汽车、破马车、水车，特别是已经不能运输的唐克车，无论任何困难，要把□□东西运到后方来，因为在这些东西的身上，要收到很大□目的钢铁。

五、在□□□□□□应把破坏铁路，收集路轨，当做目前的中心工作之一，利用机会大量的动员群众有计划的破□，有计划的运到后方，交付政府。

最后，□了使这一工作迅速而有效的完成，我们号召全边区人民，把募集碎铜烂铁，视为当前的一个政治任务，用高度的热情，使这一工作胜利的完成。反□□□□□□□□□！

为了保卫家乡、保卫边区，全体的军政民，要共同的努力呀！澈底粉碎敌寇对边区新的□□！

（原载一九三九年九月二十九日《抗敌报》第一版社论）

控诉吧！制裁吧！复仇吧！

斗争越残酷了，血腥的事件也越多了。

这些日子，我们在边区，听到的有那些血腥的消息？看到的有那些血腥的事实？我们亲身感受□那些血腥的惨痛的遭遇呢？这是谁也不能忘记的！

曲阳惨案□刚发生□不久，惊心动魄的定襄百泉蛟和炭窑沟□惨剧又于九月十六日发生了：百泉蛟廿余名优秀的青年壮工被敌人奸计包围屠杀了，全村被防火洗劫了；炭窑沟的百姓，在半夜里遭受了敌人的残暴烧毁，男、女、老、弱以及婴孩惨死者五十余人，重伤者十余人，焦土与尸骸，狼藉街道目不忍睹。接着定县东区的悲惨消息也来了：九月八日敌□利用汉奸十余人设计绑杀活埋我村长副及村级群众团体干部十四人，造成了惨绝人寰的新的血案。这些无辜□同胞与优秀的干部人员的惨死，是我们永远不能忘记的海一样深的民族仇恨，这些血债，我们要牢记心头，这一代誓死复仇！

敌人因为战争的失利，对于抗日根据地的发展，对于我们人民抗日力量的强大□感到极大的不安与恐惧。因此，它就加倍疯狂地用最野蛮的毒计来杀害我们无辜的同胞，杀害我们的地方干部，用□样最卑鄙的手段以发泄它的狂暴的兽性，企图挽救□的死亡的命运。但是□我们都知道，敌寇死亡的命运终于是无法挽救的，而且它的兽性愈加发泄，愈加残暴，它的死亡日子也就愈□接近了。

当然，这些血案发生的惨痛经验和教训，今天应该引起我全体军政民□深刻警惕与民族仇恨，加强我们各部门的工作，巩固地方政民机关而保障其安全，改进工作方式使之适应新的斗争的环境，同时，我们每一个部队机关与团体对于我们骨肉的同胞和干部更应该加以十二万分的怜恤□爱护。

在这血和火的残酷的民族斗争中，我们的同胞，我们的干部，我们亲爱的骨肉弟兄，谁还能忍心让他们遭受丝毫的损害呢！？

然而不幸的是，我们今天居然还听到和看到平山一带的同胞，遭受××师和××军事干部学校的凌虐。据本报连日所得的通讯和消息，平山西北角地区已经有七个善良积极的村长因不堪当地驻军××师和××军事干部学校的非理的压迫而惨然地自杀了，那里的同胞，我们自己的骨肉弟兄，都□那非理的压迫下呻吟着，这是多么使人痛心的事情！难道敌人加倍疯狂的屠杀我们的同胞还不够，我们自己人还要再加以非人道的凌虐与压迫，助纣为虐，逼死我们自己的骨肉弟兄吗？

平山西北角的同胞，他们今天在那凌虐压迫下的痛楚的申诉，同样是应该引起我们全边区的军政民一致严重的注意的。我们边区是个模范的抗日根据地，而那些非理的压迫与凌虐事件，却是破坏我们这模范抗日根据地，破坏抗战，帮助敌人的罪恶行为，这是边区的耻辱，国家的耻辱，民族的耻辱，我们边区的军政民，对此事件不能不过问，不能不加以有力的制止！

我们的国家有法律，我们的同胞应该得到法律的保障，我们应该根据法律，控诉和制裁那些破坏抗战、客观上帮助敌人虐杀我们自己骨肉同胞的罪恶行为！

我们的人民，在今天民族斗争里，有我们民族的武装，我们更应该挥动我们手里的武器，向那些用阴谋毒计直接疯狂屠杀我们同胞的日本强盗讨还我民族的血债，替我们惨死的同胞复仇！

亲爱的同胞们！全边区亲爱的军政民全体同志们用我们控诉□，制裁□，复仇□！

（原载一九三九年十月一日《抗敌报》第一版社论）

广泛开展抵制日货运动

据我们调查在今天，日货尚相当销行于边区境内，特别是日常消耗品，肥皂、牙膏、牙刷、□丹等等□几于全部是东洋仇货。这是一个不可忽视的严重现象。若不立加制止，必然要给坚持敌后长期抗战的事业以重大损失！

我们应该马上进行一个广泛的抵制日货运动，严格的实行不卖日货，不用仇货，保证在一□时期内，肃清日货在边区的销行。

我们建议边区政府，严申禁令，禁绝仇货入口，并制定法令，严格处分私运仇货的奸商。

我们号召群众团体，于最短期间内，广泛的开展抵制日货的运动，动员全边区一千□百万同胞有组织，有计划的为肃清日货在边区的流行而奋斗。

我们应该足够的估计到：经济上的战争，与政治军事的斗争有同样重要的意义，而且是整个民族自卫战争的主要构成的部分之一。对于"泥脚的日本"，缩小其商品之销行市场，（因而也就是限制了他的原料掠夺），也就是摇撼了它的工业基础，加速了它更大的经济与财政危机的爆发。对于在敌后坚持抗战的我们，禁绝日货，以我们边区的生产品，来代替日货，也就是在边区财政经济上，做了一步强有力的巩固工作。因为，我们是处在敌后的包围与封锁之中，"自力更生"，是我们一切政策的基点，因之认真的抵制日货，肃清日货在边区的销行，应该成为我们边区当前的一个战斗任务。谁要是忽视了这一点，谁就不会很好的粉碎敌寇封锁与困竭我边区的阴谋，胜利的保卫边区！

在这里，我们提出几点意见□供献各界参考：

首先：我们应进行深入的政治宣传，使广大群众深刻了解到：私运仇货，不管是引狼入室以资助敌；使广大群众了解到：不卖日货，不买日货，就是直接□给了敌寇以严重打击。同时要使广大群众了解到：检查私运，检举日货，不但是我们的权利，而且是我们的义务，以造成广泛的群众的抵制日货的热潮。

第二，应即开始将所存日货，进行登记，加盖戳记出售。此后如再发现日货，即按政府法令，将货物没收，并处以一定的罚款。群众团体应配合政府，在一定时期内，完成这一工作。

第三，定期举行检查日货周，发动群众，帮助政府进行严格检查，并规定处罚条例，奖励群众检举，边区周围之自卫队、青抗先、儿童团，应会同政权机关，检查奸商走私。

第四，各地商救，在抵制日货运动中，应以艰苦的工作，教育与动员自己的会员，不运日货，不卖日货，为一切商号的模范，各种合作社，应坚决□执行政府法令，发挥合作事业的最大效能，有组织的制止奸商私运，调□边区□产品。

最后,在抵制日货运动中,应提倡使□边区本地产品,发展边区小手工业。根据不完全□调查,行唐一县小手工工场,年产布匹,(□间纺织的除外)即□百余万匹。行唐、平山、完、唐等县的毛巾、袜子、肥皂等,每年生产,亦有很大的数量。这些小手工业□果能。政府帮助之下,充实资本,发展营业,增进技术,加紧生产,那就不但可以完全代替日货,肃清日货,给敌寇以重大打击,而且,边区财政经济,亦可得□□步的繁荣和巩固。

近数月来,边区文具合作社,力谋自制油墨和墨水,求得文具必需品之□自给自足。今天虽然还不能解决全部问题,但已有的成绩,亦颇难能可贵,今后更应再接再厉,努力研究。边区生产品广泛采用与大量生产之日,即日货在我边区完全绝迹之时,我们应该向着这个方向努力。

(原载一九三九年十月七日《抗敌报》第一版社论)

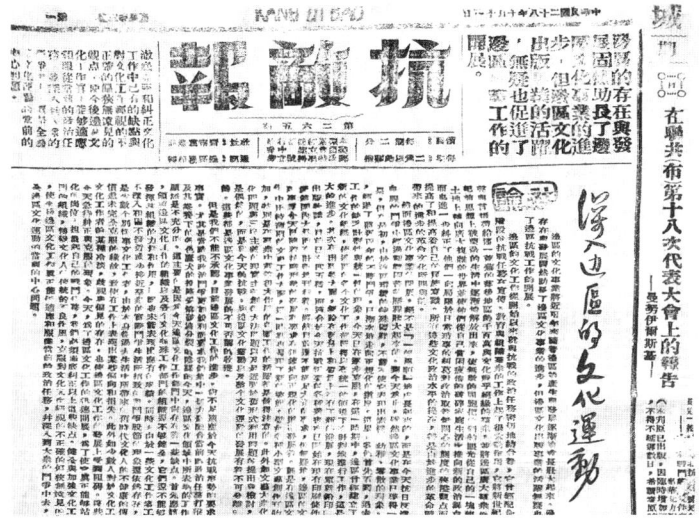

深入边区的文化运动

边区的文化事业将近两年来随着边区的产生与发展逐渐□□长壮大起来。边区的存在与发展固然助长了边区文化事业的进步，但边区文化出版事业的活□无疑也促进了边区抗战工作的开展。

边区的文化工作从开始以来就与抗战的政治任务密切地结合着，它曾经配合着现阶段的抗战任务在宣传、教育与组织群众的工作上起了很大的作用，它将新世纪的歌声与言语带给这一荒芜的落后地区的千百万与文化几乎绝缘的群众，并将边区广大群众□几世纪前思想上被蒙蔽的生活中逐渐地解放出来，使无数的同胞把□们的眼光从自己的一块狭小的土地上转向广大复杂的世界并使他们从自己贫困疲倦的破碎家庭生活中推向新的政治舞台。因而也进一步纠正了他们一向局限于日常琐事的纠葛对政治取□无□心的态度的狭隘观点而日益提高了和提高着自己的民族意识。所有这些文化政治水平的提高，都是由于进步的革命战争所带来的进步的革命文化所赐与的。

然而边区文化事业的开展，绝不是"一帆风顺"地成长起来的，而是在今天抗日反汉奸的血腥的斗争中经过□困苦的历程壮大起来的。到今天为止，□然边区文化事业已获得一些成果，但在最初，由于边区□□的特殊困难，不能不使它表现出□□、幼稚、零散的现象。现在，经过了将近两年的不断斗争，已□次地走向正规化的道路。这里，我们首先看到，过去文化工作的缺乏计划性与统一性的现象，今天已在逐步克服，在这一时期中，边区曾经建立了一些新的文化□□，使边区在各个文化工作部门得以在统一的领导下□计划地进行工作，这是一个大的进步。其次在出版方面，无论在数量上和□量上都有了新的进展，现在单□□□印□定期出版来讲，目前已在四五种，而适合□□天抗战□要□各种□书已开始在现有印刷条件的可□范围内大量□□计划地刊行着。虽然目前还不能满足大家的要求，但无疑地，边区的文化出□□□今天□随着抗战形势□□展和要求在迅速地向正规化的□□□发展着。□是□边区文化工作中比较薄弱的文□工作方面，这一时期□□了新的□□，□□□□小型文艺创作刊物的增加，特别是在群众中□着很大作用的□团工作的活跃都是值得注意的。此外如文艺大众化通俗化□□与三民主义的现实主义创□方法□题以及最近关于旧形式利用问题□提出□检讨，都不是偶然的，而是与今天的抗战，与边区文化运动以及整个文化运动的发展有着不可分离的关系的。这些都是边区文化事业发展的不可否认的收获。

但是我们不能不承认，目前边区文化工作的进步，尚不足适应于今天抗战形势的要求这一事实。尤其是当□我政治斗争更加锐利而要求我们集中一切力量配合当前的政治任务打击敌寇及其豢养下的各色猎犬的投降妥协破坏分裂的阴谋的今天，边区文化领导中所表现的工作成绩□然是不充分的。这主要的是因为今天边区文化工作部门中尚存在□一些缺点。首先应该指出，领导边区文化工作的组织以及各个文化特殊工作部门的组织还不够健全，它们还不能够充分发挥□□□的力量和作用，□团也未能表现出应有的成绩。同时，由于一些文化工作者工作的不深入和□不□□或少接近群众的实际斗争生活所招致的□斗争脱节的现象还依然存在，特别是少数个别□事文化工作者，由于本身□过去生活中所带来的旧时代文化人的不健康的传统习惯还未完全克服的缘故，致使在工作上表现出某些偏向和损失。此外如少数人对于文化工作与文化工作者□某种冷淡，歧视与偏见的存在，也使边区文化工作□发展上受到阻碍。这些都是今天急待纠正与克服的现象。今天，为了边区文化工作的迅速开展，为了使它真正能够站在文化的岗位，担负起自己的战斗任务，我们必须澈底纠正以上这些缺点，健全与加强文化工作部门的组织，转变文化人的传统的不良作风，克服对文化工作□□□不正确的偏狭□远见的观点，使□□边区文化工作正能□适应和服□当前的政治任务，并深入到大众的斗争中去，这是全边区文化运动的当前的中心问题。

（原载一九三九年十月十一日《抗敌报》第一版社论）

用真三民主义打碎假三民主义

近来汪派汉奸在其公开卖国的活动中,特别采取了最无耻阴毒的欺骗花样,利用国民党的名义,到处建立汉奸的伪国民党党部,企图利用青天白日旗以建立其傀儡的伪中央政府,用尽一切方法企图掩盖其卖国投降的罪行,破坏与分裂国民党,污辱与曲解三民主义;而国内一切公开的和隐蔽的民族危害份子,实际上与汪派汉奸一鼻孔出气的冒牌三民主义者,则起而应之,互相唱和,他们天天叫喊"一个主义"、"一个政党",却默不反对汉奸汪派的假三民主义与假国民党,好像汉奸汪派的假三民主义和假国民党同他们的"一个主义"、"一个政党"并不冲突似的,而上海的国民党部与国民党员,在汪派汉奸的影响之下,大部份更公然"转变",完全实行了汪精卫的假三民主义与假国民党的卖国主张了。这在今天,每一个真三民主义的信徒和忠实于抗战的国民党党员以及全国人民,都必须坚决反对,反对那些汪派汉奸和民族危害份子的无耻卑鄙的行为,坚决为保卫孙中山先生的真三民主义而誓死战斗!用真三民主义打碎假三民主义!

今天全中国拥护真三民主义的人,都要努力保存并发展三民主义中的基本的革命精神,使三民主义成为全民族争取现阶段革命澈底胜利的战斗的政治纲领,反对一切削弱与掩盖三民主义基本的革命精神,保存与发展三民主义中所包含的一些消极与保守的因素,把三民主义歪曲成为一个不澈底的富于妥协性的或片面一民主义的反动企图。这种企图,正是目前少数民族危害份子响应汪派汉奸的假三民主义与假国民党的罪恶阴谋,他们无耻地阉割了三民主义,把三民主义"转变"为对内可以"反共防共",对外又可以妥协投降的反动工具。因此我们真正拥护三民主义的人,就必须反对一切断章取义、歪曲与诬蔑三民主义的企图和办法,而要把握住孙中山先生三民主义的基本革命精神和方法,把它发扬光大起来。那些有意把三民主义作为投降妥协、反对抗战、反对团结进步及"反共防共"的根据的,正是反对三民主义的民族公敌。

因此,今天拥护三民主义的人,必须把孙中山先生的真三民主义同汉奸汪派的假三民主义严格分开,孙中山先生的真三民主义是要经过抗日民族统一战线的不断扩大与巩固,以争取民族独立、民权自由、民生幸福的民主共和国的建立,而汪派汉奸的假三民主义则以"中日提携""共同防共"建立"东亚新秩序"而灭亡中国,这是一真一假完全不同的两种路线。

其次,我们拥护真三民主义,必须严格纠正把三民主义歪曲为不澈底的一民主义和作为"反共防共"妥协投降的错误办法。我们必须紧握住三民主义的不可分割的关系,因为如果没有全民族与全国人民的动员,没有抗战到底的决心,没有全国抗日力量的亲密团结,没有民主权利的保证与民主制度的建立，没有民生的适当改善，抗战的最后胜利决然是不□能的。

最后，我们拥护真三民主义的人，必须在实际行动上实行三民主义的革命的具体政策与纲领，坚持孙中山先生联俄、联共与工农的三大政策，切实执行民族独立、□权自由、民生幸福的纲领，一切反共、反苏联、反工农大众的言行，对于日寇汉奸□□际□□□□□□□须予以严格制裁与取缔，一切言行不一致必须予以有效的纠正。

只有这样真正拥护三民主义，反对汪派汉奸及民族危害份子反对三民主义的假三民主义，广泛深入的开展反汉奸汪派的言论与活动的斗争，肃清隐存在抗日阵营中的民族危害份子，坚决保卫并澈底实现真正的三民主义，才能取得抗战建国的最后胜利。

（原载一九三九年十月十九日《抗敌报》第一版社论）

反对武装挑衅

　　目前全国抗战基本上已经进入相持阶段，敌后方的战□环境更加残酷。因此，巩固抗日的阵地积极准备反攻的一切力量，成为当前最严重的任务，特别是敌后方抗日根据地的巩固，一战线的巩固，军政民的加强团结，力求根据地的政治军事各方面的进步，反对落后倒退，反对分裂摩擦，加强政治军事的抵抗力，这是坚持敌后抗战，粉碎敌人"扫荡"进攻，准备反攻的基本条件。

　　但是正当这样严重的时期，就在我们两年来坚持抗战，坚持团结，坚持进步的敌后模范抗日根据地的晋察冀边区，当敌人正进行新的"扫荡"进攻，□源走马驿方面战斗正在激烈开展的时候，灵丘方面居然发生了白部武装包围县政府，劫掠行政人员，引起武装冲突，造成边区空前未有的破坏政权、破坏团结与统一的严重事件，每一个爱护边区，爱护民族国家与人民利益，拥护抗战，拥护团结，拥护进步的人，都不能扼腕、憾恨与愤慨。

边区自经中央批准成立以来，两年余兹，一切施政方针，一本孙中山先生的三民主义与抗战建国纲领，在坚持抗战、团结、统一进步上有着伟大的成绩，最近，□□□□传见边区政府胡副主任与刘处长时，并曾面谕："边区一切照旧进行，辖区不变，继续努力。"而对边区二年来辛劳努力的已得成绩，深加嘉许。就是白部未达边区之先，闻阎司令长官曾示"边区保持完整"之意，足见□□□□与最高党局注重敌后根据地之巩固与对边区期望之殷。而我边区军队与人民，二年以来，一贯维护与尊重抗日之地方政权，舍敌寇汉奸而外从未有人加以破坏。

今者白部所为，完全违反蒋委员长与阎司令长官训谕之旨，违反边区一贯之精神，更违反抗战与人民之利益。无论其主观动机如何，在客观上实等于帮助敌寇汉奸进攻破坏边区，破坏敌后抗战。况当走马驿战斗正紧，而白部恰于敌人进攻之时，发动此不幸之武装挑衅，予敌以可乘之机，果然当白部枪口对内之时，敌人即分路深入腰站与上寨，使两年坚持之雁北根据地与上寨等要点，濒于沦陷，形势危急，此白部对内乘衅，外招强寇之结果，明如观火。

我们全边区的人民，完全反对白部此种武装挑衅之行为，完全拥护边区政府宋主任与军区聂司令员电令所示处理之办法。此事之是非曲直何在，有目共见，双方直接行动必须绝对禁止，一切有政府，一切有法令，应以政府与法令为最后合理之裁判。所有武装力量，均应立即对外，粉碎进攻之敌，誓死坚持抗战、坚持团结统一与进步，巩固抗日根据地，这才是全边区军政民当前同心戮力的唯一方向。

（原载一九三九年十月二十九日《抗敌报》第一版社论）

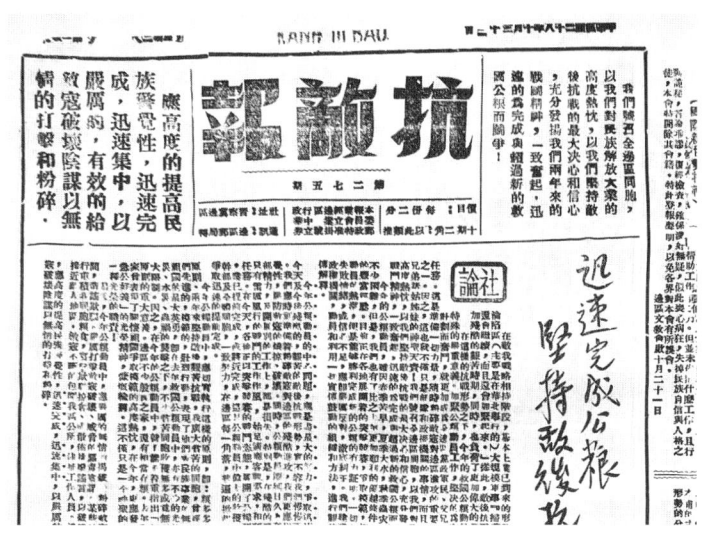

迅速完成公粮 坚持敌后抗战

在敌我战略相持阶段，基本上□已到来的形势下，"敌人在沦陷区（主要是在华北举行的）大规模军事'扫荡'，今后不但还会继续，而且还会加紧起来。"从此，敌后抗战，便踏进了更加残酷的艰苦时期，同时，也负荷了更加伟大的严重任务。

在这样的抗战形势之下，今年的救国公粮动员，就更加有它特殊的严重意义。加紧公粮动员工作，坚决的为完成与超过公粮计划而奋斗，就更加成为全边区党政军民、父兄子弟紧急的战斗任务。这是准备一切力量，随时粉碎敌寇对边区进攻的重要的和必要的工作之一。因之，这也就不仅只是部队和政权机关的事情，而且更是全边区父老兄弟□姑姐妹的神圣天责！我们号召全边区同胞，以我们对民族解放大业的高度热忱，以我们坚持敌后抗战的最大决心和信心，充分发扬我们两年来的战斗精神，一致奋起，迅速的为完成与超过新的救国公粮而斗争！

今年的公粮动员，虽因春季苦旱，夏季大水，秋季虫灾，给我们增加了不少困难，但是，我们也有了比之上年更加顺利的优越条件，和□□所没有的丰富经验。目前正在各地展开着的突击竞赛，争取模范，超过计划的公粮动员的热潮，便是能够胜利完成新的公粮的有力证明。一切在这一问题上的失败情绪，或信心不足，应即严厉反对，澈底纠正。我们建议各群众团体，政权机关，动员和利用一切宣传鼓励的组织和方法，进行艰苦的、深入的宣传解释。

今年公粮动员的中心问题，应是尽最大的努力，争取迅速的提前完成。今天及今后残酷的、艰苦的敌后抗战形势，实不容我们慢慢下手，迁延时日。我们应时刻准备着粉碎敌寇对边区的残酷进攻，我们更应以高度的民族警觉性，严防敌寇的烧掠、破坏。同时，公粮动员迁延日久，在民众情绪，干部精力，及开展别的工作上，都是损失。特别是，在残酷的战斗环境中，亦只有雷厉风行的战斗的工作作风，始足适应客观要求，和顺利的完成工作任务。在今天，各地正以突击竞赛的战斗姿态，展开了公粮运动。不少地区，业已提前完成，或将近完成，这是公粮动员中伟大的收复，我们号召各级干部及全体同胞，一致努力，在边区每一角落，普遍的掀起竞赛突击运动，争取迅速的提前完成。

今年公粮动员中，应切实执行这样的原则，即：粮多多出的合理负担的原则，两年来坚持敌后艰苦抗战，我广大贫苦的同胞，曾经不少次的，以他们先进的、模范的、壮烈行动，表现了他们对民族事业的无限忠诚，对效命祖国的最大英勇，即在去年救国公粮动员中，亦有不少的光荣模范。但在旱灾、水灾、虫祸的袭击之下，不少贫苦同胞收□无多或竟无所收获，感受莫大限制。因之，在今年的公粮动员中，就不能不着重指出"粮多多出"

这一原则的重大意义。边区不少殷实之家，还有相当存粮。去年动员中，不少富家家曾表现了关怀祖国争取模范的高度热忱，在今年，更应发扬我远祖先贤"急公好义"的光荣精神，慷慨输□。这不仅只是一个神圣的义务，而且是一种光荣的职责！

□□，今年公粮动员中，应严厉的无情的揭破□粉碎敌寇汉奸的挑拨离间，造谣欺骗。严厉打击敌寇破坏、威胁的恶毒阴谋。某些地方，敌寇已进行屯积我同胞粮食，实行欺骗掠夺、或散步挑拨谣言，以破坏我公粮动员。接近敌人地区，敌寇不断的包围我区公所，逮捕工作人员。边区军政民全体，应高度的提高民族□觉性，迅速完成，迅速集中，以严厉的，有效给敌寇破坏阴谋以无情的打击和粉碎。

（原载一九三九年十月三十一日《抗敌报》第一版社论）

庆祝军区成立二周年

晋察冀军区成立二周年的纪念日到来了。我们用无限的热诚来庆祝它。我们庆祝它，因为它是坚持敌后抗战，坚持团结，坚持进步的伟大的两年。

两年来的军区，在其英明的创造者与领导者聂荣臻司令和全体政治工作干部及全军区的子弟兵的艰苦奋斗中获得了坚持抗战，坚持团结，坚持进步，为全国及全世界所嘉许的伟大成绩！

军区两年来在华北广大地域上，秉承□□□□□与阎朱司令长官的意旨，收复领土，歼灭敌寇，血战二千余次，不断粉碎敌人的大小进攻，配合全国抗战，巩固前进阵地，坚持抗战，功在国家；两年来，军区军队与政府，群众全体，各党各派，以及全体人民，不分彼此，患难相助，甘苦共尝，戮力同心，亲密合作，坚持团结，堪称模范；保障民权，改善民生，扶助生产建设，推进文化教育，实行三民主义与抗战建国纲领，其坚持进步，更为中外所钦仰。

今天当全国抗战形势基本进入相持阶段的时候，坚持敌后的抗战、团结与进步，更成为当前严重的任务，我们纪念军区成立的二周年，就只有更加发扬军区两年来的伟大成绩，更求坚持抗战，坚持团结，坚持进步，使军区永远成为模范的堡垒。

但是，军区两年来这些伟大的收获，却为敌寇汉奸所嫉视与痛恨，他们正极力破坏军区两年来坚持抗战、团结与进步的成绩。目前在军区范围内，正有少数无耻奸贰之徒，力谋破坏抗战，烂言"收复失地"，为其妥协投降的张本，肆意诬蔑，挑拨离间、制造摩擦，主张"反共""反八路军"，而汪派走狗，更组织伪国民党，企图分化国民党，力谋破坏国共合作，破坏团结，造成分裂；顽固份子企图削夺人民已得的稀微权益，摧残民生，力谋破坏进步，向后倒退。这些危险现象，目前正表现在我们的面前。

因此，我们纪念军区成立的二周年，必须动员一切力量，克服当前的危险现象，坚持抗战，反对投降；坚持团结，反对分裂；坚持进步，反对倒退。我们要更加巩固与扩大晋察冀军区，加紧武装动员工作，动员千百万的子弟兵，动员全体人民，誓死粉碎敌寇汉奸的一切新的进攻，坚持敌后的抗战，广泛开展民主运动，保障人民的已得权利，健全民兵，努力救灾，加紧生产，完成救国公粮，巩固国共合作，巩固统一战线，坚持团结与进步，以坚持抗战，准备反攻的力量，争取最后胜利，以完成军区在民族自卫战争中的伟大任务！

（原载一九三九年十一月七日《抗敌报》第一版社论）

纪念孙中山先生诞辰　我们的严重任务

今年的十一月十二日，是中华民族的巨人——孙中山先生七十三届诞辰的纪念日。我们今年纪念孙中山先生的诞辰，有特别重大的意义，同时也有更重大的任务。因为现在敌寇汉奸汪精卫之流，正在加紧诬蔑孙中山先生，诬蔑孙中山先生手创的国民党和三民主义，伪造和强奸孙中山先生的国民党和三民主义，也就是在企图破裂与断丧孙中山先生毕生伟大精神与革命事业所寄托的政党与主义，及孙先生所赍志未竟的中华民族独立解放的事业。

那些汪派汉奸及一切与汪派汉奸同流而冒充孙中山先生的"信徒"之辈，其叛卖孙中山先生的罪恶，目前正用公开与隐藏的各种方式，加紧制造。他们的倒行逆施，必欲断送孙中山先生遗嘱叮咛□死同志□□实现的革命大业，使之败堕，必欲使孙中山先生的国民党与三民主义陷于崩溃灭裂；必欲使全国人民所致力的三民主义的抗战建国的事业，中途失败，这真是全民族当前的最大危险，更是对孙中山先生的不可赦的罪戾和侮辱！

因此我们今天纪念孙中山先生的诞辰，必须坚决和一切诬蔑、破坏孙中山先生的主义与政策，从而诬蔑与破坏抗战建国事业的罪恶份子及其罪恶行为做最猛烈最无情的斗争。

首先我们坚决反对汉奸汪精卫派的假国民党和假三民主义，同样也坚决反对一切曲解和削弱三民主义，使□□主义实际上成为"一□主义"、"半民主义"。我们不但要坚决拥护而且要坚决□行真正的三民主义，以粉碎假三民主义和对三民主义的一切曲解与削弱的企图□我们坚决拥护坚持抗战坚持三民主义的真国民党，坚决反对破坏抗战，投降敌寇，破坏三民主义的假国民党。

我们坚决反对破坏孙中山先生手订的联俄、联共、工农的三大政策的一切错误行为，我们坚决拥护和实行三大政策□如坚决拥护和实行三民主义一样。目前在新的国际形势和新的抗战形势下，我们必须巩固中苏两国的关系，坚决反对挑拨离间中苏关系，引诱中国参加英法战线准备投降日寇的政治阴谋；我们必须巩固国共长期合作与统一战线，巩固国内团结，坚持长期抗战，反对破坏国共合作，分裂统一战线，"反共"、"反八路军"，破坏抗战准备投降的反动阴谋步骤；我们必须改革政治经济，实行民主，改善民生，澈底实现抗战□国纲领，力求进步，准备反共力量，坚决反对一切落后倒退剥夺人民利益，削弱抗战力量以破坏抗战的任何狂妄企图。

我们要坚决为实现孙中山先生的真三民主义与三大政策及抗战建国纲领而斗争，这是全中国人员纪念孙中山先生诞辰的当前最严重的任务。

目前在我们晋察冀边区，汪派汉奸已经开始活动，组织伪国民党，打到国民党组织内部，实行其分化国民党，破坏三民主义，主张"反共"、"反八路军"，破坏国共合作，破坏统一战线，企图达到其破坏抗战，投降敌寇，亡国卖国的目的。同时若干顽固份子，也正加紧制造摩擦，武装挑衅，破坏抗日政权与群众运动，破坏抗日根据地，实□向□倒退，如最近灵丘白部武装冲突，即是一例。这些顽固倒退的行为，无论其动机如何，客观上□等于执行了汪派的纲领，□了□□汉奸的毒计，完全和孙中山先生的革命主张相违背。因此我们全边区人民，尤其是国共两党的同志，今天须特别警惕，严厉防范与打击汪派汉奸的破坏活动，亲密□共合作，巩固□□团结，巩固统一战线，反对挑衅、摩擦、分裂、倒退，巩固模范抗日根据地，坚持敌后抗战，为巩固边区而奋斗，这是我们全边区人民纪念孙中山先生诞辰的当前具体任务。

（原载一九三九年十一月十一日《抗敌报》第一版社论）

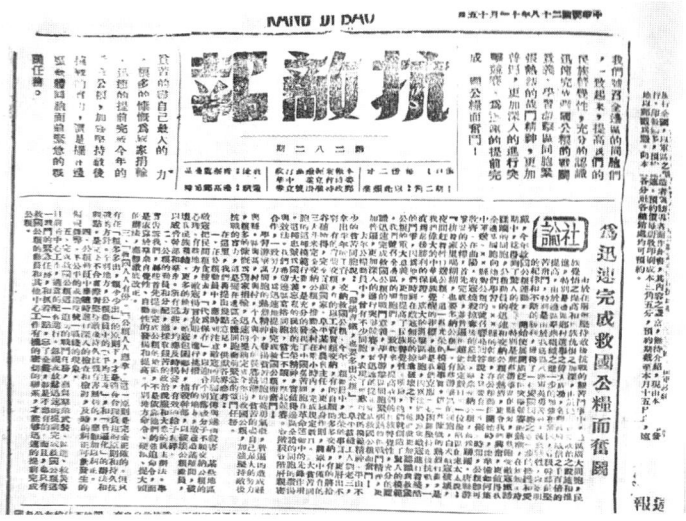

为迅速完成救国公粮而奋斗

由于在两年坚持敌后抗战的艰苦斗争中，边区广大同胞，民族觉悟之提高和民族仇恨之加深，由于□□□□政治之设施和推进，特别是边区乡村选举之伟大成功，各级政府威信之千百倍的提高，由于边区群众组织之进一步的加强和巩固，各级干部的坚苦奋斗，特别是由于我边区八路军英勇善战，流血牺牲，以□明的纪律和不断的胜利，获得了一□爱国同胞之进一步的拥护和爱戴，今年救国公粮运动，开始便展开广泛的突击竞赛的热潮，在短短□时期中，竟得到了惊人的收□。特别是那些游击区的县分，那些饱受敌寇铁蹄蹂躏的同胞，公粮动员的迅速和交纳公粮的热烈，更令我们兴奋，更值得我全边区同胞向他们学习。

××县的干部，在公粮动员开始时，便准备如何集中运送。××县对公粮的号召响亮回答说：只要有一个碾□时间，公粮即可收齐。在曲阳，敌寇烧杀掠夺后的党城，群众交纳公粮，最为踊跃。唐县游击区的公粮，首先完成，并普遍的超过原定数目。一位沦陷区的老太太说："拼着家里喝糊糊，也要多纳公粮"。有些游击区的同胞，白天敌寇破坏，夜间赶着牲口送公粮，这一些光荣的模范事实，这一些慷慨的热烈行动，是我们伟大的中华民族觉醒的指标，也是我们克服一切困难坚持敌后抗战，一直到最后胜利的保证。广大的游击区同胞，因为他们时刻与敌寇进行着残酷的斗争，因为他们时刻在敌寇无耻的掠夺破坏之下，他们就更加认识到救国公粮的重大意义，更加提高了民族警觉性。所以，他们就创造了惊人的模范。我们号召全边区的同胞们，一致起来，提高我们的民族警觉性，充分的认识迅速完成救国公粮的战斗意义，学习游击区同胞紧张热烈的战斗精神，更加普遍，更加深入的进行突击竞赛，曾迅速的提□完成救国公粮而奋斗！

去年公粮动员中，曾有不少同胞，表现了可歌可泣的模范精神，平山不少的贫苦同胞说："砸锅卖铁，也要多出公粮"。阜平裁缝工人刘老三，拿出半年的工资，交纳救国公粮，今年□粮动员中，光荣的事实，更层出不穷□有的□柴交粮，有的以工资买粮交纳，有的自愿的多多交纳，有的将拾谷穗所得，完全贡献国家。阜平某村农会主任，更以身作则，将家中仅有的三大斗米完全交纳公粮，推动全村在两小时内，完成规定数目。广大贫苦同胞的这种模范行动，是充分的发扬了中国劳苦同胞在革命运动中的先锋作用。这种忠诚为国大义忘私的民族的光荣精神，实值得边区全体的同胞的赞扬与效法。我们希望边区富裕同胞，当仁不让，群起竞赛。各阶级各阶层亲密合作，一致努力，为迅速地提前完成救国公粮而奋斗！

学习游击区同胞的热烈精神，发扬贫苦同胞的英勇气概，普遍的造成县与县，区与区，村与村，个人与个人的竞赛热潮，贫苦的尽自己最大的努力，粮多的慷慨为国家捐输，迅速的提高完今年的救国公粮，加强坚持敌后抗战的实力，这是摆在边区全体同胞面前紧急的战斗任务。

在这里，我们再提出几点意见，供献各界参考：

一、在公粮动员中，应时刻注意敌寇的欺骗宣传与逮捕杀害，某些地区敌寇把民间粮食搜去，"代为保存"，以迎合个别落后分子不愿交纳公粮的心理。有些地方，敌寇扬言放账，进行挑拨，有的地方，敌寇造谣离间，破坏我民族团结。更多的地方，敌寇包围乡村，捕杀干部，以破坏公粮动员，以威胁干部和群众。所有这些，均应及时揭发，有效的给予粉碎。

二、公粮的动员和分配，应采取艰苦的政治说服和大众的民主办法。事实告诉我们，那些首先提前完成公粮的地区，不是依靠他们的强迫命令，而是依靠于群众自觉性、自动性的发扬和提高。个别地方命令、硬派、捉大头的办法，应即澈底改正。

三、"救国人人有份。""公粮人人应拿。"这一原则是完全正确的。但只有在"粮多多出，粮少少出"的原则下，才是适合合理负担的原则和持久抗战的方针。个别地方，公粮动员中的"平均主义"，和"普遍化"的办法和观点，是完全不合实际对坚持敌后持久抗战有害无利的，应即加以纠正。

四、公粮动员中应随时进行深入的检查和检讨，及时的纠正可能发生的偏视舞弊，不公平的或违反统一战线的现象。

五、完成救国公粮这一迫切的战斗任务，应与群众武装、区选、救灾等目前的中心工作，适当的配合进行。忽视或放松迅速的提前完成救国公粮这一战斗的紧急任务，和抓着一点，忘了全盘，都是不应有的。而且，也只有救国公粮的动员和其他中心工作有机的密切的联系，才能够迅速的提前完成公粮。

（原载一九三九年十一月十五日《抗敌报》第一版社论）

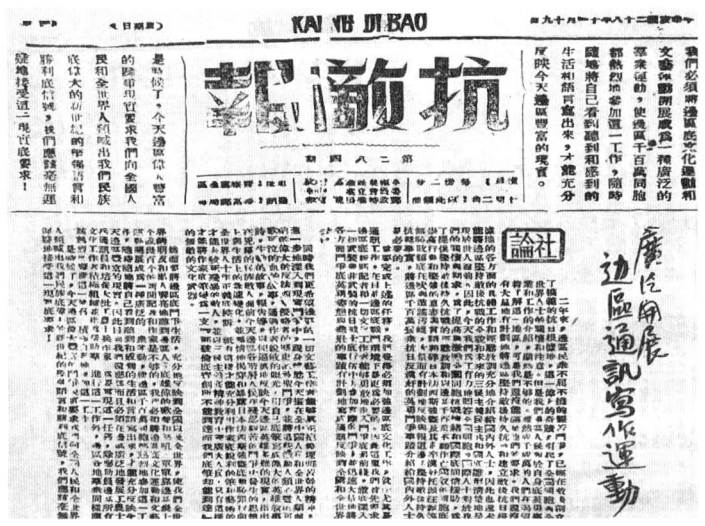

广泛开展边区通讯写作运动

二年来，边区民众不屈不挠的艰苦斗争，已经在敌后创立了模范的抗日根据地，这一伟大的奇迹，引起了全国同胞与全世界人士的关怀和注意。但是我们边区人民对于自身底英勇事业和工作的介绍，显然是不够的。虽然成千成万的人们在渴望着了解这一地区，可是我们还没能满足他们的要求。我们还没有大量地有计划地将边区坚持敌后持久抗□和建立敌后抗日根据地的各方面的具体工作和经验教训充分地介绍给国内外人士，因此也还未能将边区坚持敌后抗战的全貌和未来的三民主义民主共和国□雏形清楚地呈现于世人面前。因此，今天我们为了有力地回答全国同胞□国际人士对于我们的关怀与期求，为了提高□激励全国同胞抗战情绪和国际底同情援助，为了提供坚持□后持久抗战的经验教训和以边区千百万不愿作亡国奴的同胞底崇高行动和坚强的意志与言语粉碎日本法西斯强盗及其□卒汉奸托派汪派等无耻败类底狂吠与造谣污蔑，大量而有计划地反映与报道边区坚持敌后持久抗战事实，将边区千百万民众抗日反汉奸的英勇斗争事迹介绍给国内外人士是必要的。

□要完成上述的任务，我们觉得必须加强边区底文化工作，就□尤其是通讯工作，在目前边区底战斗环境下□更为必要的。因此这□我们首先要求边区底□□记者和一切文化工作者能够勇敢地走入斗争底最前线，澈底深入一切武装□非武装的抗日战士底行伍中去参加实际的斗争；并迅速大量地将各方面斗争底英勇姿态与悲壮的事迹有计划地写成通讯反映到全国和全世界去。

同时我们更希望边区的一切文艺工作者能够真正抱着埋头苦干的精神，进一步地深入到现实斗争中，亲身□验今天摆在全中国人民和全世界人类面前的伟大的反法西斯侵略者的历史的神圣斗争，并将这些激励人类心灵□可歌可泣的血的故事，通过作者锐敏的眼光，用自己底笔写成伟大的英雄叙事诗，生动的故事，报告等，以便逼真地反映今天边区英雄多难的现实，指出在凶恶的民族故人面前今天边区各阶层人民在残忍刻苦的斗争中发生的思想上与生活上的急遽变化，并无情地揭穿和暴露日本法西斯强盗底无耻罪行向全世界人士作正义底控诉□只有这样才能充分利用作家底锐利的笔和艺术的才能去绞死残暴的敌人，并以三民主义底精神教育中□广大人民，只有这样才能将作家底笔变为一支"□破伦底宝剑所不能到达而我们底笔却能到达"的无敌的文化武器。

然而要将边区底斗争生活，充分地反映到全国以及全世界，使我们全世界的朋友和敌人响亮地听到边区人民底雄伟的歌声和怒吼，单单靠边区几十个或几百个的新闻记者和作家是不够的，我们必须将边区底文化运动和文艺运动开展成为一种广泛的□众运动，使边区千百万同胞都热烈地参加这一工作，随时随地将自己看到听到和感到的生活和言语写出来，才能充分反映今天边区丰富的现实。因此目前我们还应该而且必须在边区广泛地发展工农士兵通讯员和培养大批工农士兵作家□为要实现这一任务，除应动员边区所有文化工作者积极组织并指导帮助群众进行这一工作外，边区各地群众同样应该热烈□□应这一号召□□□□□□□□这一工作。

是时候了，今天边区伟大丰富的斗争□□要求我们向全国人民和全世界人类喊出我们民族底伟大的新世纪的□□语言和胜利底信号，我们应该毫无迟疑地接受这一现实底要求！

（原载一九三九年十一月十九日《抗敌报》第一版社论）

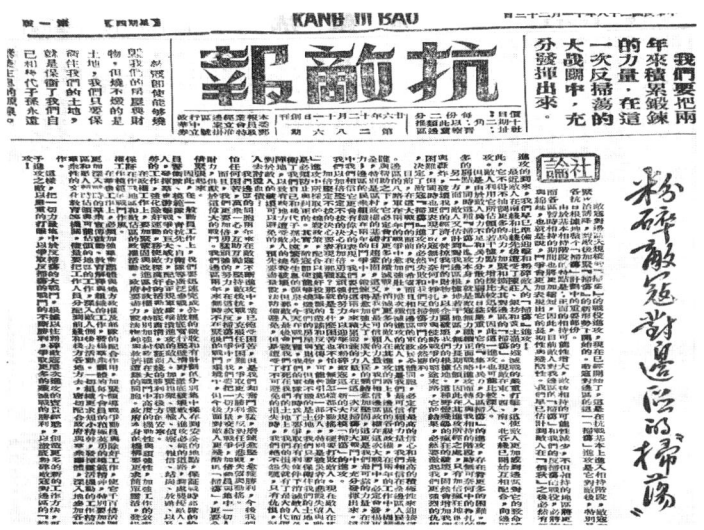

粉碎敌寇对边区的"扫荡"

敌寇对边区大规模的"扫荡"的战役进攻,现在已经开始了,这是在抗战基本上进入相持阶段,敌寇在正面加紧政治诱降,对敌后加紧"扫荡"的新形势下开始的。敌寇对边区的这一"扫荡"进攻是它对敌后,特别是对华北各抗日根据地整个"扫荡"计划中的重要部份。

由于基本相持阶段的特点是:正面的相持可能性增大,敌后相持的可能性减少,不但相持的地区将更加缩小,而各区暂时相持的期间也将更加缩短,因此,目前敌人对我边区的"扫荡"和我们的反"扫荡"的战役,必将趋于酷烈与绵延,也就是说,斗争会更加表现出它的长期性与残酷性。我们早已估计到敌人在"□秋"之后必然有新的大举进攻的到来，我们早已准备迎击和粉碎敌人的"扫荡"进攻！

最近敌人在南线和北线先后遭受了陈庄、银坊和□土岭的歼灭战的最重打击，这使敌人更加感到边区对它的致命威胁，因此，它不得不抽调更多的兵力，加紧和扩大其对边区的"扫荡"。现敌在东、西、南、北各线已开始互相配合，向边区内地进攻。敌人利用它所占领的若干据点，增援比较迅速，因此这一进攻也可能比较深入。

但是由于敌人兵力不足和火力分散的弱点日益严重，它的"集中兵力，分区'扫荡'"的进攻，存在着更多的困难，将□□更多的弱点，同时这种"扫荡"进攻本身，就是敌寇无力继续正面战略进攻而转入与我相持的阶段时应可奈何中的挣扎的表现。

另一方面，敌人又估计到对我边区根据地若干地区，无力长期占领，因此在其进攻所经之处，只有加倍疯狂地进行其烧杀与轰炸，破坏我们的经济，焚掠我们的财物，以企图破坏我们的根据地。这种野蛮残暴的疯狂的破坏，固然会增加我们更多的困难，但同时也更表现了敌寇无可奈何的挣扎的无力与侵略战争的穷途末路，它的结果，必然要激起我们更强烈的仇恨的反抗，决定了敌寇"扫荡"进攻的必然失败和我们反"扫荡"战斗的必然胜利。

目前，在这大战斗的面前，我们希望而且相信边区的军政民全体同胞，必定有最高的信心和最高的积极性来迎接这次战役。边区的八路军在两年的战争中愈加强壮，屡次歼灭进攻的敌人，这是我们最可信赖的力量，我们相信在全边区人民热烈的拥护与帮助之下，它必定会打更多的歼灭战，消灭更多的敌人在其进攻的路上；边区的各级政权，在两年的工作中，机构愈加健全，特别是区村政权的基础日趋巩固，这又是我们最可信赖的力量，我们相信边区政权在这次大战斗中，必定会发扬更大的威力；边区的民众组织在两年的斗争中，锻炼得愈加强大了，广大人民的团结愈加坚固，这更是我们最可靠的力量，在这大战斗中我们相信它更会有伟大的表现。

我们要把这两年来积累锻炼的力量，在这一次反"扫荡"的大战斗中，充分发挥出来。这就需要我们以加倍坚定不拔的决心和加倍勇猛顽强的努力，以迎击和粉碎敌寇这一新的大规模"扫荡"的进攻。

加倍坚定不拔的决心要表现在那里？那就是：什么困苦也不怕，无论怎样都不动摇，硬要打败敌人。现在敌人在其"扫荡"进攻中所采取的烧杀政策，配合以汉奸投降派的造□和反宣传，可能会引起一部份人，特别是被灾者的悲观失望与动摇，这是必须防止与纠正的。其实，敌寇即使能够烧毁我们的房屋与财物，但烧不毁的是土地，我们只要保卫住我们的土地，就是保卫了我们自己和后代子孙永远繁荣生息的源泉。今天在战斗里，我们的军队有时为了要争取在有利条件下消灭敌人而必要转移阵地，以致有些地方遭受敌人的烧杀破坏，但那敌人最后会被我们打死在我们的土地上，我们的损失就有了最大的代价。我们对于敌人的破坏可以避免的，预先要尽量设法防备避免，但是遭受了不可避免的损失时，我们绝不怨叹，只有仇恨，努力向敌人去讨还血债！

我们边区的同胞两年来在敌寇不断进攻中，业已饱受困苦，但是我们却奋斗愈猛，磨练愈坚，愈获胜利，今后我们更要不怕任何困苦，万众一心，互助互励，坚持敌后抗战，克服任何困难，争取更大胜利，反对任何悲观失望与动摇。

而且，我们更要加倍勇猛顽强的努力，在这次反"扫荡"斗争中，我们要把一切力量交给战争，加倍动员与集中一切人力物力财力，供献于这伟大的战斗，我们边区两年来无时不在紧张的战斗环境中，但今后面对敌人更残酷的"扫荡"，更要全面地百倍紧张起来。

因此，在一般动员工作上，我们要迅速完成公粮的征收和有计划的分别集中保存到安全的地点，保证战时部队的给养，动员警卫队、模范队、青抗先、自卫队等广泛参战，澈底实行坚壁清野，澈底破坏敌人进攻必经的道路，到处袭扰敌人，迷惑敌人，发挥群众游击战争的巨大威力，配合正规军队击溃进攻的敌人。加紧担架、运输、侦察、报信、站岗、放哨、以及救济□劳的工作，强化除奸运动，务使敌探汉奸的活动澈底肃清，保证战线的胜利和后方的安宁。

在政权工作上，要加紧巩固与改进区村政权，特别加强村政权在大战斗中高度的机动性与顽强性，加强工作的效率，更要保证在作战地区和敌占区的政权活动，政府要尽力设法抚恤与救济遭难的同胞。政府本身的机构要更求简单灵活，发扬边区政权工作模范的战斗作风。

在群众工作上，必须加强群众团体与地方政权及□队的配合作用，加紧领导战争动员与除奸工作，使它千百倍活跃起来，更加深入□□的群众宣传鼓励、教育解释与组织的工作，发扬群众团体的每个会员的积极英勇的模范精神，特别要加强作战地区和敌人暂时占领与可能占领的地区的工作，深入敌人侧后去活动。一切组织更求短小精干，发挥灵活机动的工作精神，一切群众性的文化教育等机关，尽量要把工作人员分配到前线和后方各地区，密切配合政府与群众团体，深入地参加各种战时工作。

这样，把一切力量集中于反"扫荡"的大战斗，根据以往粉碎敌寇屡次进攻的宝贵经验，创造更多的新的工作方法，更有力地予进攻之敌以严重的打击，以争取反"扫荡"的战斗的不断胜利，争取更多的歼灭战的胜利，以澈底粉碎敌寇对边区的"扫荡"进攻！

（原载一九三九年十一月二十三日《抗敌报》第一版社论）

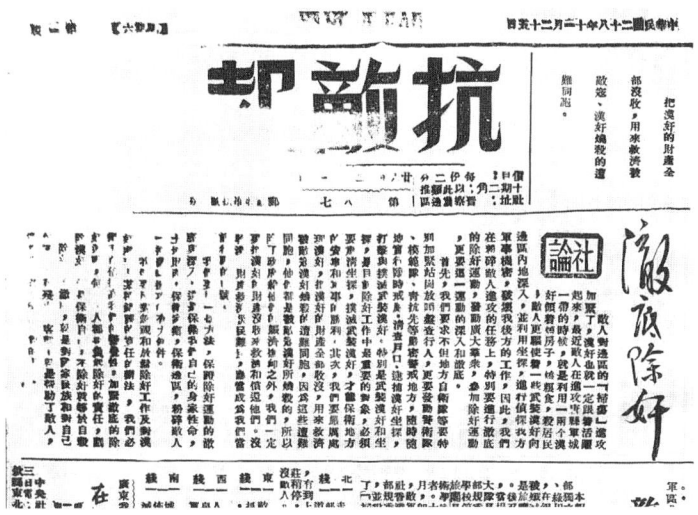

澈底除奸

敌人对边区的"扫荡"进攻加紧了,汉奸也就一定跟着活跃起来,最近敌人在进攻唐县军城一带的时候,就是利用一两个汉奸领着烧房子,烧粮食,杀居民;敌人更驱使着一些武装汉奸向边区内地深入,并利用坐探,进行侦探我方军事机密,破坏我后方的工作,因此,我们在粉碎敌人进攻的任务上,特别要进行澈底的除奸运动,发动广大群众,参加除奸运动,更要这一运动的深入和澈底。

首先,我们要求不但地方自卫队等要特别加紧站岗放哨盘查行人,更要发动警卫队、模范队、青抗先等严密警戒地方,随时随地实行临时戒严,清查户口,逮捕汉奸坐探,打击与扑灭武装汉奸。特别是武装汉奸和坐探,是目前除奸工作中最重要的对象，必须要肃清坐探，扑灭武装汉奸，才能保卫地方的安宁和军事的胜利。其次，我们要严厉处理汉奸，把汉奸的财产全部没收，用来救济被敌寇汉奸烧杀的遭难同胞，因为这些遭难同胞，他们都是被敌寇汉奸所烧杀的，所以除了政府给他们的赈济抚恤之外，我们一定要把汉奸的财产没收来救济和偿还他们。没□□□财产救济灾民难民，应当成为我们当前□□的口号。

我们要□一切方法，保证除奸运动的澈底与深入，这是保卫我们自己的身家性命，土地财产，保卫家乡，保卫边区，粉碎敌人"扫荡"进攻的有力条件。

我们要反对忽视和放松除奸工作及对汉奸处□□某种错误□的责任的办法，我们必须千百倍提高我们的警觉性，加紧澈底的除奸运动，领□□人都□负起除奸的责任，割除汉奸□□□保卫自□，不除奸就等于自杀□除□□□澈底，就是对国家民族和对自己□□□□□残□□客□□□是帮助了敌人，□□□□□□□□□□。

（原载一九三九年十一月二十五日《抗敌报》第一版社论）

互助赈济

　　我们已经不断□□□，敌寇此次对边区的"扫荡"进攻，是带有长期性、深入□和比以往更人的残酷性的，这种残酷性在最近敌人所到的地方，普遍实行野蛮的烧杀政策的事实上，特别看得清楚。这一方面完全表现着敌寇在相持阶段基本到□的形势下，它的前途大路无可奈何的破坏与□扎，但另一方面显然也在某种程度上增加了我们某些困难，给予我们的同胞以更多的痛苦与灾难。

　　当然，我们知道战争本来是残酷的，尤其是日本强盗对我们的进攻，由于它的目的是要我们当它的牛马奴隶，它的残酷的暴行更是必然的。何况我们的边区，更是它的心腹大患，敌人必然对我们要加以最残酷的"扫荡"，这是毫无可怪的。

现在边区的老百姓都□得日本鬼子的进攻和它要被我们粉碎这都是一定的，因此他们很高兴地进行坚壁清野，动员公粮配合作战，阻碍着敌人的前进，并且使敌人除了空房子之外，找不到半个人和半点东西，迷惑住敌人，起了伟大的作用。但是也有一部份人，完全失掉了胜利的信心，只是悲观□谣，事前坚壁清野，什么也不认真做，事后被敌人□杀一光，就无法生活。

这种人目前到处存在着，不论他们损失的轻重，我们都不能不急筹救济的办法。这当中，除了政府拨款按灾情轻重分□赈济外，必须发动广大同胞，发扬民族的友爱和乡邻的友爱，广泛实行互助赈济的方法，互相帮助修房子，借粮食，同生死，共患难，渡过难关，坚持抗战。同时，澈底清除汉奸，没收汉奸的财产来赔偿遭难同胞的损失。对于那些因为事前消极，悲观而遭受严重损失的人，还必须特别给以充分的解释与教育，使大家互相了解不至再受无畏的摧残，这种消极的防止，也是非常重要的救济方法之一！

（原载一九三九年十一月二十七日《抗敌报》第一版社论）

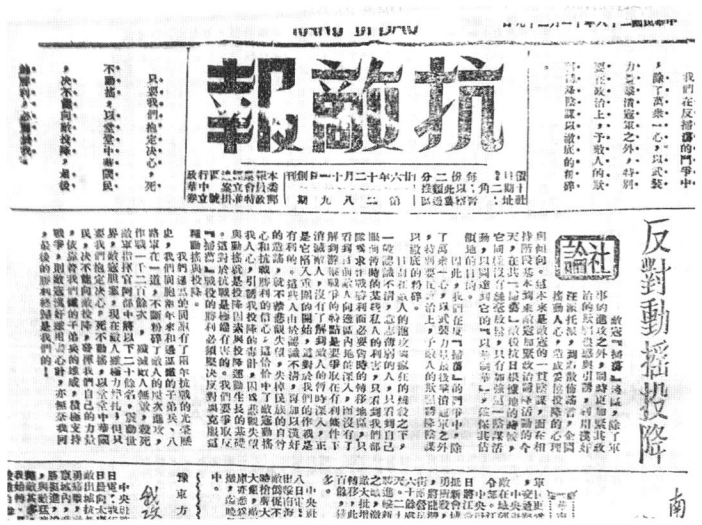

反对动摇投降

敌寇"扫荡"边区,除了军事的进攻之外,同时更加紧其政治的欺骗蛊惑与引诱,利用汉奸汪派托派,到处散布谣言,企图摇动人心,造成妥协投降的心理与倾向。这本来是敌寇的一贯阴谋,而在相持阶段基本到来敌寇加紧政治诱降活动的今天,在其"扫荡"敌后抗日根据地的时候,它同样没有丝毫放松,只有加强这一阴谋活动,以图达到它的"以华制华",确保其占领地的目的。

因此,我们在反"扫荡"的斗争中,除了万众一心,以武装力量最后击溃□军之外,特别要在政治上,予敌人的欺骗诱降阴谋以澈底的粉碎。

目□在敌人的进攻与疯狂的烧杀之下,一般认识不清,意志薄弱的人，只看到自己眼前暂时的某些私人的利害，只看到我们部队为求作战胜利而必要暂时的转移地区，只看到目前敌人向边区内地的深入，而没有了解到游击战争的特点是要争取在有利条件下消灭敌人，没有了解到敌人的暂时深入，正是它陷入重围的开始，这对于我们的作战是有利的。这些人由于认识不清，再加以汉奸的造谣，就不禁悲观失望，失掉民族的自尊心和抗战胜利的信心，这恰恰中了敌寇动摇我人心，引诱我投降的毒计，因为悲观失望与动摇就是投降因素与投降运动生长的基础。这对于抗战是极端有害的。我们要争取反"扫荡"战役的胜利必须坚决反对与克服这种动摇与投降。

我们边区的同胞有了两年抗战的光荣历史，我们同胞两年来和边区铁的子弟兵、八路军在一道，不断粉碎了敌人的屡次进攻，作战一千二百余次，歼灭敌人无数，杀死敌军指挥官阿部中将以下二十余名，震动世界，敌寇胆寒，现在敌人虽极力挣扎；但只要我们抱定决心，死不动摇，以堂堂中华国民，决不能向敌投降，发挥我们自己的力量，依靠着我们铁的子弟兵的雄威，积极支持战争，则敌寇汉奸虽用尽心计，亦无奈我何，最后的胜利终归是我们的！

（原载一九三九年十一月二十九日《抗敌报》第一版社论）

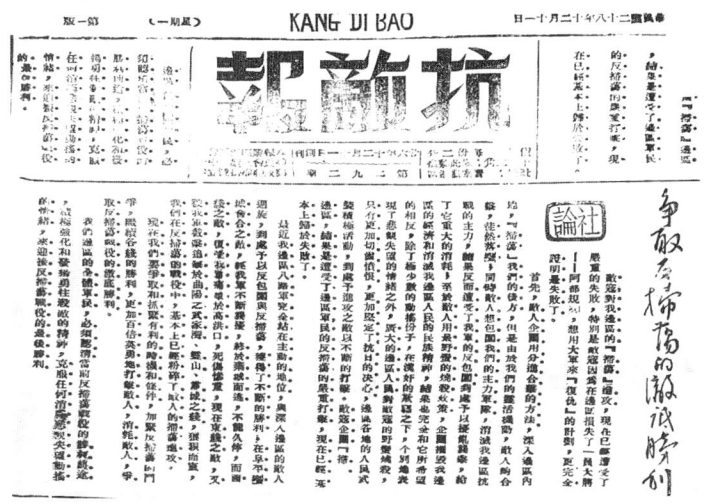

争取反"扫荡"的澈底胜利

敌寇对我边区的"扫荡"进攻,现在已经□遭受了严重的失败,特别是敌寇因为在边区损失了一员大将——阿部规□,想用大军来"复仇"的计划,更完全证明是失败了。

首先,敌人企图用分进合击的方法,深入边区内□,"扫荡"我们的后方,但是由于我们的灵活机动,敌人的合击,徒然落空;同时敌人想包围我们的主力军队,消灭我边区抗战的主力,结果反而遭受了我军的反包围到处予以扰乱□□,给了它重大的消耗;至于敌人用最野蛮的烧杀政策,企图摧毁我边区的经济和消灭我边区人民的民族精神,结果也完全和它所希望的相反,除了极少数的动摇份子,在汉奸的欺骗之下,个别地表现了悲观失望的情绪之外,广大的边区人民对敌寇的野蛮烧杀，只有更加切齿愤恨，更加坚定了抗日的决心，边区各地的人民武装积极活动，到处予进攻之敌以不断的打击。敌寇企图"扫□"边区，结果是遭受了边区军民的反"扫荡"的严重打击，现在已经基本上归于失败了。

最近我边区八路军完全站在主动的地位，与深入边区的敌人周旋，到处予以反包围与反"扫荡"，获得了不断的胜利，在阜平□城会合之敌，经我军不断袭扰，终于弃城而逃，不能久停，而西线之敌，复受我军痛□于高洪口，死伤惨重，现在东线之敌，又被我军截击追击于曲阳之武家湾、灵山、党城之线，狼狈而窜，我们在反"扫荡"的战役中，基本上已经粉碎了敌人的"扫荡"进攻。

现在我们要争取和抓紧有利的时机和条件，加紧反"扫荡"的斗争，继续各线的胜利，更加百倍英勇地打击敌人，消耗敌人，争取反"扫荡"战役的澈底胜利。

我们边区的全体军民，必须认清当前反"扫荡"战役的胜利前途，积极强化和发扬勇往杀敌的精神，克服任何消极悲观失望动摇的情绪，来迎接反"扫荡"战役的最后胜利。

（原载一九三九年十二月十一日《抗敌报》第一版社论）

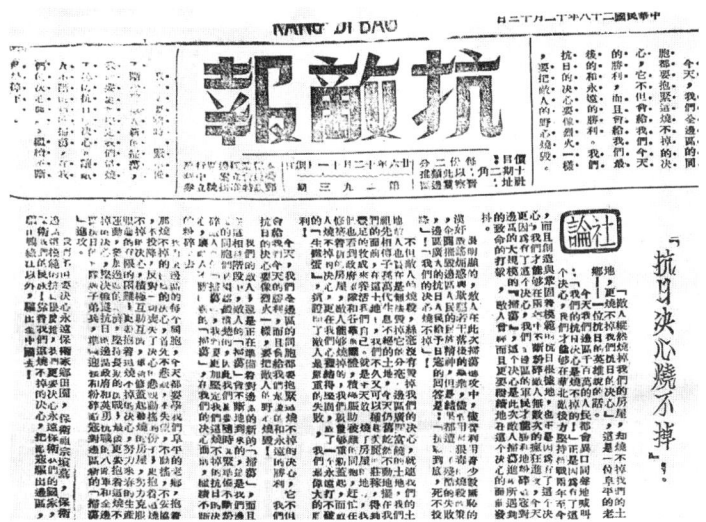

"抗日决心烧不掉"！

　　"敌人纵然烧掉我们的房屋，却烧不掉我们的土地，更烧不掉我们抗日的决心"，这是一位阜平的老乡——一位抗日的英雄说的话。

　　今天我们边区千百万的人民都会异口同声地喊叫："我们的抗日决心是烧不掉的！"正是因为有了这个决心，我们才能够在华北敌后方坚持抗战两年至今，而且创造与巩固着模范的抗日根据地，也正是因为有了这个决心，我们才能够在两年中不断粉碎敌人无数次的疯狂进攻，今天更因为有了这个决心，我们全边区的军民才能胜利地粉碎敌寇对边区的大规模的"扫荡"，这个决心是此次敌人"扫荡"进□所遇到的致命的打击，敌人曾经而且更要继续地在这个决心的面前发抖。

很明显的，敌人在此次"扫荡"进攻中，尽管利用着少数无耻的汉奸造谣煽惑与欺骗若干落后的群众，尽管用□狠毒的烧杀□策，企图摧毁边区人民的民族精神，但是结果都遭□了残酷的失败，边区广大的抗日人民给予日寇的回答是："抗战到底，死不投降"！"我们的决心烧不掉"！

不但敌人的烧杀，丝毫没有毁掉我们的决心，就连我们的土地敌人也实在是无法毁掉它的分毫，边区广阔富饶的土地，我们祖先相传子孙外带生息不绝的土地，今天仍旧屹然不动地摆在我们的面前，在这土地上，我们不久又可以种起美丽的庄稼，得到丰足的收成来养活我们自己。就是今天敌□烧了房屋的地□，我们也看到政府□队和各群众团体，积极赈助被难的同胞，赶忙在修筑着□的房屋，敌人能够烧掉的，我们就能够重新盖起，而敌人烧不掉的决心，更在我们心里结得坚固，成了一个永远打不破的"生铁蛋"，这证明了敌人最严重的失败，我们最伟大的胜利！

今天，我们全边区的同胞都要抱紧追烧不掉的决心，它不但会给我们今天的胜利，而且会给我们最后的和永远的胜利□我们抗日的决心要像烈火一样，要把敌人的野心烧毁！

我们的敌人；还是正在准备着对边区的新的"扫荡"，而且□这相持阶段中，敌人的"扫荡"会不断地到来的，这是我们边区的同胞们□□□清楚的，因此□我们要随时紧准备不断粉碎敌人□□"扫荡"，我们要更加坚定我们这烧不掉的抗日的决心，让敌人□□□的"扫荡"，在我们的决心面前，继续不断的粉碎□去。

我们全边区的每个同胞，今天都要学我们阜平的老乡，抱着那烧不掉的□□的决心，首先不悲观，不失望，不动摇，不妥协，不投降，反对一切丧失了决心的悲观动摇的份子；更抱着□烧不掉的决心，积极互助互济，□□修盖起被烧的房屋，努力克服眼前的有限的困难；更要抱着这烧不掉的决心，努力来春的生产运动，□□边区的□济，坚持长期的抗战；最后更要抱着这烧不掉的决心，坚决□□抗日的边区政府和英勇抗战的八路军和全边区□□□□队与子弟兵，准备迎接和粉碎敌寇对边区新的"扫荡"进攻。

我们不但要决心永远保卫家乡田园，保卫祖宗坟墓，保卫边区这模范的抗日根据地，我们更要决心永远保卫我们的国家，保卫我们的民族！靠着我们这烧不掉的决心，把敌寇驱出边区，驱出鸭绿江以外，驱出全中国去！

（原载一九三九年十二月十三日《抗敌报》第一版社论）

论边区反"扫荡"战争的胜利

从十月底十一月初，上寨、下关、银坊的战斗起，敌寇开始了向边区作新的战役进攻的"扫荡"。

此次"扫荡"与去年□围攻不同，这是在相持阶段基本上已经到来的形势之下进行的。这一特点就决定了这一"扫荡"与反"扫荡"的恶战更加带着紧张性和残酷性。

相持阶段中，敌寇在敌后的政策，是企图以不断的残酷的"扫荡"，扩张其点线占领为面的占领，以确实掌握其占领地，实现其"以战养战"的经济战略。敌寇此次进攻，其基本意图即在用穷凶极恶的手段，毁灭边区。首先，它想深入边区腹地，打击我□□机关，特别是各个领导抗战的机关。其次，它想寻找并消灭我军主力。第三，它想以烧杀政策在广大人民中造成对日恐怖,以消灭我民族精神。最后,而且是最毒辣的,它想用一切卑鄙无耻的下流手段,毁灭我坚持抗战的一切有生的与无生的力量,使我"枯竭自灭"。同时,更不惜用一切卑鄙无耻的造谣挑拨,企图分裂或削弱□边区铁一般的团结,唆使顽固份子投降派,作其内应,配合其进攻,使边区分崩离析,无以自存。

然而,不管这一切阴谋毒计,不管这一切卑鄙无耻的残暴手段,敌寇□□"扫荡"又在我晋察冀模范的抗日根据地面前宣告失败了。从十月底上寨、下关□战斗起,□过银坊的歼灭战,高洪口一带的追击,到十二月初的灵山、党城战斗,一个多月"扫荡"与反"扫荡"的战斗,敌寇即纷纷逃窜。□□一月多来,敌寇损兵(死伤□千余人)折将(死阿部中将,炮兵大佐,联队长等。)现边区四境,已无□踪。事实证明了□在此次"扫荡"与反"扫荡"的恶战中,胜利了的不是日寇,而是我们——模范的抗日根据地,晋察冀边区。

我们为什么能够胜利呢?

首先,不成问题的,敌寇的基本弱点,我国两年多坚持抗战的结果所给予敌人的困难的增加,使它无力达到它消灭边区的目的,敌寇此次对边区的"扫荡",敌寇此次进攻中的更加凶恶与更加残暴,并不是说明敌寇力量的强大,相反的,正是刻画出日本法西斯军阀无法克服其困难,穷途末路的狞恶面目。

其次,反"扫荡"战役之胜利,主要的则是由于我边区抗战力量的增强和壮大。边区的党政军民不惜一切牺牲,不怕任何困难,在正确的政策与艰苦工作之下,组织和发动了边区广大同胞参战,在一切为了保卫边区,一切为了反"扫荡"战胜利的口号之下,动员一切生动力量为前线服务,帮助前线,配合前线。这对于反"扫荡"的胜利有着决定的意义。同时,我边区党政军民之更加团结,边区各种工作之更加深入,各级政权,各群众团体的坚决领导,特别是边区八路军的英勇善战,和反"扫荡"战的胜利,都有不可分离的关系。

此次反"扫荡"的胜利，再一次的证明我晋察冀边区是屹立于敌人后方的不可摧毁的抗战堡垒，证明了反围攻以后边区各方面的工作都有了新的成就。但是同时，此次反"扫荡"战中，也暴露出我们工作上的某些弱点或欠缺，需要今后加倍努力来克服。

同时敌人的烧杀抢夺在某些地区给我们同胞造成了空前的灾难，在某种程度上给我们边区抗战增加了新的困难。怎样救济灾荒，救济那些被日本法西斯强盗剥削了衣食住居的同胞，实为当前刻不容缓的任务。

最后相持阶段中，敌后"扫荡"与反"扫荡"战争是更加紧张更加剧烈，同时也更加频繁的。我们丝毫不能大意，以为这一次反"扫荡"胜利之后，便可太平无事。相反的，全边区党政军民更应紧张起来，随时准备着反对敌人新的不断的"扫荡"，我们要在持久的连绵不断的残酷血战中，保卫边区根据地，准备反攻力量，一直到最后胜利。

（原载一九三九年十二月十五日《抗敌报》第一版社论）

边区当前的几个紧要工作

此次反"扫荡"战役告一段落以后,有几个刻不容缓的重要工作,摆在我们面前,需要边区的党政军民全体,用一切力量努力完成。

第一个刻不容缓的重要工作,便是救济灾难,克服敌寇烧杀所给予我边区同胞的痛苦和困难。现政府已拨款十余万元作救济,这十余万元钱应即迅速的根据被害轻重,分发阜平、完、唐、曲阳涞源、灵丘、五台等受害县分的同胞。对贫苦抗属及为国出躯的同胞及工作人员之遗族除一般的救济外,更应优予抚恤,以表扬英烈□此外,政府尚可斟酌情形,拨□些公粮救济□其次,我们号召边区同胞高度的发扬同生死共患难的民族友爱精神,互助互济,克服万恶的日寇所给予我们的困难□没有被烧□村子，应设法收容无家可归的被害同胞□房屋较多的人家，应借房给没有了房子的人家。左邻右舍及附近村庄，应组织互助劳动队，互助队帮助被害同胞整理房院，或修掘临时住宿的草棚或窑洞□部队及各机关团体的工作人员，应□一切可能，学习延安党政军学各界参加生产的精神，切实的帮助附近村庄。修□房屋所需要的木料，除用官产补助一部分外，我们更号召树多的人家，发扬慷慨好义的精神，依照合理负担的原则，捐树救济。第三，没收死心塌地的大汉奸的财产，救济被害同胞。第四，要求中央政府及海内外爱国同胞，拨款救济或慷慨解囊。

第二个刻不容缓的重要工作，是加强群众的除奸运动，根绝汉奸活动。首先，要实行清查户口，和革命的"连保制度"，设置并健全公开的和秘密的岗哨，□□地区，举行临时戒严等办法。其次，此次反"扫荡"战中，暴露了一些埋伏在边区内部的汉奸，应即严密追究，严厉查办。第三，对于死心塌地的大汉奸，即应没收其财产，援助被灾被害同胞□在政府领导下，组织群众法庭，以最严厉的国法公番处决□第四，对于那□被敌寇汉奸引诱而误入歧途的同胞，如□□□□□□等组织中国大多数被欺骗的分子，我们则希望他们及早回头，转向光明。我政府当可允其自首，悔过自新。最后，对于幸灾乐祸消极怠工退却逃跑的投降份子及配合敌人进攻的顽固分子应予以澈底的揭发与打□，以减少日寇的内应。

第三个紧要的工作，是开展广泛的群众的庆祝反"扫荡"胜利运动。第一，在庆祝反"扫荡"胜利中，我们号召边区同胞热烈的慰问与慰劳一切有功于反"扫荡"的党政军民机关团体及部队，以表示我边区同胞□领导抗战的各机关及作战部队之敬爱和关怀，以激发我全体军民英勇杀敌，坚持抗战的热情和信心。其次，在庆祝中，应切实的，具体的揭破敌寇汉奸穷凶极恶的残暴行为，指明日本法西斯军阀在严重的困难面前，穷途末路的狰恶面□。特别要宣扬我边区民众英勇参战的模范行为，如□分区民众抢敌人机关枪，手榴弹，捣毁敌人据点，灵寿模范队攻入县城反慈□镇，夺出牲畜大米，定、唐四五千民众破坏敌人交□□模范行为，均可歌可泣，值得大加宣扬，以提高边区民众英勇杀敌的勇气。

第四个紧要的问题，是加紧准备明年生产。此次敌寇进攻，烧毁农具、子种。敌寇企图使我们明年种不得庄稼，渐渐"枯竭自灭"。全边区同胞要以最大决心，扩大明年生产，来回答敌寇的残暴。子种问题，农具问题，现在即应积极准备。我们号召广泛的开展生产合作社运动，大批制造和调济来补偿这一损失，我们希望政府发出一批款项对经营生产，准备农具之同胞实行无利借贷。

所有以上这些工作，应当与当前的基本中心工作——冬学运动，公粮动员（未完成地区）密切连系起来进行。

最后，反"扫荡"战中，我们有不少惊人的成绩，同时，某些环节上，也表现了某些弱点欠缺，边区党政军民各机关，应很好的总结这一次经验教训，虚心的领受这一次经验教训，提高胜利信心，坚决的准备随时打击进攻之敌，坚持敌后持久抗战。我们应无情的反对那种在战争中惊慌失措，动摇逃跑的现象和战役后某些地区某些同胞中已□发生或可能发生的悲观失望情绪。

（原载一九三九年十二月十七日《抗敌报》第一版社论）

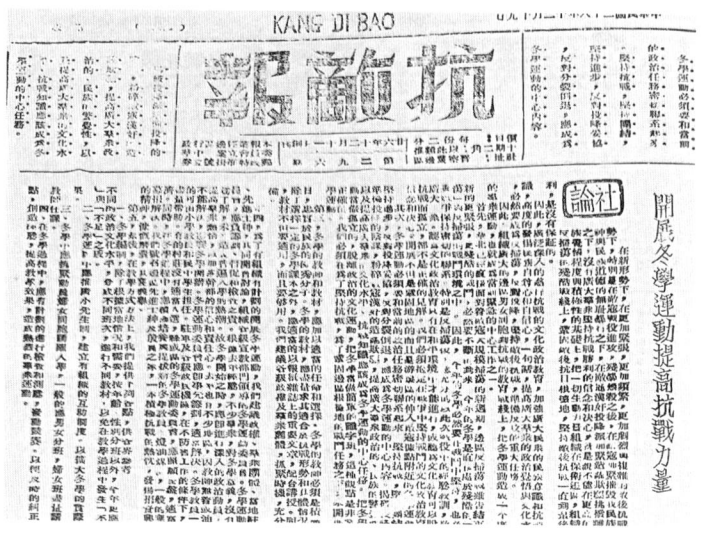

开展冬学运动提高抗战力量

在新形势下，在更加紧张，更加频繁，更加剧烈□复杂的敌后抗战形势下，特别是在敌寇战役进攻，残暴烧杀之后，在敌寇加紧摧毁我民族精神与民族道德的无耻暴行之下，在敌寇汉奸投降派加紧造谣欺骗挑拨离间之下，没有广大群众坚持抗战胜利的信念和决心，就是说不能在更高的民族觉悟程度与积极性的基础上，把一切生动力量组织在保卫边区，组织在反"扫荡"的残酷战线上，巩固敌后抗日根据地，坚持敌后抗战一直到最后胜利，是没有保证的。

因此，广泛深入的□行抗战的文化政治教育，加强广大民众的民族意识和抗战知识，高度的发扬民族自尊心和自信心，一句话，提高广大群众的政治觉悟与文化水平，必然要成为反"扫荡"，反对投降，坚持敌后抗战，准备反攻的重大任务。

因此，组织广大的边区男女同胞到抗战的教育战线上，把冬学运动造成一个广泛的群众运动，也就成为当前紧急的中心工作之一。

首先，华北已经直接面对着敌寇大规模"扫荡"的新周期，边区反"扫荡"战虽告结束，新的更紧张，更残酷的战斗，必然要不断的到来□□今年的冬学是直□处于残酷的"扫荡"与反"扫荡"的战斗环境之中。因此，今年的冬学必然要在战斗中坚持，也必须□□争保持密切的联系。特别是反"扫荡"后，□充分的以此次战役中的经验教训，教育广大□众。认为文化政治教育只有在和平环境中才能进行，或认为文化教育可以脱离抗战而孤立，都不是正确的见解。我们必须抱定在战争中坚持战斗的文化政治教育的信念和决心□开展不但是巩固地区的而且是游击区的伸入敌寇据点附近的冬学运动。

其次，冬学运动必须要和当前的政治任务密切联系起来□坚持抗战，坚□□结，坚持进步，反对投降妥协，反对分裂倒退，应成为冬学运动的中心内容。揭破□降派准备投降的阴谋，粉碎□寇汉奸的造谣欺骗，提高广大群众政治的、民族的警觉性，以及提高广大群众的文化水平、抗战知识应该成为冬学运动的中心任务。把冬学运动当做孤立的，脱离政治的文化运动，把冬学当做简单的识字班，这种观点是非常不正确的。我们必须在为了坚持抗战，为了巩固边区根据地的战斗任务之下□□开展冬学运动。

第三，冬学的教师和教材，应加以适当的任命和选择，冬学的教师必须是积极抗日，忠实于民族的优秀分子。冬学的教材，应尽量求其适合于抗战形势和具体情况，除了选择一定的冬学课本之外，应适当的以报纸杂志上的重要文章，配合讲授。同时，教材不但要适用，而且要够用。我们建议各级政权及群众团体，抓紧时机，充分准备。

第四，为了有组织有计划的开展冬学运动，我们建议政权、群众团体、当地驻军、先进士绅，共同开会讨论，组织各级宣教部门领导的冬学运动政委员会。冬学运动委员会，应负筹划、督促和检查之责。根据去年经验，不少群众，对冬学意义，没有深切了解，未□造成普遍入学的热潮。故冬学开始之时，应即进行深入的政治动员，以提高群众热情，以加强干部的信心和责任心。去年也有不少地区，因教师无着或油火不能解决，影响冬学开办。冬学运动委员会应即事先筹划，适□解决。冬学教员一般的可由小学教员和民中学生担任。驻军及各级政民机关，在不防害工作的条件下，应尽量帮助。有的村庄没有适当人选，县或区的冬学运动委员会，应照顾全盘，适当调济。同时，在冬学过程中，应积极培养与提拔新的冬学教员。灯油煤□，一般的应由募捐解决。我们号召边区先进士绅及殷之家，一本积极抗战的热忱，发扬捐资兴学的精神，慷慨解囊，共襄义举。

第五，最后，在教学方式方法上，我们提供下列各点，供各界参考。

一、冬学编制，除了根据当地情况和需要，按年龄、性别分班以外，今年更应按不同的政治文化水平，分成不同班次，进行不同教材，以免在教学过程中发生"不及"与"不足"之感。

二、冬学运动中应推广小先生制，建立有组织的互助制度。以扩大冬学的实际效果。

三、冬学中应抓紧动员妇女同胞踊跃入学，一般的应男女分班，妇女班尽量请女教师任课。

四、在冬学过程中，应有计划的进行检查和测验，发动竞赛。以便及时的纠正缺点，创造经验，提高教学效果，造成热烈的群众运动。

（原载一九三九年十二月十九日《抗敌报》第一版社论）

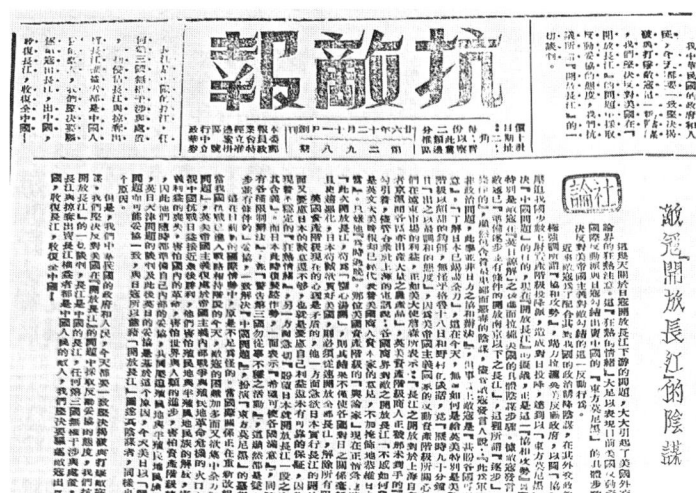

敌寇开放长江的阴谋

这几天关于日寇开放长江下游的问题,大大引起了美国外交当局与舆论界的狂热注意。这"狂热的情绪"大足以表现目前美国反动资产阶级及国际反动派与日寇勾结出卖中国的"东方慕尼黑"的具体步骤。我们坚决反对美帝国主义对敌勾结的这一反动行为。

近来敌寇为了配合其对我国的政治诱降阴谋,在其外交政策上,正积极强调所谓"协和攻势",竭力拉拢英美反动政府,以图"协和"一致地压迫我国少数上层资产阶级投降派,造成对日投降,达到以"东方慕尼黑"的方式解决"中国问题"的目的,现在"开放长江"的拟议,正是这一"协和攻势"□际的演出,特别是敌寇在"英日谅解"

之后进而拉拢美国的具体阴谋步骤。据敌寇发言人的宣布，敌寇已"准备逐步□有条件的开放南京以下之长江"，这里所谓"逐步"，所谓"有条件的"，显然包含着最卑鄙而恶毒的阴谋，尽管敌寇发言人说："此为军事问题，而非政治问题，此举并非日方之协和办法"，但事□上敌寇是"甚盼各国可因而引为满意"，"了解日本已竭尽全力"，这在今天，无论如何是给英美特别是美国反动资产阶级以颇甜的钩铒，无怪乎格鲁十八日和野村的谈话，竟"历时九十分钟"之久，而日"出之以最调和的态度"，因为美帝国主义国家的反动资产阶级所关心的□只是他们在远东市场的利益，正如美大使詹森所表示："长江之开放对于上海自有□□，再者京沪间各区亦出产大量之农产品"，英美资产阶级上人正被那未到手的"市场利益"勾引着，尽管合众社上海的电讯说：各国商界对敌之开放长江"不感如何兴奋"，可是英文大美晚报却已经代表着美国商人资本家的意见，不加掩饰地恭维日本"行动正当"。只嫌他"为时过晚"。那位美国资产阶级的"舆论家"现在正情急□警告日本："此次开放长江，苟为'□心汤□'，则其结果不仅使各国对日之关系毫无裨益，抑且更趋恶化，日本苟贼欲买好美国，则必须从速开放全部长江，解除所有障碍。"

美国资产阶级现在的心理是矛盾的，他一方面急欲日本实行长江的开放，另一方面又忧虑日本的诚意还不够，也就是忧虑自己利益还未有可靠的保证，因此一方面现着不稳定的"狂热情绪"，另一方面急切"盼望日本就开放长江一段之宣言，解释其含义"。而日本此时复装腔作势，一面表示"希望可使各国满意"，同时又说"还有各种限制办法"；并"警告三国勿从事不稳之活动"，这显然都是双方"准备逐步并有条件的"妥协，一致解决"中国问题"，扮演"东方慕尼黑"的恶剧。

这在目前□的国际情势中，原是不足为怪的。当国际关系正在重新改组的时候，当我国抗战已进入战略相持阶段的今天，敌寇的困难加多而又欲集中全力解决"中国问题"，英美帝国主义复处于帝国主义内部战争与殖民地革命危机的火口上，他们目睹中国抗战日益接近最后胜利，他们害怕殖民地与半殖民地民族的解放，害怕帝国主义利益的丧失，害怕国内的革命，害怕世界与人类的进步，害怕资产阶级统治的□亡，因此他们随时都准备□自己内部的妥协，共同压迫殖民地与半殖民地民族的解放斗争，英日天津问题的谈判及此后英日的妥协是基于这个原因，今天美日以"开放长江"问题而可能妥协一致，与日寇所以能藉"开放长江"图遂其阴谋者，同样也是基于这个原因。

但是，我们中华民国的政府和人民，今天都要一致坚决揭破与打击敌寇这一新阴谋，我们坚决反对美国在"开放长江"的问题中采取反动妥协的态度，我们抗战所谓"开放长江"的一切谈判，长江是中国的长江，任何第三国无权干涉与处置，一切侵占长江与掠夺出卖长江权益者都是中国人民的敌人，我们坚决要驱逐敌寇出长江，出中国，收复长江，收复全中国！

（原载一九三九年十二月二十二日《抗敌报》第一版社论）

《抗敌报》

一九四〇
YI JIU SI LING

一九四〇

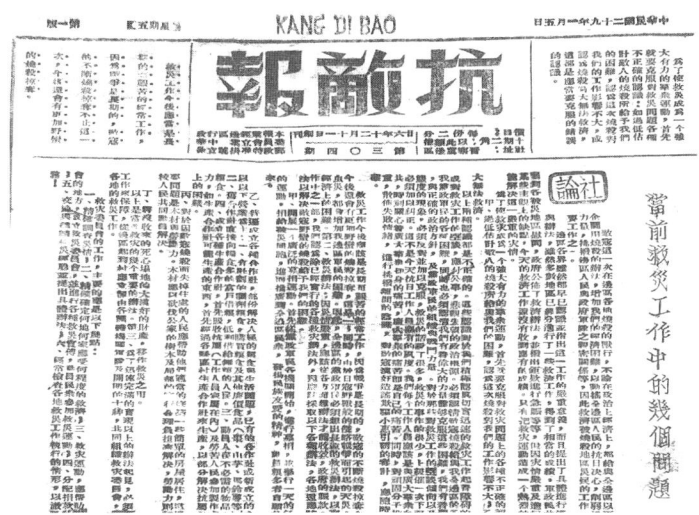

当前救灾工作中的几个问题

敌寇这一次在边区各地烧杀的兽行，不论在政治上经济上，都给与全边区以更多的困难，他企图用烧杀的办法，增加我们的经济困难，以动摇全边区人民的抗日决心，削弱边区抗日的物质力量，挑拨边区人民与政府军队之亲密关系等，因此救济被烧杀地区灾民的工作，成为当前的重要工作之一。

边区各界虽然都早已认识并指出这一工作的严重意义，而且提出了具体进行这一工作的方针与办法，虽然多数地区已部分进行了一些救济工作，得到了相当的成绩，军政民共同组织了慰问团到各被灾地区慰问，政府公布了救济办法，并拨出巨款进行急赈等等，但因灾情严重及进行这一工作中的某些主观上的缺点，今天的救济工作还没有收到应有的成绩。只有把救灾运动造成一个热烈的群众运动，才能解决这一严重的灾情。

为了使救灾成为一个强大有力的群众运动，首先就要克服对救灾问题上的各种不正确的认识。

甲、过低估计敌人的烧杀所给与我们的困难，认为这次烧杀对我们的工作影响不大；乙、认为烧杀过大无法救济。

以上两种认识都是不正确的。这些认识对于我们积极认真切实迅速的救灾工作起着障碍的作用。这是造成对救灾工作的空谈，应付公事，悲观失望的政治根源。必须认清敌寇烧杀给与我全边区的各种困难，给与我党政军民的各种困难，同时也必须认清我们有着伟大的力量能够克服这些困难，我们有着丰富的政治经验，与正确的政治方针，及党政军民的组织与战斗力量。对于那些对救灾工作的空谈倾向以及应付公事旁观态度的现象，必须反对并加以克服，救灾的话说了很多，救灾的事作的很少，上级催一次下面动一下的现象必须加以纠正。这不是今天抗日工作人员应有的风度。我们每个工作人员应该是与广大群众血肉相关生死与共，时刻关心着广大群众切身的痛苦，广大群众的痛苦即是自己的痛苦。同时，对顽固分子投降派乘灾情严重，散布失败情绪，进行挑拨离间的阴谋，对敌寇汉奸造谣欺骗小惠引诱的毒计，应随时揭发，澈底打击。

救灾工作今后应该是长期而艰苦的经常工作，因为战争是长期的，敌寇的不断烧杀掠夺，不止这一次，今后还会有更加野蛮的烧杀掠夺，这是一；同时，由于日寇□□□的侵略战争而引起的天灾，如旱灾水灾与虫灾，都会增加我边区军民的困难。因此，全边区的党政军民必须想出长远的救灾办法，以克服或减少我们经济上的困难。第二，救灾办法：因灾情严重，应该从各方面想办法才能收效，政府的赈款，仅仅是救灾工作中之一部，我们认为除已经实行的各种救灾办法外，还应该采取以下各种办法，各地还应该创造很多的办法以解决敌寇野蛮的烧杀给予我们的困难。

甲、开展一个广泛的募捐运动。首先从党政军民各机关开始，进行募捐，并举行一天的每人节省一两米的运动，捐给被灾同胞，进而推广到全边区民众，发扬民族友爱的精神，动员粮多者自愿的捐出一些粮食来。

乙、普遍成立各种合作社，部份解决人民的粮食与生活问题，已有的合作社或新成立的合作社，当前应以以下营业为主：一、有计划的调剂粮食，购买粮食及其他廉价食品（枣、山芋、马铃薯等），解决民食。二、旧合作社直接向粮食多的富户借粮，低利借给无粮的人民。三、动员人民不必需的物品，由合作社换取粮食。四、成立各种生产合作社，首先吸收抗属（工作人员家属在内）及劳苦人民参加制作或供给□用劳动力，如生产合作社可能生产的东西，首先经过各县区村生产合作社来生产，以部分解决抗属及劳苦人民生活上的困难。

丙、对于因敌寇烧杀而失掉住处的人民应帮助他们适当的修筑一些简单的房屋居住，这□须要解决的主要问题是木材与劳动力。木材应以砍伐公家的树木及局部的实行合理负担来解决，劳动力则归各机关部队学校人民共同动员解决。

丁、将没收来的□□□□□大汉奸的财产，移作救灾之用。

以上是当前救灾的几个重要的办法。第三，为了迅速完满的实现以上的办法起见，必须用强有力的组织工作来保障，从边区起到村应立即由各团体机关军队及开明的士绅，共同组织救灾委员会，□领导全边区及各地的救灾工作。

救灾委员会的工作，主要的应是以下几点：

一、精确调查灾情；二、精确确定何地何家应受何程度的救济；三、救灾运动，应帮助未成立救灾委员会的地方，成立救灾委员会，并进行各种救灾宣传，动员民众参加救灾运动；四、分配捐款物品，领导募捐；

五、交换与总结救灾经验并提出具体办法；六、经常检查各地救灾工作执行的情形，以澈底完成救灾的任务！

（原载一九四〇年一月五日《抗敌报》第一版社论）

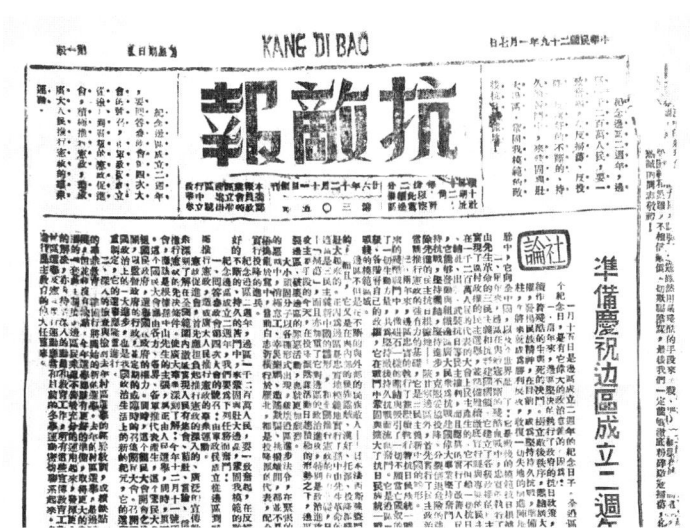

准备庆祝边区成立二周年

一月十五日是边区成立二周年的纪念日子。全边区人民热烈的庆祝这个纪念日，是有它伟大的政治意义的，因为：

一、两年来，边区坚决的执行了政府的抗日政策，与敌寇作了并且继续作着残酷的生与死的决斗。树立敌后秩序，团结广大人心，摧毁敌伪政权，发扬民族精神，在目前，成为坚持持久抗战，准备反攻力量的有力支柱，在将来就成为胜利反攻，收复一切失地的前进阵地。在两年斗争的考验中，它向全中国，以及全世界证□了：它是敌后的模范抗日根据地。

二、两年来，边区在与敌寇不断的残酷血战中，忠实的执行了并继续执行着孙中山先生革命的三民主义和抗战建国纲领。它建立了各级政权的民主制度与民主作风，实现了区村政权的民主选举，并准备继续澈底实行县与专区的民主选举。它本身就是在一千二百万人民的代表的大会上民主产生的。它不但给一切抗日人民以言论、集会、结社、出版、武装抗日等民主权利，而且认真的实行了改善人民生活的法令，因此，它能够发动与组织边区广大民众为抗战建国伟大事业坚持奋斗，□为推动全国坚持抗战，坚持团结，坚持进步，克服妥协投降、分裂倒退危险的强固堡垒。它是全国除先进的民主抗日根据地——陕甘宁边区外，首先实行了民主政治的模范地区。它是当前推行宪政的强有力的基础，它是三民主义新中国的雏形。

三、两年来，边区忠实的执行了并继续执行着抗日民族统一战线的政策。在两年来的残酷战斗中，像磁石一样的团结与吸引了一切不愿当亡国奴的同胞，动员与组织了一切生动力量，共为坚持敌后持久抗战而流血奋斗。它是边区一切抗日人民与各阶级、各阶层自己的政权，它在战斗中巩固与扩大了抗日民族统一战线，成为全国统一战线的模范区域。

边区不但是在不断的与外部的民族敌人——日本法西斯强盗斗争中发展壮大起来的。而且，它又是在与内部的民族蠹贼、汉奸、托派、投降派残酷斗争中发展巩固壮大起来的。正因为边区是忠实地模范地实行了孙中山先生革命的三民主义，正因为边区是三民主义新中国的雏形，和全国推行宪政的有力基础，日寇不但加紧其军事□"扫荡"，而且亦加重了它对边区的政治进攻，特别是政治进攻成为敌寇对全国进攻主要手段的今天，在投降派阴谋活动日趋积极的形势之下，边区内部的投降分子分裂边区、破坏边区的罪恶活动，也就更加剧烈。

大小顽固分子以各种形式出现，破坏边区进步法令，在紧张的"扫荡"与反"扫荡"的恶战中，消极怠工、幸灾乐祸、造谣欺骗、挑拨离间，都并不是偶然的。过去张荫梧捣乱于冀中，当前白志沂横行于雁北，都是投降派的代表，配合敌寇企图消灭边区实行投降的进兵。

纪念边区二周年，边区一千二百万人民，要一致奋起，在反"扫荡"、反投降、反汉奸的不断的、持久的苦斗中，来巩固与壮大边区，巩固我模范的敌后抗日根据地！

纪念边区成立二周年，我们要为下列任务而奋斗：

一、回答参政会第四次大会的号召：由军政民成立从边区到县的宪政促进会，积极推行宪政，造成养大人民推行宪政的群众运动。

宪政促进会，首先应担负起推行宪政的深入的、广泛的宣传教育工作，使广大群众深刻了解在全国范围内澈底实现人民有集会、结社、言论、信仰、出版之自有是推行宪政的先决条件。使广大群众深刻了解：今年十二月十一号所准备召集的国民大会，应该是根据孙中山先生的主张，真正由人民选举，同时，真正有权力的国民大会。这个国民大会应由各方、各界、各军推代表产生，这个国民大会有制定宪法，有改组国民政府，选举国民政府的权力。同时，这个国民大会开会之后，还要选举常驻机关，以监督政府的行政，并定期的或临时的召集国民大会。召开这样的国民大会是我国政治上的一大进步，也是我国政治生活上的新的纪元，它的选举法和组织法，应慎重制定，它的选举应隆重进行。

二、深入的检查与检讨去年村区选举的经验教训，成绩缺点，进行深入的、生动的群众教育□准备行将开始的新的选举。去年的村区选举，是边区民主政治之伟大收获，但并非没有□点。今年选举应该有更好的准备，取得更大的成绩。特别是村区政权的一套□□制□，边区民众不□于充分的运用起来，发挥更大的效能。这一缺陷的解决，亦有待更深入的动员和教育工作，所有这些宣传教育工作，也就是说，年年□区选举及宪□□□运动应当和目前的冬学运动密切联系起来，冬学□很好的担负起进行民主教育的伟大任务来。

（原载一九四〇年一月七日《抗敌报》第一版社论）

反对投降派祸国亡国的罪行

自从敌寇对全中国加紧政治诱降以来，在汉奸汪派公开叛国之外，更产生了国内投降派积极准备投降的活动，他们以"反共""反八路军""反新四军""反对陕甘宁边区"以及反对一切进步势力与坚决抗日的力量的反动行为为实际，愈演愈剧，现在正进一步地进行其准备投降的步骤。他们与汪派汉奸里外呼应，直接间接与敌寇勾结，配合敌寇的进攻，积极挑动内部的摩擦分裂，实行倒退，破坏抗战，以图达到其投降妥协的目的。他们对于进步势力、抗日力量逐渐从政治的进攻更进而采取了军事的进攻，他们以祸国亡国的罪行，造成了当前时局严重的危险局面。

当去年三月间，国内流行了所谓"限制异常活动办法"，自是以后，压迫事件，层出不穷，先有河北张荫梧事件，继有湖南之平江惨案，山东之秦启荣事件，河南之确山惨案，最近在陕甘宁边区四周，更接二连三爆发了投降派所策动之武装冲突事件；两次袭击安定，重兵压迫□县，宁县镇原被困两月，栒邑遭杀人夺城之祸，靖边与绥德米脂河防区域，暗杀扰乱，迄无虚日，前月十五日，九□七师千余人及保安队复袭攻宁县，现更集中大军准备向庆阳、合水进攻，并计划夺取淳化、□县，进攻延安；东宁合镇等县目已发生了第二次武装冲突；在阎司令长官直接指挥的晋西南抗日根据地，最近也发生了"合法汉奸"陈长捷王靖国等，公然勾结敌寇汪派，在大宁浦县永和等县，武装进攻阎司令长官一手创造坚持抗战之新军决死队与牺盟会，摧毁抗日政权；晋东南阳城等六县也爆发了同样的惨变；在我晋察冀边区，也有白志沂在雁北之灵丘广灵浑源等县辄次策应敌寇进攻之暴行，以致近日投降派调兵遣将，枪口对内，为亲者所痛为仇者所快的消息，不绝于耳。

目前敌寇以全力分裂我国团结，诱迫我国投降，企图迅速解决"中国问题"以达其灭亡全中国之目的，而我国内之投降派恰恰中了敌寇的奸计，受着敌寇的策动，积极破坏抗战团结与进步，实行分裂倒退以投降，而且首先配合敌寇"扫荡"敌后，进攻大西北的计划，加紧向坚持敌后抗战的八路军、新四军和一切进步力量大肆摧残与压迫，向屏障大西北的陕甘宁边区及各抗日根据地积极实行武装的进攻，帮助敌寇执行"扫荡"与进攻的计划，企图破坏业已到来的相持阶段的形势，为敌寇灭完中国的帮凶。这是整个国家民族的重大不幸，这是四万万黄帝子孙的莫大耻辱。全中国的人民对于今日国内投降派此种祸国亡国的罪恶行为，实不容不提起万分严重的注意，而我坚持抗战的最高军政当局，更须迅速制裁此祸国亡国的分裂投降运动，才能抢救国家民族的生民于垂危，而争取抗战最后之胜利。

我们拥护□□□□□坚持全国抗战团结与进步，镇压投降分裂派倒退，立将各地武装挑丰的肇事祸首，付之国法的裁判，惩治投降派祸国亡国的罪行，维护国家的法纪，明令取消"限制异常"的阴谋办法，严厉取缔为准备投降烟幕的"反共"邪□，制止一切对内的军事行动，结束各地局部武装冲突事件，杜绝内乱亡国的根源，□固抗战团结的国本。我们全国人民在政府□战建国的方针之下，更要誓死为一切抗战团结进步力量的后盾，坚决反对任何分裂倒退与投降的罪恶行为，我们绝不能坐视敌寇汉奸狼狈协谋对我们的摧残屠杀，我们誓死反对投降派的祸国亡国的罪行，□□必定要以全力克服当前时局的严重危险，粉碎敌寇的军事"扫荡"与政治进攻，抢救我们的国家民族，为我们四万万同胞抗战□□的神圣事业尽忠奋斗，不达目的，誓不休□！

（原载一九四〇年一月十一日《抗敌报》第一版社论）

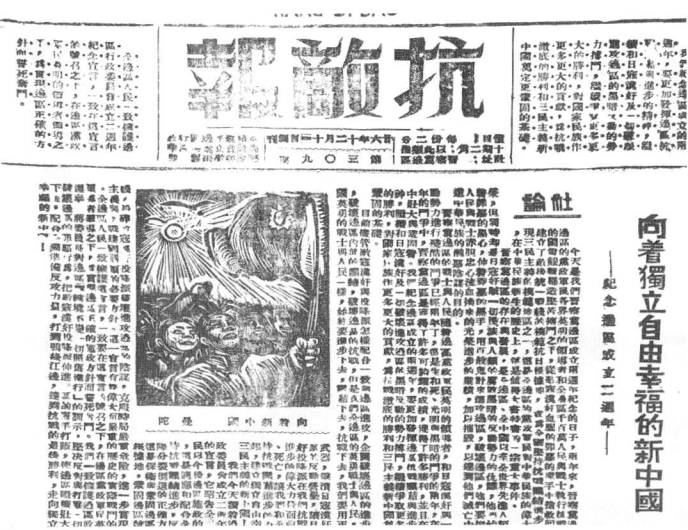

向着独立自由幸福的新中国

——纪念边区成立二周年

今天是我们晋察冀边区成立两周年纪念的日子，两年来，晋察冀边区在边区的党政军民各界英明的领导者和全边区千百万人民与战士执行抗战建国的国策艰难缔造坚苦搏斗之下，从敌寇汉奸血腥的罪恶的魔手中抢救回来，建立了敌后统一战线的模范抗日根据地，成为全国坚持抗战团结进步，实现三民主义的模范地区之一，这是全边区的党政军民对中华民族的伟大贡献，在中华民族新生的历史上，这是值得大书特书的一宗重大事件。

晋察冀边区的存在与发展，是全边区、全中国以至全世界先进人类的光荣，但同时却是日寇奸贼一切民族与人类的腐败黑暗的反动势力的仇雠，他们始终怀着罪恶的黑心，伸着罪恶的黑手，用百般鬼计来进攻边区，破坏边区，他们要把边区人民与战士赤胆忠心流血换来的光荣进步的业绩，加以摧毁，以达到他们灭亡中国断送中华民族的丑恶阴谋的目的。

晋察冀边区的战士与人民随着边区党政军民英明的领导者，和日寇汉奸与一切反动势力进行残酷的斗争已经两年了，这是生和死、光明与黑暗的斗争的两年，在这两年的斗争中，晋察冀边区是获得了许多可夸耀的成绩，获得了许多胜利，并且在胜利中壮大与巩固着。我们纪念边区成立的两周年，要更加发挥边区抗战团结与进步的精神，继续和日寇汉奸及一切破坏进攻边区的黑暗反动的势力搏斗，继续争取更多更大的胜利，对国家民族作更多更大的贡献，为抗战澈底的胜利和三民主义新中国奠定更巩固的基础。

目前尽管敌寇汉奸与投降派怎样配合一致向边区进攻，企图破坏边区的进步事业，破坏边区内部的团结，破坏边区的抗战，但是我们全边区的英勇战士与人民，和全国英勇的战士与人民一样，始终要进步下去，团结下去，抗战下去，我们要用正义的武器，击溃日寇汉奸投降派□反动营垒，让日寇汉奸投降派在我们抗战团结进步的伟大力量面前失败、死亡，让我们和全国坚持抗战团结进步的力量一起，建立独立自由幸福的三民主义的新中国！

我们今天读着边区行政委员会成立二周年纪念的宣言，它昭告全边区人民以今后边区施政的方针，这是适应和配合全国坚持抗战团结进步，反对投降分裂倒退的正确方针，这是保卫与巩固边区抗日根据地，巩固边区统一战线，粉碎敌寇汉奸投降派破坏进攻边区的阴谋，克服时局严重危险，进一步实现三民主义与抗战建国纲领的必要方针。这一宣言有□伟大而严重的历史的实际战斗的意义。全边区人民一致拥护这宣言，一致要在这宣言的号召之下，在边区党政军民英明的领导者领导之下，□实现边区正确的施政方针而誓死奋斗。我们一致拥护边区政府,遵举□□□□□对边区"辖境不变一切照旧进行"的训示,坚决反对与打击一切分裂破坏边区的罪恶行为,把敌寇汉奸投降派伸进边区的魔手打断,使边区继续壮大发展下去,配合全国准备反攻力量,打到鸭绿江边,达到抗战的最后胜利,走向独立自由幸福的新中国!

(原载一九四〇年一月十五日《抗敌报》第一版社论)

抗议"满井事件"

去年年底，晋东北盂县境内，发生了一件惊人的事变。事情是这样的：十二月二十日，我八路军驻盂县游击队一部二十余人到七区工作，□有一部自卫队配合。当天晚上路过满井村，被保安队阻止前进，该部游击队当即和气要求通过，不意该保安队突然集合，向游击队开枪射击□游击队猝不及防，当即往后撤退，并牺牲游击队员二名，自卫队员一名。

这一件惊人的不幸事件，是一件令仇者称快，亲者痛心的不幸事件，这是进攻抗日部队，枪口对内，自相残杀的亡国罪行。全边区人民对于"满井事件"，痛心之于，应一致表示严重的抗议！

"满井事件"的发生不是偶然的。我边区人民，边区军政机关，边区群众领袖，不愿也不能深责那些进攻抗日友军，杀害自己抗日弟兄的保安队，大多数士兵群众，他们是中国人，他们决不会忘掉"中国人不打中国人"的全国一致的呼声，他们也决不愿扮演那种自相残杀的亡国惨剧，然而，不能不指出来，"满井事件"是暗藏在保安队内部的投降派幕后主使，挑拨离间的结果！"满井事件"是全国有计划的武装"反共""反八路军"进一步准备投降的罪恶行为的组成部分之一！"满井事变"是与雁北白志沂的叛逆行为南北呼应的破坏边区破坏抗战的无耻行动！

如果是为了团结，为了抗战，如果是把"抗日救国"这一个光荣任务，当作□□的行动纲领，保安队的某些分子，为什么不对群众说自己是抗日军，而偏偏把"扫八军"这一个最无耻最没出息的名词当做自己的征号呢？如果还具有一点起码的民族意识，如果还没有丧尸表现的中国人为人的道德，保安队的某些分子，为什么不说破坏边区抗日政权，进攻边区抗日部队，勾结敌人，荼毒人民的白志沂是汉奸，而偏偏在群众中说"穿黄衣的都是汉奸"呢？（按八路军的制服是黄色的。）如果不是决心要以"反共""反八路军"达到其投降日寇的目的，为什么保安队的某些分子，不以驱逐日寇为自己的光荣任务，而终天念念不忘"赶走八路军"呢？保安队中暗藏着投降派，这些分子，在有计划的进行其破坏团结，破坏抗战，破坏边区抗日根据地的罪恶活动，是任何人无□□□辩护的。"满井事件"就正是这些保安队中的投降分子有计划的□演出来的一幕亡国惨剧！

全边区同胞，应深刻认识当前时局的严重危机，提高我们革命的警觉性，开展反投□运动。反对"反共""反八路军"的准备投降的行为，反对投降派枪口对内的亡国活动，反对保安队中某些投降派进攻抗日部队，破坏边区的"满井事件"！要求国民政府、蒋委员长、阎司令长官、边区政府，严厉制裁这些目无法纪的反动分子，撤查肇事祸首，处以应得之罪，对伤亡的游击队员与自卫队员，应□予抚恤。对遭受袭击之游击队，保安队应赔偿损失，并申□道歉。

保安队的爱国将官□士兵们，你们起来，用你们团结的意志和铁拳，□破与粉碎那些投降派"反共""反八路军"的阴谋诡计，肃清暗藏在你□队伍中的投降分子，你们要在坚持抗战坚持团结坚持进步□□□下，和边区的抗日部队，抗日人民亲密的团结起来，为保卫家乡，保卫边区，保卫全中国而奋斗到底！

（原载一九四〇年一月二十三日《抗敌报》第一版社论）

纪念"一二八"誓死反对汪派投降派的卖国投降

　　"一二八"淞沪抗日战争八周年纪念日到来了，这纪念日是"九一八"事变以后日本帝国主义武装进攻中国第一次遭受到中国十九路军和中国广大人民的英勇抵抗而在中□民族解放斗争史上永远放着光辉的伟大纪念日，它证明了中国人民在反对异民族侵略的斗争中有着无限雄伟的力量，指示了中华民族解放的胜利道路，□同时这一纪念日却是中华民族的内奸败类汪派投降份子听了头痛的日子，它们曾经出卖了"一二八"血战的战绩，出卖了中华民族的利益，而在"一二八"八周年纪念的今天，它们更在进行着出卖全中国的罪恶行为记得八年前的今天，在淞沪抗战上,由于日本帝国主义底疯狂进攻与严重的民族危机,使中国广大爱国人民,特别是上海各阶层人民在抗日的民族共同利益下表现了空前的大团结。特别是上海工人阶级在战争爆发后曾英勇地举行了全上海日本纱厂的反日大罢工,并组织了工人义勇军直接参加抗战,而全上海的市民,也以最大的努力热烈地进行了各种动员工作,积极地支持十九路军英勇抗战。当时中国共产党中央委员会坚决的在战争爆发后立刻动员了自己所领导的政府军队和党员不顾一切地支持了这一神圣的反侵略战争,对上海反日罢工工人给与了物质上和精神上的最大援助,并公开发表通电对日宣□。这期间,全上海市底所有抗日人民抗日军队抗日党派和抗日领袖都在日本帝国主义底侵略炮火面前结成了一支坚强的力量,和敌人底近代机械化军队进行了一个月的巷战,粉碎了日本帝国主义"四天内占领淞沪进逼南京"的狂妄企图□这个对日本强盗的无情的"武器的批评"使日寇在中国人民底伟大力量面前开始感到自己底无能而颤栗。所有这些事实,说明了团结和群众力量底伟大,从而也证明了依靠团结与依靠群众力量是争取胜利的唯一道路最有力的保证。

但是不幸这一神圣的"一二八"上海抗战,由于中国内部团结的不够和汪精卫等投降派反动份子底妥协投降出卖,迫使上海抗战由局部抵抗走到订立屈辱投降的淞沪协定。这一痛苦的血的经验教训,告诉了我们,由于投降派对日寇的屈辱投降制造"反共"内战,而破坏了神圣的"一二八"抗战,给日本帝国主义造成进一步灭亡中国的有利条件。

今天当全中国人民已经与敌寇进行了两年半的抗战,在这二年半的艰苦斗争中,由于我们底不断进步和敌寇内部困难的增加,逼使敌人不得不停止其战略进攻,而我国抗战却进一步转入逼近最后胜利的新阶段的时候。

那些汪派汉奸正在和敌寇进行着灭亡全中国的毒计,而我国内部一些对抗战胜利失掉信心与畏惧一切进步力量的大资产阶级投降派,却在敌人的政治诱降和国际最反动的英法等帝国主义底劝□阴谋前面,为了他们自己的利益，低头屈膝，秉承日本帝国主义强盗与国际反动派底意旨，有组织有计划地进行其大规模的武装"反共"的投降运动，制造内战，进一步地准备投降，与汪派汉奸里应外合，以出卖我全民族利益。在这样空前严重的投降危机的形势之下，纪念"一二八"抗战八周年，我们必须深刻地反省"一二八"抗战失败底痛苦的历史教训，最高度地提高我们底警惕性，坚决反对任何投降妥协的企图，克服当前时局底严重投降危险，努力争取时局底好转，不使我们重复"一二八"底历史错误。

今天汉奸汪派与敌寇订立的卖国密约，已经全部被揭发出来了，从这个密约中，我们看到了汪派汉奸投降卖国的阴谋是要把中国的一草一木都卖得干干净净，使中华亡国灭种，永劫不复。而国内的投降派今天要投降，也就只有和汪精卫一起去实行那卖国密约，但是我们全中国的人民是决不能坐视它们来出卖我国家民族的，我们要誓死反对汪派投降派的亡国罪行，我们要誓死为中华民族的自由独立幸福而血战到底，这是全中国每一个人纪念"一二八"八周年应有的决心！

我们晋察冀边区的人民，坚持了两年多敌后抗战建立了巩固的敌后模范抗日根据地，我们有统一战线的民主的模范抗日政权，我们有军政民□位 体的坚固团结和两年多坚持敌后抗战□丰富经验，我们决不允许任何投降派民族败类破坏我们边区人民用自己底血汗亲手创造胜利底成果，我□要用铁和血的斗争反对汪派投降派卖国亡国的一切罪恶行□□我们一定要坚持和巩固我们晋察冀边区这个抗战堡垒，我们一定要坚持□巩固我们既得的胜利，而且要以我们坚固的抗战堡垒和胜利来打击投降派底一切投降分裂、□□□无耻活动，特别是武装"反共""反八路军""反新四军""反陕甘宁边区"的罪恶行为，粉碎汪派汉奸的卖国毒计。为要胜利地完成当前□□，我们边区人民必须□□抗日民族统一战线，坚持国共两党底长期合作，坚决和汪派投降派的卖国投降分裂、倒退及割袭边区破坏抗战的一切反动势力及其罪恶行为进行最残酷的斗争，团结全边区愿意□□抗战，

□□□□，坚持进步的广大人民，为争取抗战最后胜利与三民主义民主共和国底建成而奋斗到底！

（原载一九四〇年一月二十七日《抗敌报》第一版社论）

敌汪密约证明了什么

汉奸汪精卫出卖国家民族背叛人类利益的万恶罪行，自敌汪密约公布之后，已成为千古不能移易的铁案了。

当汪逆以"反共"为藉口窜出了抗战营垒公开投降之初，全中国有识者早已揭破其卖国的无耻阴谋，指出敌寇企图以"反共"为灭亡中国的毒计，因此汉奸汪派亦必以"反共"而实现其投降卖国的罪行，指出"反共"必至于投降卖国，"反共"即是投降卖国，但国内少数顽固□□不□大□的份子，□暗藏□汪派走狗互相□□，却故意歪曲事实，散布其欺骗谎言，有□汪逆只□"与中央意见不合，别有主张"，其□公开拥护汪逆"反共"主张，以掩饰其投降卖国的阴谋罪恶。然而事实终究是不能歪曲与掩饰的，今天汪逆卖国的万恶罪行，终于因敌汪密约的全部公布□暴露无遗，就是汪逆走狗汉奸□希望在他的自白里，也不能不承认□祖宗在坟墓里叹息，子孙在肚子里已□卖掉"自由"，那卖国的□文俱在，任谁再有惯于欺骗的如簧之舌，也都无力替它掩盖的了。

这一卖国密约的全盘暴露，完全证明了"反共"必然是投降卖国，汪逆以"反共"始，以卖国终，这是没有什么奇怪的，因为"反共"即是灭亡全中国，这是敌寇所积极企图实现的一贯阴谋。

今天敌寇正在空前加紧其"反共"诱降的活动，而我国内大资产阶级投降派□正进行其以军事为主的"反共"，而进一步准备投降的时候，我全国人民□须深刻警惕由敌汪密约所证明了的"反共"即是投降卖国的教训。因为事实将更证明今日□□"反共"与实行□装"反共"的人，如果继续下去，不改其□□，终□走到和汪逆一样的投降卖国的死路上去。合作团结抗战则生，反共分裂投降则灭，这中间绝无第三条路。准备投降的人，也只有准备接受与执行敌汪的全部密约，把自己和祖宗后代的自由血肉都出卖净尽，决不能有丝毫生存余地，事实必将证明继续主张与实行"反共"的人，结果唯有秉承□人灭亡中国的意旨□接受和实行敌汪密约的内容。

不幸的是最近"反共"、"反八路军"的谣言愈炽，甚至传开如陈贼主任身负重责之军政要人，亦竟公开诬蔑"八路军游而不击"为反共投降份子张目，实则帮助了敌寇汪派"反共"灭华的阴谋，八路军□领之□□抗战□完全□理直气壮的，事实上，八路军两年有余，给养不足，刻苦自持，血战四方，歼敌数十万，有目共见，实无负于国家民族，诬蔑八路军"游而不击"□□来口有汉奸"新民会"及投降派叛军无耻□徒，而"新民□"汉奸，其鼓励八路军士兵逃跑之时，实亦承认"八路军吃不饱，穿不好，还要拼命打仗"，前后矛盾，自招口供；那些诬蔑八路军"游而不击"如冀西□如塘要者，终于公开投敌，就是最好的证明了诬蔑八路军者只有汉奸投降派而已！

今日汪派汉奸"反共"卖国□□□既□完全暴露，"反共"即投降卖国之真理，既得事实之最后证明，和全国上下实不能不□底猛省了。

□□全国要上下一致严厉制裁制造"反共"谣言的奸徒败类，更须警惕勿□□言所获而误中奸计，我们必须深切了解□□密约所证明了的"反共"即投降卖国的真理，澈底清洗与整饬抗日□□，巩固内部□揭发投降派的阴谋罪恶，以加强巩固全国的团结进步，抗战到最后胜利，以粉碎敌汪密约给中华民族所设下的万代沉沦的奴隶枷锁！

（原载一九四〇年一月二十九日《抗敌报》第一版社论）

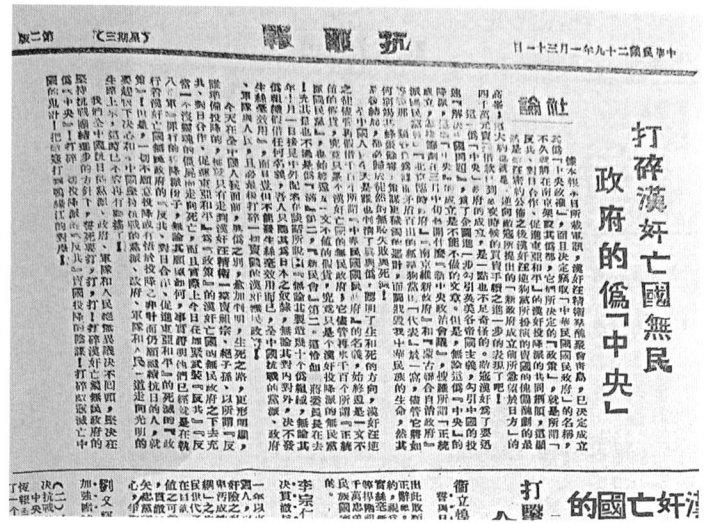

打碎汉奸亡国无民政府的伪"中央"

据本报本日所载电讯,汉奸汪精卫群丑聚会青岛,已决定成立其伪"中央政权",而且决定窃取"中华民国国民政"的名称,不久就将在南京架设其伪部,它们所决定的"政策",就是所谓"反共、对日合作、促进东亚和平"的汉奸投降派的共同纲领,这显然是□汪密约公布之后汉奸汪逆狗党所扮演的卖国的傀儡丑剧的最高峰;这大约也就是□逆向敌寇所提出的"新政府成立前所急望于日方"的四千万元卖国□借款已到□交时候的买卖手续之进一步的表现了吧!

这一伪"中央"政府的成立,是一点也不足奇怪的。敌寇汉奸为了要迅速"解决中国问题",为了企图进一步勾引英美各帝国主义，勾引中国的投降派，这□"中央"的成立是不能不做的文章。但是，无论这伪"中央"的成立，怎样筹划在三月中旬□开什么"新中央政治会议"，搜罗所谓"正统派国民党员""北京临时政府""南京维新政府"和"蒙古联合自治政府"等等那□类各自为谋而矛盾百出的狐群狗党的"代表"于一窝，尽管它将如何穷竭其蜂虿余毒；策谋更秽浊的恶计，而国戕毁我中华民族的生命，然其最后结局，都必归于徒然的无耻失败与死灭！

全中国人民今天是谁也判清了真与伪，证明了生和死的方向，汉奸汪逆之徒尽管再假借千百个所谓"中华民国国民政府"的名义，始终还是一文不值的假货，究竟只是个汉奸亡国的无民政府；它尽管再来千百个所谓"正统派国民党"，也始终还是一文不值的假货，究竟只是个汉奸投降派的无民党！充其量也不过是伪"满"第二，"新民会"第二，这恰如戕□□□在去年十月一日接见中外记者的谈话所说："无论其制造几十个伪组织，无论其伪组织假借任何名义，吾人只认其为日本之奴隶，无论其对内对外，决不发生丝毫效用"，而日岂但不能发生丝毫效用而已，全中国抗战的党派、政府、军队与人民，且必最后打碎一切卖国的汉奸无民政府！

今天在全中国人民面前，真伪之别，愈加判明，生死之路，更形明显，谁准备投降的，他就只有走到汉奸汪精卫一群卖祖宗、绝子孙、以所谓"反共、对日合作、促进东亚和平"为"政策"的汉奸亡国的无民政府之下去充当一个没灵魂的僵尸而走向死亡，而且实际上今日在加紧武装"反共""反八路军"罪行的投降派份子，无论其愿望如何，事实证明他们已经就是在执行着汉奸亡国无民政府的"反共、对日合作、促进东亚和平"的死灭的"政策"！但是，一切不愿意投降或有悟于投降之非计而仍愿继续抗日的人，就要赶快下决心和在中国坚持抗战的党派、政府、军队和人民一道走向光明的生路上来，这时已不容再有动摇了！

我们全中国抗日的党派、政府、军队和人民绝无异议决不回头，坚决在坚持抗战团结进步的方针下，誓死要打，打，打！打碎汉奸亡国无民政府的伪"中央"！打碎□切投降派的"反共"卖国投降的阴谋！打碎敌寇灭亡中国的鬼计！把敌寇打到鸭绿江的对岸！

（原载一九四〇年一月三十一日《抗敌报》第二版社论）

我们要实际的反汪反投降

自汪精卫卖国密约公布以来,在全国范围内,广泛地开展了反汪的运动,各地通电如雪片飞来,这是从汪逆叛国后全国人民不断呼号反汪以来所未曾见过的好现象,它说明了反汪、反汉奸、反投降的运动,确已成为目前全国一致努力的目标,这对于克服目前时局中所存在的严重的投降危险,坚持抗战建国的事业上是有其重大的意义的。

但是我们必须指出:全国人民今天所要求的反汪反汉奸反投降的运动必须是事实上真正澈底的行动,而绝不是限于表面上的空谈与空喊。目前在我国内部喊着反汪反汉奸的人,有各种不同的面目和不同的心肝。

有一些是在抗战营垒中暗藏着的汉奸汪派,它们在表面上今天不能不跟着说几句反汪反汉奸的话，而实际"口蜜腹剑"暗地里积极执行着敌寇汪逆的亡国卖国纲领，进行着"反共"分裂准备投降的阴谋鬼计，这是我们必须澈底予以揭破给它无情打击的！

另外一种人，他们虽然今天并不甘心□做汪派汉奸，但是他们一方面尽管不愿意和反对汪精卫透骨澈底的卖国密约，另一方面却从实际上加紧"反共""防共""反八路军""反陕甘宁边区"以进行分裂，实际上进行投降，实际上是在日寇面前和汉奸汪精卫争宠，作着实际卖国的竞争，这一种人是今天全国人民必须坚决反对的在我们内部的最危险的敌人！

还有一些人，他们并不是汉奸□派，他们也反汪反汉奸，但他们的言论行动有许多却与汪派汉奸相像，无形中帮助了汉奸，帮助了汪派，"为仇者所快，为亲者所痛"。

目前这几种人到处表现都是存在着，从合法汉奸张荫梧陈长捷王靖国白志沂之流以至晋东北保安队等等是一种表现；从武装进攻陕甘宁边区的××等军以至于到处公开污蔑八路军共产党的政治阴谋家等等又是一种表现；一般顽固份子违反抗战法令的各种言行又另是一种表现。而这几种表现，尽管其外貌不同，愿望不同，但如不痛改前非，其最终结果，必然会甚且已经是公开走上了汪精卫的投降卖国的道路，必然会遭受全国人民的唾弃和反对。

我们必须指出：像陈诚主任那样公开污蔑"八路军游而不击"是非常有害与荒谬的，这和实际武装进攻八路军，进攻陕甘宁边区，摧残抗日力量的错误行为，尽管就有"程度"上的差别，而实质上是没有丝毫不同的。全国人民，尤其是敌后人民，亲见八路军流血两年，不屈不挠，杀敌斩将，保卫国土，出死入生，从无怨色，国家之对于八路，待遇菲薄，而八路之对于国家，功勋巍然，谁肯忍心昧良，加以恶意诬蔑？广大人民读八路将领通电及朱彭致陈主任电文，没有不为八路呼冤，而痛恨汪派汉奸造谣离间的阴谋对于抗战营垒内部之影响，更惋惜误听谗言者中了敌汪奸计的危险！

　　实际上，"反共""反八路"与反汪反投降是不能并立的，因此，我们今天在全国反汪的呼声中，必须特别严重注意一切暗藏于内部的汪派汉奸与投降份子、顽固份子的各种各样的造谣中伤污蔑离间，勿中奸计，巩固团结，坚持抗战进步方针，反对"反共""反□路"的投降奸计，反对任何为敌寇汉奸汪派所喜欢的言论与行为，用实际的力量来开展反汪反投降运动。我们要认清：汪逆的卖国密约，只要我们坚持抗战，它只是□张废纸，而内部投降派的阴谋罪行，却是要实际断送抗战，断送国家的。因此，我们不但要用坚决的抗战，实际粉碎汪逆卖国密约，粉碎汪逆傀儡的"中央"政权，而且更要用实际的行动，反对一切公开和暗藏的汉奸汪派托派反动投降派的"反共""防共"实际准备投降妥协的阴谋罪恶。这是每一个中华儿女当前的重大任务。

　　　　　　　　　　（原载一九四〇年二月四日《抗敌报》第一版社论）

今年纪念"二七"的特殊意义

远在十七年以前，一九二三年的二月七日，在中国历史上曾经发生了一件惊人的反革命屠杀事件，这就是在中国人民和全世界劳动阶级记忆中永远不能忘却的"二七"事变。

"二七"事变，大家都知道，这是中国反动军阀吴佩孚、萧耀南，屠杀京汉铁路工人的一个惨痛纪念日。□七年前，京汉铁路工人为了建立自己的组织——京汉铁路□工会，决定一九二三年二月一日在郑州召开成立大会，当时反动军阀吴佩孚为了巩固他的反动统治，遂在开会当天派出大批专警武装制止工人开会。那时工人代表为了反抗军阀压迫，乃决定在二月四日举行全路工人的同盟罢工。罢工期间，军阀吴佩孚为要进一步压迫工人阶级，便在帝国主义的支持下，于二月七日命令军阀萧耀南对汉口罢工工人和代表开始了残酷的大屠杀，同时长辛店郑州各地工人，在遭受同样惨杀。这次惨杀，总计前后□杀死三十九人，受伤者三百人，入狱者二十七人，被开除失业工人五百余人。而各地工会亦尽被捣毁封闭，以致造成中国工人运动史上悲壮的"二七"事变。

"二七"这一工人运动，虽然在当时帝国主义的在华代理人中国反动军阀的武装摧残，暂时失败了，但这并不能丝毫丧失或降低它在中国工人运动史上的重要价值，它依然是中国工人阶级和中国人民为反对封建军阀的反动统治和帝国主义的残酷压迫争取民族解放和阶级解放的不朽纪念日。它是争自由的中国人民的先锋车——中国工人阶级在反动军阀和帝国主义面前，以自己的献血涂染的光荣纪念碑。从而这一运动是代表着千百万中国被压迫的劳动阶级和广大中国人民的意志的，这绝不仅仅是中国工人阶级自身的运动，而是全中国人民争自由争人权的一个运动。纵使"二七"运动在当时的恶劣环境下遭受到暂时的挫折，然而这一运动已经充分证明了中国工人阶级的组织力量，指明了中国人民在民族解放运动中新的伟大力量的出现，而这一新的力量之出现，这一具有斗争的澈底性、坚决性和组织性的伟大力量的存在，给予了中华民族解放运动以胜利的保证。

由于"二七"运动失败的教训，使中国工人阶级更认识到要取得中国工人阶级自身的解放，则首先必须打倒帝国主义在中国的势力和摆脱反动军阀的黑暗统治。因此"二七"运动使中国工人阶级进一步地意识到中国工人阶级利益与全民族利益的一致，而更进一步地参加民族解放运动为全民族的利益而奋斗了。从而也就使中国工人阶级及其政党在斗争中将民族统一战线的组织问题严重地提到国事日程上，而形成了以后的国共合作。

十七年后的今天，在日本帝国主义疯狂野蛮的进攻面前，中国人民已经在抗日民族统一战线的旗帜之下，在国共两党合作的基础上与日本侵略者进行了三十个月的浴血抗战。中国工人阶级及其政党——中国共产党继承了"二七"运动的光荣传统。曾经在两年半的抗日反汉奸的斗争中表现了和表现着其为民族国家事业不屈不挠,不顾一切牺牲的大公无私精神。抗战三十个月来,由于中国工人阶级和广大中国人民的努力团结进步,曾经给了敌人以致命的打击和大大地消耗了敌人。到今天为止,由于敌寇内外困难的增加与国内日益尖锐发展着的严重经济政治危机,逼使敌人不得不停止其战略进攻而加紧其阴毒的政治诱降以实现其灭亡中国的迷梦,当此抗战渡入相持阶段,更进一步接近最后胜利的时期,无疑地全国人民当前紧急任务,应该是更加百倍努力,坚持团结进步,粉碎敌寇诱降阴谋,克服困难准备反攻力量。然而不幸今天抗战营垒中大资产阶级投降派和某些动摇份子,对抗战胜利前途丧失信心,畏惧群众进步力量,丧心病狂,一味企图追随于汪逆精卫之后,妄图出卖民族国家利益,忠□执行敌寇灭华方针,大倡反共谬论,武装进攻抗日军队,破坏抗战,分裂团结,阻碍进步,积极准备投降,与敌寇汪逆及国际反动派诱降活动相呼应。所有这些都充分证明了今天投降派反共反进步力量的活动,实际上就是执行"日汪密约"中所谓"反共、对日合作、促进东亚和平"的反共降日的亡国政策。显然地,在目前国内投降派积极准备投降的严重投降危机前面,我们纪念"二七",必须无情的打击投降派一切投降活动,澈底肃清反共投降份子,坚决反对"限制异常活动办法"和"处理共党实施方案"及所有一切破坏抗战分裂团结阻碍进步的反动思想言论和行动。在今天纪念"二七",特别应该接受"二七"运动给中华民族解放运动指出的胜利道路:坚持统一战线,坚持国共长期合作,巩固全民族的团结。只有这样才能胜利地完成中华民族神圣的抗战建国事业。

尤其是处在敌人远后方坚持抗战的我晋察冀边区,由于新阶级中敌人的残酷"扫荡"和敌寇国际反动派及国内投降派的无耻破坏,今后将处于更残酷更困难的地位。因此今天纪念"二七",全边区人民必须更加倍努力团结进步,加紧巩固边区抗日根据地,动员一切力量打击投降派分裂破坏运动，粉碎敌寇军事"扫荡"，破坏敌人占领地，广泛开展群众游击战争，更进一步实行有利于广大抗日□□的政治改革与经济改革，使我晋察冀边区成为坚持中国抗战反对投降妥协的钢铁一般的坚强堡垒。只有这样才能真正担负起相持阶段中坚持敌后抗战的伟大任务，只有这样才能打破当前时局的重大危机和困难，争取反攻的最后胜利！

（原载一九四〇年二月六日《抗敌报》第一版社论）

澈底执行目前救国十大任务

正当时局中投降妥协分裂倒退的危险万分严重全国人民将士疾首痛心的时候，中国共产党中央以毛泽东为代表提出目前救国的十大任务，并经延安各界讨汪拥蒋大会首先一致决议向全国通电呼吁，这实在是具有非常重大的意义。

这十大任务的提出是代表了全中国最大多数人民心里最迫切的要求，每一个中华民族的忠实儿女都将竭诚拥护和坚决执行这十大任务。在目前国内投降派反共派顽固派和汪精卫汉奸狗党里应外合准备实行和正在实行卖国亡国的毒计，到处"反共"，破坏团结抗战，摧残进步力量，实行分裂倒退，□□乌烟瘴气的时候，这十大任务的提出，确是唯一无二的救□□□每一个忠心抗日的□□，读了毛泽东的演讲词和延安各界□□□□□的通电，没有不激昂奋发，气薄云霄，同心鼓掌的。当然投降派反共派顽固派和汪派汉奸听了读了之后，势必至不是捶胸顿足，咬牙切齿，就是垂头丧气，暗里皱眉，显着老大的不高兴，他们也许一定□想尽各种方法限制或禁止这消息的传播，但是那又有什么用呢？这十大任务像□□的春雷，将无远弗届，深入四万万五千万人心，牢不可拔，且立见诸行动。

这十大任务确切不移地指出了全国上下当前行动的十大目标：有了第一条的全国讨汪，则全国党、政、军、民、报、学各界必须立即动员一切力量，□绝汪党，肃清汪祸，检举汪派部下党徒之摩擦专家、顽固份子，付之国法制裁，严办阻碍反汪除奸之不法官吏，使抗日阵营内部得以巩固；有了第□条的加紧团结，则全国上下，立应群起扑灭"反共"邪说，猛烈发展统一战线，巩固抗日进步势力之团结，学习共产党、八路军新四军、陕甘宁边区坚持抗战团结进步之模范，以抗战团结进步为基础而求国家真正合理实际之统一，反对投降分裂倒退的汉奸亡国之假统一；有了第三条的励行宪政，则全国人民应即群起反对一党专制之反动传统企图，立求开放党禁，保障民主自由，首先建立并巩固与扩大各抗日根据地中几个革命阶级联合的统一战线的抗日民主专政的政权，切实促进全国范围之宪政运动，反对一切反宪政与假宪政之反动行为；有了第四条的制止磨擦，则全国上下应即一致制裁磨擦罪魁，根绝惨案，要求政府明令取消所谓"异党问题处理办法"与"异党问题实施方案"，惩办平江惨案，确山惨案之主谋凶犯，澈底判处张荫梧、秦启荣、程汝怀及陇东事件肇事之中央军与山西内讧旧军魁首以应得之罪，昭示天下，根绝磨擦，其有纵容放任磨擦之官吏，人民群起而攻之；有了第五条的保护青年，则□□□集中□□应即捣毁，进步青年，不容任何侮蔑诬陷与戕害，为国家民族，保留万代长青之生气；有了第六条的援助前线，则凡有功者必赏，有劳者必录，"八路军游而不击"

等类的无耻谰言,应予以严厉的取缔,巩固与扩大进步的军队,对于在战区与敌后流血苦战之八路军新四军及其他军队,应予以给养弹药武器药品等充分之接济,反对任何歧视与不平等之现象;有了第七条的取缔特务机关,则对内之拨弄是非、造谣生事与所谓"点线工作",应即严加取缔,奸邪份子之特务人员,助纣为虐者,应视同敌寇汉奸之猎狗加以扑除,正确发展对敌伪之特务工作,团结内部,一致对外;有了第八条的取缔贪官污吏,则鱼肉剥削人民,乘机发国难财之不肖份子,应一律检举法办,澄清吏治;有了第九条实行总理遗教与第十条实行三民主义,则一切违背总理遗嘱,违背三民主义,不唤起民众,不求民族独立,不争民权自由,不谋民生幸福,而□践踏民众,出卖民族,□丧民权,摧残民生者,应视之与汉奸汪精卫同为背叛孙总理与三民主义之逆贼,全国人民得共起而诛之。

时至今日,惟有全国澈底实行此十大任务,才能挽救时局的危险,争取民族解放的光明。赤胆忠心于国家民族者,无论其属何党派,属何阶层,必当一致拥护此十大号召,誓死身体力行,毫无返头;其有反对实行此十大任务者,无论其作何巧语,出何花样,剖其心肝,必为卖国叛族,灭绝人性的狗彘之□为无疑,全中国人民不能容忍之,则惟有弃绝之,而中国广大人民今日要求坚持抗战团结进步的历史志向,和实现此伟大伟大志向的行动,是谁也不能阻挡的!

(原载一九四〇年二月十四日《抗敌报》第一版社论)

一党专政还是民主宪政？

国民参政会第四次大会通过了"请政府定期召集国民大会，实行□□□的决议之后，国民党的六中全会接受了国民参政会的议案，决定由国民政府在今年十一月十二日召开国民大会，实行宪政，这兴奋了全中国四万万五千万久受政治压迫渴望民主自由的广大人心，数月以来，全国各地，宪政运动之进步呼声，普遍兴起，举国希望国民党一党专政的时期应即过去，代之而起的应是真正的民主宪政，人民毫无民主权利的时□应即□去，代之而起的应是认真的实行民主主义的政治，没有人□选举代表□立□意□□的□代应即过去，代之而起的应是全体人民普选的民意机关的□民代表大会；国民党以外之各抗日党派权利无合法保障的时代应即过去，代之而起的应是□抗日□□在国家政治地位上的一律平等。因为只有这样，才能发动全民族一切□动力量，争取□□的最后胜利，完成三民主义民主共和国的伟大的建国事业。

孙中山先生临终遗嘱着重提出："最近主张开国民会议"，这是忠实于孙中山先生革命建□宗旨者所不可一刻忘记执行的一件大事。因为正如孙中山先生所说："国民会议开得成，中国便可和平统一，国民会议开不成，中国便要大乱不止"，而这种关系国家统一与分裂，进步与倒退的生死存亡机□的"国民会议之组成……其代表须由各团体之团员直接选举……全国各军□得以同一方法选举代表，以列席于国民会议，于会议以前……应保障各地方之团体及人民有选举之自由，有提出议案及宣传讨论之自由"（孙中山北上宣言）。抗战以来，全国人民所以呼吁实行宪政，□□参政会所以请求政府实行宪政，以及数月来各方所以热烈推动宪政□□，积极□□□宪政的意见，完全都是根据了孙中山先生所昭示我们的一贯革命的民主宪政的精神，这是有目共见的事实。全国人民更一致盼望当政的国民党当局与国民政府，能够真正遵奉国民党先总理孙中山先生的革命遗教，深刻反省过去多年"训政"无感之经验教训，体察当前国家生死存亡的机运与抗战建国之迫切的历史要□，□真实行宪政，召集真正代表全国人民公意的国民大会，制定真正合乎我□□情的想法，并在动员大会召开之前，切实开放党禁，停止与取缔一切压迫民众□残侵权，倒行逆施之非法行为，实行政治机构之必要的民主改革，以应全国人民□□□治之心。

不□本月十一日重庆电讯（见本期本报）传来，国民党中央党部训令其各省市党部及各机关，关于宪政问题之指示，内容不但与全国人民之热望相背向，且与孙中山先生之革命的民主宪政之精神相违反。该指示对于此次召集国民大会制定宪法之事，□□"为因应时代的要求，促进政治的进步"，"全党同志以及全国上下，均应以党忠□慎之心临之"，但一□曰："将训政工作于宪政开始后继续完成"，再则曰："一面要求实施宪政，一面要继续进行训政",这实际上等于宪政其名,训政其实,就是等于宪政其夺政其实,这实际上毫无"因应时代要求,促进政治进步"的意□,这实际上是对于孙中山先生的民主主张和对于民族□抗战国事业的不□,事实上,过去多年"训政"的时期,正是中国政治黑暗腐败落后的□□,贪官污吏,土豪劣绅,横衍天下,□□民众,剥削民脂,法纪□颓,民生涂炭,□事不□□□,□则同室操戈,分要不堪,外则强邻侵略,□脉垂危,这历史的血腥的□□,难道还不够我们警醒吗?□抗战以来的事实,特别是敌后抗日根据地如我们晋察冀边区实行政治民主化运动的事实,却充分证明了民众实有管理政治之伟大□力,□□把政治权力交给人民,人民就会最忠实地执行其权力,使政治突飞猛进,不□□步。一切不信任人民有实行宪政能力的谣言,实际都是诬蔑人民,害怕人民,不愿意"还政于民",而阴谋继续□迫剥削人民的一党专政的传统的反战企图的藉口,□□全中国人民所坚决反对的!

国民党中央党部关于国民大会之选举与职权问题的指示,也是全国人民所不敢赞同的。该指示对于过去"按选举法选出的代表,除附逆有据应由国法处理外",认□"一律有效"。谁都知道:过去的选举法实有背孙中山先生的三民主义的精神,违反真正民主普选的原则,本应加以澈底的修改,而且□上所谓"选出"的代表,实际上是包办贿选与"圈定"的,□际上是不合法的,现在只承认这种包办贿选与"圈定"的代表为有效,无异于放弃了国民大会代表的□选,无异于剥夺了现在广大敌占区与战区的民众与各抗日党派及民众团体选举代表参加国民大会的□利,就是要使国民大会不能代表□□全国人民的公意,这同样是对于民选的国民大会不忠实的态度,□□是一党专政的反动企图,这同样是全中国人民所坚决反对的!

同时,该指示对于国民大会的职权,规定其"纯为一□□机关"而□监□施宪之□,无论其所提理由如何,实际上与全国人民之要求相违背,□□非常明□的,究其用意,不外要使"制意"仅仅成为形式上的奉行故□,

而宪法之如何监督实施，则不让人民参与，以遂其宪政其名专政其实的企图，使宪法徒为一纸空文而已，这同样是全国人民所不能同意的！

□□宪法□□问题，该指示认为民国二十五年政府所颁布的宪法草案，"系立法院集合全国公法学者……定草□成"，"又在六个月之内公开征求全国人民之批评，然后……起成草案。……故草案之颁布，实已完成一切手续，其合法性自无□□"，这种掩耳盗铃，白天说梦话的态度，未免可笑，谁不知道：当宪法草案□□之时，全□各界舆论，纷纷指摘草案之缺点，报章杂志上到处是批评宪草的文章，□□□□当局瞎了眼睛，聋了耳朵，就不见不闻吗？事实上并非如此，只是□时□□修改草案时根本没有采纳真正的民意，将民众的意见置若罔闻，以致宪草□重要缺点，仍然存在。现在所谓"完成一切合法手续"，实际上只是蔑视民意的非□□□的一句官话而已，但是"宪法不是为傻子写□"，因此，我们认为真正切合中国国情的无缺点的宪法，必须交由包括各抗日党派全国人民各方面的代表的制□□□来起草，绝不是简单的"集合全国公法学者"□能胜任的。国民党中央党部对于宪草问题的指示和态度，同样是全国人民所不能同意的！

该指示对于宪政问题的讨论，首先限制各地研究宪□之集会与团体组织，□□全违反民主精神，显然可见，以关系国家根本之宪政问题，而不让人民自由的热烈的讨论研究，处处由国民党党部以□制之，那还有什么民主宪政之可为？！□□□："凡□刘□□及违反三民主义与曲解宪政之言论，应在取缔之列"，则今日□□□评宪法，研讨宪政问题者，事实上都是本着孙中山先生革命的三民主义与真正□主□□之精神，全国抗日党派与人民所批评与反对者，正是违反孙中山先生的□□，□反三民主义，违反民主宪政精神的一党专政的反动企图及其理论，全国人民所要□取□和政府所应取□□也□应该是一党专政的反民主、反宪政、反三民主义的反□□□及其言论，绝不□以一党专政之反民主、反宪政、反三民主义的企图□根据，就是对国民党内部也应如此。国民党中央党部的指示中所说：

"本□□□□不可违背本党□定政策，发表反对宪政之言论"，我们相信只要不是汉奸□□假三民主义的假国民党的党员，而是真正实行革命的三民主义的国民党党员，□□和全国人民□□拥护真正的民主宪政，而对于违反三民主义的反民主反宪政的□□与理论，□□应有大胆加以严斥与批评的言论□自由，这种言论的自由，就在□□党内部也不但不应加以压抑，而反要充分加以发扬。这是我们必须严重指出的□□指示如果是□于这种立场，则是可以赞同的，如果是基于与此恰相反背的立场□□同样是全国人民以及国民党的进步党员所要一致反对的！

总而言之：今日全国人民所希望的是真正的民主宪政，而不是改头换面的□□专政，我们坚决反对□羊头卖狗肉，宪政其名训政真实，民主其名专政□实的反□企图，我们□意□蒋委员长所说："问题不在宪政是否实行得太早，而是在我们有没有为□□□□真正宪政的诚意"，"我们在抗战建国之中，一切言论不能违反我们所共矢□□的三民主义，不□违背我们自身所□定的抗战建国纲领，否则一言一动在□民□的就没有信用"（实施宪政问题演讲），今天全国人民□已经□□了最真挚的实行宪政的诚意，只看当政的国民党当局和政府是否有此诚意，今天全国人民也都在□□□地率行着孙中山先生革命的三民主义□抗战□□纲领，只看当政的国民党当局与政府是否愿意遵照革命的三民主义为抗战建国纲领给予人民以应得的民主权利。但是，我们还必须指出，在目前的抗战□□事业遭遇到重大的危险的时候，谁要是忠诚于民族抗战□建国事业，谁就要认真的实行民主宪政，谁□□不实行民主宪政，谁就是有心准备投降。现在就是真民主真宪政与假民主假宪政——□□□上是反民主反宪政——斗争最尖锐的时候，同□也就是一党专政□民主宪政两条□线斗争最尖锐的时候，我们全国人民是要坚决实行民主宪政，反对一党专政的！

（原载一九四〇年二月十六日《抗敌报》第一版社论）

克服春荒与开展春耕

春耕当前,春荒严重,这是边区抗战与民生的重大问题。目前部份地区已发生的饥饿与逃荒现象(多数农民约缺少三个月之粮),实不容我们丝毫忽视。为什么□引起这样严重的春荒呢?本来在□国农村过去半封建的生产关系□,农民长期就是处于半饥饿的状态中,年□春季,难免春荒。抗战以来,在晋察冀,由于边区的建立与执行进步政策,改善了农村关系,发展了农业生产,两年之间,虽战斗残酷,然社会经济生活,基本安定。今年的春荒,却有其特殊原因:

首先是去年春季有些地区,苦于旱□,影响了秋收,夏季又遭大水灾,田禾损失甚巨,秋季又发生了严重的虫灾,冬季敌寇的"扫荡"进攻,凶残烧杀,粮食菜蔬枣果损失在十余万石以上，致去年的边区粮食生产量与存粮绝对的减少了。

其次，敌寇以冀所占领的某些据点，施行□破坏边区经济的阴谋，封锁与隔断边区内部的粮食交通，引□购粮与运粮的困难，致若干地区粮食的供给来源也减少了。

其三，边区内部有些县区采取粮食本位主义的错误政策，远□了边区内部有无相通的自由贸易的原则，而奸商复乘机囤集粮食，操纵居奇，高抬粮价，市□中三日之间，小米一斗有涨价五角至一元之多者，富家复多收存粮食，不肯流通，加以敌寇有计划之破坏，利用奸商以少数粮食向边区内部不等价的交换其他物品，激涨粮食之价格，因而造成了边区内部粮食的不调剂现象。

这些可以说就是目前春荒严重的主要的根源，同时也就是当前准备春耕与开展春耕运动中首先要□谋克服的严重困难，而克服这一困难，也就成了准备进行与开展今年春耕的第一步骤。边区农救□发出的加紧救灾与准备春耕的紧急号召（见三二六期本报）的确是有头一等意义的。

此时边区的政府、团体与军队必须集中全力领导与帮助全边区的人员，积极克服春荒，开展春耕运动，以坚持边区的抗战。

在救荒救灾的工作上，应普遍组织各地的救灾委员会，动员藏□富裕之家，借粮给无粮及少粮之户，由灾委或农会保证在麦收后还粮。政府方面拨放巨额贷款借给农民组织合作社，由农会担保，无利借款给农民，组织运输队，向外大量购粮。严令禁止边区内部各县区的本位主义现象，根绝□□闭□的封建恶习，使边区内部粮食通畅调剂，根据各地实际情况，平抑□价，厉行取缔奸商操纵居奇和一切□□粮食经济的罪行，揭□□□压汉奸投降派鼓□逃荒投奔敌占区的企图。同时发动募捐运动，实行互助互济，发扬民族友爱的精神，并切实执行军政民节省一□米运动，救济春荒之灾民难民。将灾民难民大批组织到生产运动中去，以消灭逃荒的现象，更要开展敌占区附近的群众游击战争，摧毁敌寇据点，打开边区内外的交通，这些工作的执行，实际上就是执行了开展春耕，动员广大人民到春耕运动中来的基础工作。

今年开展春耕中，要充分运用过去两年的丰富经验，除了进行春耕的各种宣传□组织工作之外，须特别注重于农□借贷所□合作社的建立，解决资金□农具、耕畜、种籽的困难，禁宰耕畜，保护动力，减免勤务，以利农耕，军民互助，提高生产，同时更要注意耕地的整修，如修滩、翻田、平地、筑坝等工作都要积极进行，解决灾民的土地问题。河漕地积沙过多者，十年亦□修堤挖沟□土，以备明年耕种，免致发生新荒。坡田应加紧整修，挑粪入土，加强地力，春耕□物的选择，□多□早熟的，以期早收多产，增加食用。这是开展春耕中的具体工作。

我们为了坚持晋察冀边区的抗战，必须百倍充实与加强边区的物力财力，改善边□广大人民的生活，克服□济上的困难。我们要打破敌寇□□锁破坏，粉碎今后敌寇不断"扫荡"的进攻，战胜汉奸投降派，战胜日本帝国主义，继续巩固与扩大晋察冀边区永远为全国进步的模范□□。

（原载一九四〇年二月二十日《抗敌报》第一版社论）

澈底实现边区民主政治促进全国宪政运动

自从政府公布了"定□召开国民大会实施宪政"的命令以后,全国人民欢欣鼓舞,一致热望国家政治。早日实现真正民主,以利全民□的进步与团结,而争取抗战建国大业的成功,因而,推□宪政的早日确切实行,也就成为全中国每一个忠实国民的责任,故在政府命令颁布之后,全国各地促进宪政的运动,蓬勃开展,澎湃而不可遏,无论□□派如何阴谋破坏这一宪政运动,利用□种明暗方法,企图阻碍与压制这一运动,但是在全中国四万万五千万的广大人民热切要求实行民主宪政的意志之下,它们的阴谋破坏与阻碍压制的企图,终究是要遭到残酷的失败,因为今日广大人民政治觉悟的空前提高和历史发展的迫切要求是谁也不能以强力战胜的。

我们晋察冀边区是全□抗战建国的最前进的阵地，边区以往在执行各种进步法令，推行各种进步事业上，向□全国嘉誉与模范，今天对于这样一个富有重大历史意义关系全国政治生活的宪政运动，自不能不一致奋起，以实际行动热烈响应。目前边区各界同胞，已相继发起号召组织宪政促进会，这在推动宪政运动上是有非常重大的作用，我们希望其早日普遍成立，并统一组织，以便大踏步的开展民主宪政运动。

但是宪政促进会的工作，主要只是在于民主宪政的宣传教育，发动群众，征集意见，贡献政府，而实际上在我们晋察冀边区，民主政治已经有了粗略规模，各方面已经具备了各种优良条件，广大抗日人民业已取得了集会、结□、言论、出版、信仰与武装的充分自由，特别是□年初次村选的成功，今年村选运动更热烈的开展，广大人民表现了参政的热潮与执政的天才和能力，事实上已经打下了澈底实施宪政的初步基础，因此，宪□运动在边区就必然要有更进一步的实际的展开，使边区在实施宪政的工作上同样成为全国各地所一致嘉誉的光荣的模范，并且就以边区的模范事实以促进全国的宪政运动，为全国民主宪政的实施奠定一个稳固的基础。这是我们晋察冀边区一千一百万同胞应有的责任，同时也实在是我们推□全国实施宪政的最有效的办法。

特别是在今天，当时局确实严重存在着投降与倒退的危险，全国抗战派与投降派开展着日益明显日益严重的斗争，敌寇汉奸□投降派正加紧其破坏各抗日根据地的阴谋，用一切明暗方法进攻与破坏抗日武装、抗日团体与抗日政权，企图欺骗剥夺与摧残人民的民主权利，以达到其断送国□□命的卖国投降目的，而克服时局逆转，争取时局好转成为全国人民当前中心任务的时候，为了更加集中与团聚抗战力量，□固抗日根据地，坚持抗战团体进步，完成民族抗战建国□伟大历史事业，在我们素称模范抗□根据地的晋察冀边区，更□力求澈底实现民主政治，也就是要厉行宪政，真正把全边区的政权，造成为一个澈底的抗日民主专政的政权，使这个政权成为澈底的完全民□的政权，成为几个坚持抗日民主的革命的阶级联合的抗日民族统一战线的更巩固的□□，完全肃清一切暗藏的反共投降份子与顽固份子，这样来巩固晋察冀边区，巩固抗战建国的前进阵地，巩固三民主义民主共和国的基础。

为了澈底实行边区的民主政治促进全国的宪政运动，我们不但要励行村选，强化村的民主政权，而且还要加紧逐步实行区政权，县政权以至专区的民选，区政权的民选，应即积极努力实现，至于县与专区的民选，首先应亟谋建立区与县的参议会，这种参议会的组成，必须十分郑重，参议员之产生，必须经过民选，或由群众团体推举一部份代表参加，同时也可以在一定限度名额内由政府邀请若干对社会事业素有显著贡献的人士参加，以这样的参议会为基础，以实现县与专区的民选，把边区的抗日民主政权，放在一个牢不可拔的磐石之上。只有如此，以边区民主政治的澈底实施，来促进全国的宪政运动，才能粉碎投降派欺骗阻碍压制与破坏宪政运动的阴谋企图，更加发挥抗战团结进步的力量，战胜投降派投降倒退的反动运动，克服时局逆转的危险，争取时局的好转，争取抗战的胜利，争取光明的新中国！

（原载一九四〇年二月二十六日《抗敌报》第一版社论）

热烈庆祝边区三大群众团体成立的两周年

今天是边区工、农、妇女三大群众团体成立二周年的纪念日，这个纪念日是伟大的，值得全边区的人民来热烈庆祝它的。为什么？这理由很简单。

头一个理由，我们要热烈庆祝边区三大群众团体成立的二周年，是因为这三大群众团体在边区抗战两年的过程中，发动和组织了广大的群众，并且武装了广大的群众，参加了创造敌后模范抗日根据地的伟大事业，而且成为这伟大事业中的基本力量的源泉，使全边区的工农妇女群众都在这三大团体的领导之□，配合着边区党政军的力量，活跃在保卫家乡，保卫边区，保卫祖国□血和火的斗争里，和敌寇汉奸进行了最残酷的搏斗，使敌人的铁蹄和罪恶的魔手在边区的领土内不断遭到了打击挫折而战栗溃败。□□了全国人民和全世界正义的人士，而且就在这斗争里，锻炼了全边区的广大群众，发现和培养训练了无数优秀的天才与忠诚的英勇的战士，造成了无数可歌可泣的斗争的史实，这是边区三大群众团体的头一个伟大的业绩。

再一个理由，就是这三大群众团体，两年来最忠实最坚决地执行着政府抗战的进步的法令，积极响□着各种动员的号召，而且积极参加了边区民主政权的建设，帮助政府巩固敌后政权的基础，使每一个边区的工农妇女群众热烈参政，正确获取和运用着各种民主的自由权利，成为边区抗日民主政□的坚决的守护者与支持者，历次粉碎了敌寇汉奸对边区政权的一切阴谋破坏与暴力进攻，保证了政府各种正确政策的贯澈实行，造成了中外人士一致赞誉的民主进步的模范，这是边区三大群众团体的又一个伟大的业绩。

还有一个理由，使全边区人民更□热烈庆祝与纪念这□大群众团体的，那就是边区群众团体坚决站在边区人民的利益上。努力改善边区人民的生活，适当解除了群众自身从过去长期历史中带来的痛苦和目前在残酷的民族解放战争中所不可避免要遭受到的许多困难□这三大群众团体无时无刻不在关怀着人民的利益，深切的为人民的利益着想，而力□各□积极的改善与实际的救济，他们从群众的血液中生长起来，他们与群众的快乐和苦痛的感觉完全一致，他们真正是群众自己的骨肉，群众自己的灵魂，群众的保姆。

边区有这样的群众团体，这是边区的光荣，也就是边区所以能为全国的模范的一个重大因素。这三大群众团体的存在，就是边区抗战、团结、进步的有力依靠和活生生的证据。这三大群众团体是边区广大人民自己创造的，它不但是□□自己的救星，而且是新中国的支柱。

今天，当全国处在抗战团结进步□投降分裂倒退这□个前途剧烈斗争的时候，纪念边区工农妇女三大群众团体成立的两周年，边区的广大人民更要了解自身责任的重大，更要紧密团结在边区群众团体的领导之下，巩固自己的阵线，加强自己的锻炼，提高自己的战斗的热力，发扬英勇模范的精神，千百倍勇猛地继续坚持边区的抗战团结与进步，加紧边区抗战□各种动员工作，竭□巩固边区抗日民主政治的政权基础，澈底实现边区的宪政，努力边区经济生产的建设运动，积极改善边区人民的生活，保障边区长期抗战的物力财力与人力旺盛的源泉，坚决打击与扑灭投降派的阴谋破坏，继续粉碎敌寇的不断"扫荡"，创造更多更大的光荣的模范事实，以推动全国继续坚持抗战团结与进步，这样把边区群众团体和边区广大群众的力量，发扬成为克服目前时局所存在的严重的运转的危险，争取全国抗战局面的好转的生力军，这是我们在热烈庆祝边区工农妇女三大群众团体成立二周年纪念时的今天，对边区革命的群众和三大群众团体的热烈的希望！

（原载一九四〇年三月三日《抗敌报》第一版社论）

我们要求真正的民主宪政

宪法不是为傻子写的！

宪政不是骗傻子用的！

今天全国抗战的人民，要求澈底实行宪政，澈底实现民主政治，而国内少数上层顽固份子与政治阴谋家，不明救亡国□之大计，居然企图禁止人民的宪政运动，钳制与剥夺人民的民主自由，假宪政之巧名，行愚民之"训政"，弃民主政治之精神，逞一党专政之欲念，如果任其所为，必至民意不能发扬，抗战不能胜利，这是全国人民要一致坚决反对的假民主假宪政的反动路线。

延安各界宪政促进会的宣言，坚决主张普遍深入全国的宪政运动，澈底修改国民大会组织法与代表选举法，召集真正代表全国民意的国民大会，保障各抗日党派与人民之民主自由，实行真正的宪政，反对换汤不换药的一党专政□以发扬民意，战胜日本帝国主义，这是全国人民要一致坚决拥护的真民主真宪政的正确路线。

今天全国人民所企望实行的是真的民主、真的宪政，不是假的民主、假的宪政，□中华民族抗战建国所迫切需要的也正是足以发扬全国民意战胜民族敌人的真正的民主宪政，不是换汤不换药的误国欺□的一党专政。我们要实现真的民主真的宪政，就必须与假的民主与假的宪政或反民主反宪政的反动路线进行不调和的斗争，以真正的民主宪政运动，粉碎一切以宪政为涂饰耳目的欺骗诡计与破坏民主政治的阴谋企图。

今天全国人民必须一致奋起，力争民主政治，励行真正宪政，勿蹈民国以来宪政□专制余孽所摧残的不幸覆辙。民国十三年国民党第一次全国代表大会宣言有云："元年以来，尝有约法矣，然专制余孽、军阀官僚，僭窃擅权，无恶不作，此辈一日不去，宪法即一日不生效力，无异废纸，何补民权"？今日国人必须深刻体察过去惨痛的经验，□保障真正的民权，争取真正的宪政而坚决奋斗，勿令少数阴谋家以宪政为欺骗的工具。从前"曹锟以非法行贿，尸位北京，亦尝藉所谓宪法以为□饰之具矣，而其所为，乃与宪法若风马牛不相及"（见国民党第一次全国代表大会宣言），这是今日全国人民一刻不容忘怀的历史教训。

真正的宪政，能否实行，这□关系抗战建国前途的重大问题，而争取实行宪政的运动，也就成为□前争取时局好转、克服时局逆转的重大斗争。今日积极企图破坏宪政□战，或以宪政为欺骗工具的，只有敌寇汉奸汪派投降派与顽固派等民族败类，但坚决拥护而力求实现真正民主宪政的，却有全中国各抗日党派与四万万五千万的广大人民，这是不可战胜的伟大力量，这一力量的团结与发扬，就是真正民主宪政实行的有力保证，也就是中华民族抗战团结进步与建国的最后胜利的有力保证。

因此，我们要实现真正的民主宪政，就必须加紧团结全国一切抗日民主的进步力量，战胜破坏抗日民主的反动倒退势力，我们要拥护和响应延安各界宪政促进会的号召，坚决发动全国普遍深入的宪政运动，澈底实行民主政治，誓死反对国内一切可能发生和正在发生的摧残民主宪政的反动行为，提高全国广大人民的政治觉醒，粉碎假民主假宪政、反民主反宪政的各种反对理论，反对换汤不换药的一党专政，废除误国愚民的"训政"，发扬民主宪政的言论、出版、集会、结社的自由，争取进步地域首先实行宪政，促进全国真正宪政的实施。

全国人民今日坚决要实行真正的民主宪政，则真正的民主宪政就一定能实现，这一民主宪政运动是代表中华民族的需要，代表历史进步的方向，它一定□胜利，那是谁也不能阻止的！

（原载一九四〇年三月五日《抗敌报》第一版社论）

纪念"三八"妇女节

"三八"国际妇女运动节第三十周年来到了。

在今天的中国和今天的晋察冀边区，这一运动节是具有特殊严□的□义

大家都记得：一月一日，中共中央妇委，对于今年"三八节"，曾经发出工作指示，其中包括有如下的有一般性的号召：

（一）进行广□的宣传与组织工作，以动员广大妇女参加讨汪运动和促进宪政运□□把这些运动与各阶层的妇女的切身利益要求联系□□□号召她们反对助汪为虐的女汉奸陈璧君等，在努力开展反汉奸，争民主的群众运动中，建立起广泛的各阶层的妇女为抗战□宪政而奋斗

的统一战线。

（二）大胆的提拔妇女干部，参加各种革命工作，注意培养大批的妇女干部。

（三）在广大妇女群众中，广泛进行反对帝国主义战争和国际主义的宣传教育工作，在□年各地"三八"大会上，应通过告世界妇女，如日、美、法、德、意及苏联的简短函电，建立中国妇女和国际妇女的反帝反战的亲密联系。

（四）举行妇女生活展览会，开妇女运动大会，奖励妇女生产工作及慰劳抗属，举行群众大会和晚会等，用各种方式实行奖励努力生产学习的女干部。

（五）总结妇女工作的经验教训。

这些对于全国各地都是有头等意义的伟大号召，成为全国在今年"三八节"的实际斗争的任务。在我们晋察冀边区今年的"三八节"又恰是边区妇女救国会成立的二周年纪念日，我们更应该以"三八节"的实际工作的胜利来纪念它。

边区的妇女运动，在过去两年中，已经有了不可忽视的重大收获，千百万的妇女动员起来组织起来，参加了民族解放与妇女的社会解放的斗争，创造了许多惊人的模范的事实，在武装斗争中，有着妇女自卫队站岗、放哨、配合战斗，破坏与袭击敌人交通线的英雄□录，在政权活动中，有着一县产生三十几个女□长的光辉成绩；在生产斗争中，有着无数妇女劳动的旗手涌现出来；在文化教育的战线上，妇女广泛参加了冬学运动识字运动，参加了社会的文化娱乐的活动，这里有数不完的送儿□军的模范母亲，有数不完的劝郎入伍的模范妻子，有数不完的风雨不避奔走工作的优秀妇女干部。有着她们，晋察冀增加了模范的光荣，有着她们，中华民族增加了抗战团结进步的无限力量。

这些伟大的妇女运动的成绩，显然更提高了人们对于妇女运动胜利的信心，然而过去的成绩，也显然还不能满足妇女运动进步的要求。因此今年的"三八节"在边区配合□边区妇救的二周年纪念,我们要更加活跃开展边区的妇女运动与妇女工作。

首先要广泛动员妇女大众参加抗战与民主的斗争,开展边区妇女的参政运动,增强妇女的政治地位与政治生活,因为"如果不吸引妇女参加政治,就□不能吸收群众参加政治"(列宁),要铲除妇女运动的一切障碍和一切轻视妇女运动,对妇女运动消极冷淡,错误观念与行为做斗争,无情地打击与粉碎顽固派、反动派破坏摧残妇女运动的阴谋,要发□广大妇女□□到春耕运动、生产运动、文化教育运动□各部门工作中去。总结过去的经验教训,发扬妇女大众在这些运动中的模范作用,奖□在这些运动中卓著成绩的妇女群众与妇女干部,百倍提高妇女大□的文化政治水平□生产劳□热忱,□巩固□扩大边区各级妇救会□组织,加强对妇女运动□领导,培养大批□妇女干部,给妇女运动□新的血液□新□力□□以□□□扩大边区□阶层妇女□日民主的统一战线,建立□□□边区妇女与全国及国际妇女斗争的联系。

这就是说:百倍提高边区妇女抗战□结□进步的力量,响应全国妇女运动□□召,□妇女□□真正□□民族解放与社会的妇女的解放的一□伟大无比的力量。这样来纪念边区妇救成立二周年与"三八"国际妇女节。

(原载一九四〇年三月七日《抗敌报》第一版社论)

庆祝中国青记边区分会成立

中国青年新闻记者学会，是在抗战中生长的全国进步的有青年精神的新闻记者的组织。

全国进步的新闻记者，自抗战以来，广泛深入各个战场，自东至西，由南而北，到处挥舞着进步的反映斗争现实、指导斗争现实的大笔，鼓动着坚持抗战团结进步的舆论的喉舌，为中国民族的社会的大众的抗日民主进步的新闻事业放射了一大异彩，逐渐洗涤了旧中国不健康的落后的质素，这是全国进步的青年记者同志，要引以为最大的欣慰与光荣的。

在华北敌后之我晋察冀边区，两年以上的艰苦斗争，更产生与锻炼了成群的最富有新生的活气与斗争毅力的进步的青年新闻工作者,活跃在模范抗日根据地的每一个角落,配合着政治、军事、经济各方面的进步,在思想、文化与舆论的阵线上,尽忠竭智,奔走、埋头于敌寇"围攻""扫荡"与反围攻、反"扫荡"的火线下,激发□对民族敌人与民族内奸的无比的仇恨和对国家民族与大众的深挚的爱,顽强地坚持与扩大着自己的岗位,从不为困难所屈服,紧紧围绕在边区抗战团结与进步的大□下,勇往迈进,这更是全国进步的青年记者同志要引以为无上荣耀的。

目前面对着抗战相持阶段中投降分裂倒退危险严重威胁着国家民族的生存,而坚持抗战团结进步成为全国人民当前严重任务,时局好转与逆转前途同时存在着的形势,全国进步的青年新闻记者的责任,就在于如何强化与巩固抗战进步的舆论阵线,深入群众的思想的动员,痛击与粉碎民族敌人与民族内奸的一切反动阴谋,配合一切进步的力量,克服时局的逆转,争取时局的好转。

我晋察冀边区的青记分会,在这样的时机成立,显然有着非常重大的意义。我们相信它的成立,将更加强边区抗战团结进步的新闻力量,巩固边区的舆论阵地,与全国抗战团结进步的舆论界协同步伐,而争取模范,□加紧张自身的工作、学习与生活,更加发扬与集中火力,和一切投降、分裂、倒退的反动势力与反动思想,反动言论行为,作不调□的无情斗争而勇猛扑灭之,我们要以边区新闻界的进步力量,推□全国新闻界的进步,争取□国新闻界与全国人民抗战民主的自由,□保障与发挥这一自由权利,反对一切摧残压迫与破坏人民抗战民主自由与舆论界自由的反动行为与反动企图。

这里提到边区青记分会的面前的紧迫任务,除了全国总会的一般的规定以外,就是要动员全部力量,□实现新民主主义的政治与新民主主义的文化而奋斗。我们相信边区青记分会必定能够勇敢地、健壮地担负□民族历史与当前时局所课于它的伟大的任务。

我们要庆祝中国青记边区分会的成立，祝望它的成功，祝望民族抗战团结进步的舆论的胜利，祝望新民主主义的国家政治与新民主主义的民族文化的胜利，祝望民族解放战争的胜利！

（原载一九四〇年三月九日《抗敌报》第一版社论）

庆祝西线新胜利、准备粉碎敌寇对边区的新"扫荡"武装保卫春耕

最近敌寇在边区四周又开始蠢动了，首先在晋东北，六日敌九百余牲□三百余□□台东犯，在河口、屋腔、河北村、高洪口一带，经我军区八路军英勇迎击，三日之间将敌□溃，前后消灭敌军二百余人，俘获正在清查，这个战斗，造成了边区西线一个新的胜利，这是值得我们庆祝的。但是我们在庆祝西线胜利之余，还必须确切地认清敌寇此次自五台东犯，正是它对边区新的蠢动的开始，也就是说：这只是它对边区新的"扫荡"的预演。

事实说明着：目前敌人正在准备着对边区的新的大举"扫荡"或局部"扫荡"。最近边区北面的灵邱和蔚县，敌人均增加兵力各约四五百，上□之敌，亦增至二百余，还有陆续增加的可能，其他各线之敌，也都正在积极的活动：雁北、崞县、代县和定县、曲阳等处，敌人都富有侵袭骚扰的事实，而且在各处强力修筑汽车路，派遣大批武装汉奸，深入边区，□使土匪红枪会，武力进犯边区，勾引边区内部某些动摇暗害份子，携枪叛变投降，并且实行大举轰炸与所谓"精神'扫荡'"，这些都是敌寇对边区进行新的春季大举"扫荡"的准备工作。这一新的"春季'扫荡'"，完全是可能的，特别是在我边区热烈进行春耕的时候，敌寇为了企图摧毁我边区的粮食与经济，进行掠夺，以解救它自身不断增长的严重困难，并且配合投降派的武装"反共"，它是无时无刻不在积极准备其对边区的新的"扫荡"。

因此，我们在庆祝边区西线新的胜利当中，更必须提起最高的警惕，深刻了解边区当前的环境，加紧战斗的准备，澈底纠正某些人们的太平观念，麻痹现象和轻敌心理，防止由于对目前情势估计不足所可能招致的惊惶失措而遭严重的损失。我们必须动员一切力量，随时准备迎击与粉碎敌寇对边区正在进行着和布置着的这一新的大举"扫荡"或局部"扫荡"，为继续争取反"扫荡"的胜利，武装保卫春耕，进一步地保卫与巩固边区抗日民主的革命阵地而斗争。

摆在我们面前的工作就应该是：

（一）动员边区各地方的游击队，配合主力兵团，主动的积极的为保卫春耕而战斗，为迎击与粉碎敌人新的"春季'扫荡'"而战斗。

（二）加强政治的宣传鼓励，更加提高广大人民的警觉性，反对太平观念，麻痹现象与轻敌心理。

（三）加紧深入党政军民各方面的工作，更加灵活组织方式与工作方式，以高度适应新的残酷的战斗环境。

（四）广泛深入除奸运动，积极扑灭成□敌寇围攻先锋队的武装汉奸，澈底无情的检□公开与□□的汪派汉奸反动派份子，依法严厉处置，根绝敌寇在边区内地的耳目爪牙，把除奸工作放在经常工作日程上的重要地位。

这样集中全边区的力量，为继续争取新的胜利，为保卫边区□□春耕的胜利而斗争。

（原载一九四〇年三月十五日《抗敌报》第一版社论）

庆祝边区银行成立二周年

　　两年前的三月二十日，正是边区银行开幕的时候，现在已经整整两周年了。这两年间，由于边区银行的存在与发展和执行了正确的政策，使边区胜利地和敌伪展开了长期持久的货币战争，得到了许多伟大的成就，建立了敌后巩固的金融堡垒，在经济上粉碎了敌伪的进攻，保卫了边区，保卫了华北以至于全中国，提供了许多宝贵的经验教训，成为敌后各抗日根据地以及全国的模范，这是晋察冀边区对中华民族的伟大贡献之一。因此，在两周年的今天，我们来纪念边区银行的成立，全边区的人民都不禁要欢欣鼓舞，热烈庆祝。

　　回忆到两年以前，在边区银行未成立的时候，华北这一大块土地上，正是金融紊乱而迟滞，人民经济生活破碎不堪，敌伪恶钞乘机活跃，攫夺物产，侵蚀市场，危及国币，但由于边区银行的建立，执行了正确的货币金融政策，打开了紊乱迟滞破碎不堪的危局，建立了边区的本位币，稳固与保障了国币的基础，打击了敌伪恶钞，杜绝了边区金融与贸易市场上的破坏者，沟通与统一了晋察冀三省边区的经济，而且由于边区军政民力量的配合，和敌伪阴谋进行了残酷的斗争，巩固了边区本位币的信用，边钞发行之慎重，声望之宏大，从两年来的史实中充分的表现了出来。

事实证明了，由于边区金融之稳定，安定了边区的社会经济秩序，安定了人民生活，而且在政治上提高了人民对边区的深刻认识与爱护，严重打击了敌伪的货币阴谋，大大动摇了伪钞，使它走到无可奈何的日趋□胀与崩溃的死路上去，两年来的货币战争，谁也不能否认边区是得到了伟大的胜利，这胜利是边区的正确政策和军政民一致努力的结果，而边区银行的成立与发展，显然就是这一胜利的标识。

今天，我们在庆祝边区银行成立二周年的时候，更应该深刻了解和记取两年来货币战争的经验教训，更加努力争取和保持货币战争中的主动作用，更加努力深入群众的政治动员，把边区的货币战争和边区人民的利益更加紧密地联系起来，把金融流通的功能和边区的社会生产与消费以及交换分配的诸种关系，更加密切地配合起来，更加发展边区的生产事业，加强边区的贸易组织，这些都是边区人民所希望而为边区银行所应扶助发展的方向。

在敌后环境日趋紧张艰苦的阶段，和□□政治的斗争一样，今后的经济斗争也必更加复杂与残酷，货币斗争也更要从多方面去展开，这□更需要我们金融堡垒的更加巩固，基础更加扩大，组织更加深入，和各样各色的斗争更加繁密地联结起来，以争取货币战争中更多更大的胜利。

我们全边区的人民都热烈庆祝边区银行成立的二周年，并且都更热烈地希望在这第二周年开始的时候,能够本着过去两年间货币战争伟大收获的经验教训,更加强化今后货币战争的威力,为坚持长期持久而强固的敌后抗战建国模范的货币金融的堡垒而斗争。

(原载一九四〇年三月二十一日《抗敌报》第一版社论)

论平津粮慌

几月来,华北广大沦陷区域,"充满食粮恐慌空气",平津各大城市,"食粮难关",更加严重。敌寇汉奸虽极尽封锁的能事,但终究掩饰不了广大人民对粮食问题的"长久呼喊",最近平津汉奸报纸,并且登载着"抢米风潮"的消息,平津粮食困难的具体情况怎样呢?

一、粮价飞涨,生活艰难,北平本年一月份食粮价格指数,较一九三七年四月份,超过二倍至五、六倍,特别在旧历年杪,粮价高涨"有如万马奔腾,无从遏阻之概",几天功夫,物价上涨竟达百分之二十,百分之四十到一倍以上。真是"朝夕之间,市价即有惊人变动"。

二、"来源断绝",供不应求,广大人民"拿着钱买不着面"。

三、尤其是中小人家，劳动人民，购买食粮，更加困难，"老百姓们起三更在粮食店门前，披星戴月，不敢道其苦。"但每人只限购买三元，并且没有警察散的"牌子"无法购买，"可是牌子全由警察分送关系人家，或者以十五元代价卖的"，结果是"老幼妇孺鹄立数小时，一斤面亦未购到"。

这种情况，使广大中国人民生活，已成问题，就不□不引起广大人民的"不平之色与言论"，粮食商店，每日为千百群众包围，抢米风潮，不断发生，电讯所传，北平且有酿成巨变的可能。

平津各大城市"食粮难关"的原因是什么呢？主要的不外是：

一、不兑现的伪票充斥市场，引起恶性的通货□涨，物价高涨，生活艰难的恶果。

二、敌寇国际地位日□低落，信用破产，日币在世界市场的狂跌，"金汇猛升"。

三、敌据"点线"周围游击战争的广泛开展，晋察冀边区及其他华北抗日根据地之壮大与巩固，及其给予敌寇汉奸的严重打击，边区财政经济政策之伟大成功。

四、广大沦陷区域，由于敌寇汉奸的掠夺奴役，民生凋弊，生产锐减。

食粮恐慌，以及由此而起的社会不安，给予敌寇的威胁是很严重的，敌寇汉奸正从各方面"□筹对策""加强平津粮食阵地"，今天"调整"明天"讨论"或"平价""限购"或由美澳采购，企图解决这一困难。这一问题能否解决呢？我们的答复是否定的。平津粮食难关不是一个孤立的问题，与日寇侵略战争的根本困难是不可分离的。它将长期的使敌寇汉奸"陷于穷状"，一直到我国抗战的最后胜利。为什么呢？

一、敌后游击战争的广泛开展，抗日根据地的发展和巩固，坚决的、严厉的打击着敌寇"确保占领地""以战养战"的阴谋，掠夺广大乡村是异常困难的，城市离开依赖广大乡村就没办法解决其食粮问题。

二、伪币滥发，根本没有信用可言。多数商号和个人，决不愿将食粮运到市场出售。

三、敌寇本国产米每年不足需要数千万石，我国各地游击战争广泛开展，京沪情况，正如平津根本没办法调济，目前向美国及澳洲输入面粉数百万袋，但这只是"饮鸩止渴"，只能使敌寇愈陷愈深，加速其崩溃。因为抗战以来，敌寇国际收支即大不平衡，现金外溢，存金将尽，入超日增，这已是敌寇军阀财阀日夜忧虑的问题，依靠向外国购买面粉来解决平津粮荒，是根本办不到的。

因此，平津各大城市的粮食问题，必然要引起敌寇汉奸严重的经济政治危机，而且，这危机，必然是日趋深化，日趋扩大。敌寇汉奸的这一"难关"和垂死的、腐朽的日本资本主义的危机密切联系着的，这是日寇侵略战争必不可免的结果。

敌寇汉奸是否就这样等着死亡到来呢？不会的。它的基本"对策"，便是加紧它在广大沦陷区的掠夺。把它的困难转嫁于我广大沦陷区的同胞，这就是：汉奸钞票更大量的印发。"华北开发"更进一步加紧，民间食粮暴力的夺取，更加野蛮的"扫荡"掠夺和封锁各个抗日根据地。更加坚决的实行"以战养战"的经济侵略。饱受敌伪蹂躏的沦陷区同胞的痛苦自必日益加紧。边区周围及华北一万万同胞，必须一致奋起提高我们最后胜利信心与敌寇汉奸的经济掠夺进行顽强的坚持的斗争，配合全国抗战，加速日寇汉奸的崩溃。

由□敌寇的疯狂烧毁，由于敌寇所□□的天灾，边区某种程度上存在着食粮困难问题。但我们的困难与敌寇汉奸的困难有着□□□区别□我们的困难是□□可以克服的，依靠边区日益巩固，依靠游击战争的□□开展，依靠我们正确的政策和互助互济民族友爱精神□依靠我们日益发展的生产□□□我们□必须更加坚定我们胜利信心与战斗勇气，坚持□□团结进步与敌寇进行残酷的持久的战斗。广大乡村必可最后战胜城市，在今天更加有着事实的证明。

（原载一九四〇年三月二十五日《抗敌报》第一版社论）

纪念黄花岗七十二烈士殉难三十一周年

一九0□年三月二十九日,是七十二烈士广州起义死难的一天,这在中国近代民主革命史上是占着光辉的一页。

当时参加发难的原不只七十二人,他们都是孙中山先生所组织□同盟会的最优秀的份子□他们都是精忠于中华民族的自由解放的民主革命的先进。他们有许多在三二九之役以后,仍然继续其不屈不挠的革命事业,直到今天,依然健在,而且依然为中华民族争取解放的民主革命事业而尽瘁。

今天在中国国民党中,有这样的许多革命的长者,在中国共产党中,也有着这样的许多革命长者。如林伯渠、董必武、徐特立、谢觉哉、李六如和最近受着热烈庆贺六十大寿的吴玉章，都是当年追随孙中山先生奔走革命的老战士，吴老玉章在黄花岗之役中，即以一个日本高等工业学校的留学生，而担负着接济军火的责任，他们至今都还老当益壮地为着新三民主义的中国新民主义的革命事业而不懈地奋斗着，成为我们这一代的每一个民族战士与革命者优秀卓绝的模范。我们今天纪念黄花岗三二九之役，我们除了向中国革命史上永垂不朽的当年殉难的七十二先烈静默志哀而外并向全国革命的先进，当年同盟会的战士至今还继续为中华民族的解放事业坚勇不妥协地奋斗着的革命长者们致无限崇高的敬礼！

三十一年前的黄花岗之役，虽然在封建的满清专制政府的血洗下失败了，然而它是中国民主主义的辛亥革命的序幕，正如列宁所说，那是"反中世纪制度的革命运动"，是"中国'新精神'和'欧洲潮'底厉害的发展"，是从"中国旧式的暴乱"而"进为有觉悟的民主运动"。它的结果，必然引起一个有力的革命的爆发。这在中国民主主义的革命史上无疑是占了一个伟大的灿烂的地位。

所惜三二九以至辛亥革命之后，由于各种原因□中国民主主义的革命仍未成功，而黑暗反动的政治，仍然长期滋蔓，这是使殉难的革命先烈所恨丧志□无数革命长者所痛心的。这也正如孙中山先生亲笔致祭黄花岗七十二烈士文中所云："迄遭至今，中原鼎沸，□盗□张，夫岂初至？"然而，烈士"求仁得仁，抑又何恨？"今日"风云□壮，岁月如新"，却是全国革命长者，和我四万万五千万同胞誓死救亡，恢弘华夏的千载良机！

当此全国抗战新阶段中，坚持抗战团结进步之力量与投降分裂倒退□反动势力斗争日益严重的时候，我们纪念黄花岗之役，无疑的只有集中全国革命的力量，贯澈孙中山先生革命的三民主义的精神，以求中华民族新民主主义革命的澈底胜利。我们更希望全国革命的先进长者，当年同盟会的老前辈，以长期革命的丰富经验，为全国人民的领□，伸张正义，□持大计，督促全国的进步与团结，以坚持抗战，克服投降分裂倒退的危机，以战胜日本帝国主义，完成中国新民主主义的革命大业，如此全国一心，贯澈始终，庶几无负诸先烈，而造福于民族，造福于人类！

（原载一九四〇年三月三十一日《抗敌报》第一版社论）

井陉煤矿的血腥事件

　　据本报本期所载消息，为敌寇所占据的井陉红庄村新矿井，因敌寇无限制加□出煤，竟于上月底失火，烧死工友一千数百余名，造成空前未有的惨□；死者家属，今后生活复将陷入更凄苦的境地；而未遇难工友，亦大批失业，生活无着，闻□莫不悲愤痛心！

　　对于这一不幸□事件，我们除了对千余死难的工人弟兄表示无限的哀悼，并号召广泛开展募捐运动，援助遇难工友的家属及失业工友外，更要指出这□事件的严重的血腥教训。

　　两年多来，敌寇在政治上，军事上，对我实行了闻所未闻的最野蛮与阴险的进攻和屠杀，在经济上也作了最残暴的破坏，这是我全中华热血儿女所一致切齿痛绝而誓死坚决反抗的血海深仇；现在井陉煤矿的血腥事件，更告诉了我们，敌寇在其占领区内所实行的对中国人民□奴役的经济榨取，其残暴与野蛮较之政治上军事上亦复有过之无不及。这进一步暴露了敌寇所宣扬的所谓"王道乐土"的"建设"的真相。敌寇所采用的非人的剥削方法，实为历史上所未□见而无可比拟的。一句话，井陉煤矿的血腥事件，更一再说明着：在敌寇的脚下，中国人的生命只是草芥而已，草芥而已！

井陉煤矿的血腥事件，还告诉了我们：敌寇虽然从我国手里及中国民族资本手里夺取了市场，从我国手里夺取了资源与生产工具，夺取了许多人力，但是在长期□耗战争中穷困了的敌人，已无力从事新的生产投资、修补腐朽破坏了的工具，至于各生产企业内的保险设备，那更是谈不到□；正由于穷困，敌人又不得不积极掠取，以□补□战争□无穷消耗于万一。从而那□可比拟的最□□残暴的剥削方法就必然被采用了，这是敌人统治区内生产企业的必然的没落性，也可说是整个日本帝国主义的生产的没落性，也就是这次井陉煤矿血腥事件的最终根源。要把这种生产企业和我们今天边区的来比较一下，那我们边区的生产企业，不能不说是一种欣欣向荣的气象，大多数虽然还是手工业的生产方式，但两年来，在边区的生产企业内劳工从来没发生过危险，这一切□照毛泽东先生的话来说，它应当是新民主主义经济的雏形。

井陉煤矿的血腥事件，还只是这类事件的开头，随着敌寇经济的更加日趋穷困，"以战养战"阴谋的更加阴毒，对其□领区的经济掠夺的更加野蛮，在敌占区内，如井陉煤矿的血腥事件，今后必将纷至沓来，这是无可疑义的。因此，我们号召边区周围敌占区内的工人及一切劳动同胞，回到边区里来，回到自己祖国的怀抱里来，誓死不当亡国奴，不替敌人做工。敌占区的工人同胞□起来！组织成工人的游击队，参加抗日武装，发扬中国工人阶级的英勇牺牲坚决斗争的革命传统，澈底地打击与捣毁敌□□生产企业，打破敌人的最野蛮的掠夺计划，粉碎敌寇的"以战养战"的经济阴谋。

我们边区今后更要大大的开展经济建设，扩大生产企业，容受从敌占区归来的工人，完成一切必需品的自给自足，打击敌人对我一切经济上的进攻，并使敌人奴役我国人力和屠杀中国人民的侵略目的变成泡影。这又是井陉煤矿血腥事件提示给我们的课题，也是我们坚持抗战所亟应努力的重大工作。

井陉煤矿血腥事件的牺牲者，有很多是我们边区工会的会员，在坚持边区抗战，粉碎敌人历来对边区的"扫荡"中，他们曾起了伟大的作用。他们是工人群众中的进步的份子，中国抗战的中坚力量，他们的死，对于抗战，对于革命无疑是一个重大的损失。他们的死，无疑是更加重了我们后死者的责任，我们只有更坚决的把握住坚持抗战团结进步的政治□线，从政治、军事、经济、文化各方面和敌寇进行更残酷□长期的斗争，一定□最后战胜日本帝国主义，替死难工友报仇雪恨，建立新民主主义的共和国，给死□家属后代和广大的同胞以永远的幸福和快乐，这是我们的任务！

（原载一九四〇年四月六日《抗敌报》第一版社论）

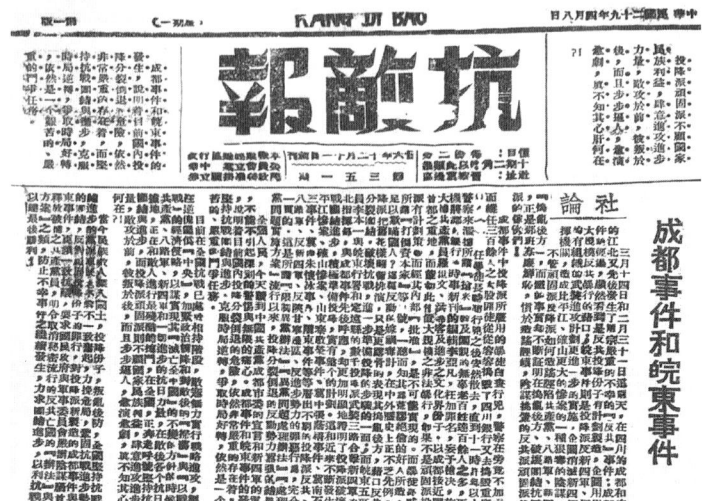

成都事件和皖东事件

三月十四日和二月三十一日这两天，在四川的成都和安徽的江北又先后发生了两宗严重的不幸的"反共"事件：成都事件的经过，显然看到是反共投降份子有计划制造，企图用以为大规模反共暴行的藉口；皖东事件则是投降派反新四军、反共的有组织的武装进攻计划更进一步的实施，企图消灭新四军指挥机关，造成比平江、确山更大的惨案的一种狠毒的阴谋。

不管顽固派投降派如何造谣诬陷共产党、八路军、新四军"捣乱后方"，而铁的事实却不断证明在捣乱后方、破坏团结抗战的，正是那班寡廉鲜耻，惯于造谣诬蔑，阴谋挑拨的反共派顽固派投降派的家伙们！

成都事件中投降派所雇用的暴徒白昼行凶，警察在旁竟不加干涉而继任三百余人之大股匪徒从从容容捣毁了四川银行又去捣毁重庆银行，□□任暴徒长时间行凶之后安然散去，直到十一时许却以大批警察来□□所谓"抢米"的及围观的无辜老百姓达百余人之多，更乘机将□□银行□□时事新刊的编辑李亚凡，枉加罪名，妄予枪决，旋即大捕共产党员罗世文、洪□客及进步之文化界份子。以成都接近战时首都之重地，而能如此布置大规模之非法暴行，如果不是顽固派投降派有计划策□而经其内部"批准"，是不可能实现的。而暴徒□喊的所谓"打倒资本家"等口号，一听而知其□荒谬绝伦的奸人所造，岂足以欺瞒国人？这样反动的嫁祸毒计，在中外历史上正不乏先例，投降派把旧花样翻新排演，只是更露骨的表现其捣乱后方，藉口反共，分裂团结，破坏抗战，进一步准备投降的步骤的一面；而皖东五区专员李本一与皖东行署和定远县的数千投降派武装三路合击新四军的江北指挥部，与成都事件先后呼应，却更加明显地证明了投降派破坏抗战团结进步，积极准备投降，实有整个的计划。这和近来不断发生的平江惨案、确山惨案、山东秦启荣事件、冀中张荫梧事件、冀南石友三事件、冀□朱怀冰事件、□东事件等等层出不穷的投降派反共、反八路军、反新四军、反陕甘宁边区、反进步势力的罪恶行为，完全是□的。这是所谓"限制异党办法""异党问题处理办法""处理共党问题实施方案"流行以来，投降分裂倒退的反动势力嚣张的结果。

全国人民，今天读到中国共产党成都市委的宣言和新四军的电报，不能不引起深刻的警惕与无限的痛心。成都事件和皖东事件的发生，说明着目前国内投降分裂倒退的危险，依然非常严重的存在着，而坚持抗战团结与进步，克服时局逆转，争取时局好转，依然是一个艰苦的、严重的斗争任务。

目前在全国抗战已处于相持阶段，敌寇无力实行战略进攻，制造汪逆傀儡伪"中央"，加紧政治诱降和对敌后的"扫荡"与"以战养战"的经济侵略，以谋实现其"灭亡全中国"的不变的方针的时候，共产党、八路军、新四军和一切进步的抗日力量，在敌后各个抗日根据地，正在和敌人进行最残酷的搏斗，在全国，正奔走呼号坚持抗战团结与进步，而投降派顽固派则不顾国家民族利益，肆意进攻进步力量，敌攻于前，彼叛于后，而且步步逼人，愈演愈剧，真不知其心肝何在！？

当今民族敌人深入国土，投降分子，叛乱后防，全国坚持抗战团结进步的党派军民，不容不一致奋起，力挽危局，巩固抗战进步势力的团结，反对顽固投降份子的罪行，对投降派新制造的成都事件与皖东事件，更须一致抗议，要求国民政府与军事委员会严办阴谋祸首，释放被捕之共产党员，明令取消秘密流行的反共亡国的"办法"与"方案"之类，防止不幸事件之继续发生，力求团结进步，以利抗战，以达最后胜利！

（原载一九四〇年四月八日《抗敌报》第一版社论）

边区人民武装的伟大日子

今天是边区人民武装自卫队第一次代表大会开幕的日子，这个代表大会，将总结边区人民武装自卫的宝贵的经验教训，更其加强边区人民武装斗争的领导。在这个代表大会上，更将结束边区人民武装临时委员会而正式选举成立边区人民武装委员会，更加健全边区人民武装的组织与机构。这个代表大会显然是有非常重大的意义。而今天这个日子，也就是边区人民武装的伟大的纪念日！

当今敌寇深入我国土，抗战已确定处于相持阶段，敌人在正面已经再不可能继续进行大规模的战略进攻，惟有加紧破坏我统一战线，对敌后各抗日根据地进行更残酷的"扫荡"，企图确保其占领地，掠夺敌后广大的人力财力与物力，以遂其"以战养战"与"以华制华"的阴谋，实现其灭亡我国的毒计；而汪派汉奸投降派，更无耻策应敌寇之阴谋，到处乘机作乱，破坏我抗日根据地，制造叛变，配合敌寇的进攻，残杀我同胞。在这样的形势下，要渡过相持阶段的艰苦的斗争时期，战胜民族内外的敌人，争取不断的反"扫荡"、反汉奸的澈底胜利，加强反攻力量的准备，争取反攻阶段的到来，以求得抗战的最后胜利，惟有依靠全体人民，更加百倍英勇地动员起来，武装起来，为祖国和人民自己的利益，为保护民主自由的抗日根据地和自己的家乡田园而顽强奋斗。

边区的人民武装，在以往的斗争中，获得过许多光辉的成绩，他们是边区的子弟兵，是边区老百姓的儿女，是边区人民特别是工农子弟兵——八路军的弟兄。这个人民武装的存在和发展，正和边区八路军的存在和发展一线，是边区一千二百万人民的光荣，是中华民族的光荣。

今天全边区的广大人民，在将近三年的斗争中，都已经深切了解到武装斗争的重要性，都明白知道执戈卫国是每个国民的神圣责任，人民一致热烈拥护和踊跃参加到地方武装和八路军的队伍里去。边区有着无数送子从军，劝郎入伍，杀敌报亲，以及父子同执干戈的雄伟光荣的模范例子，有着无数真正代表新时代的良母贤妻和慈父孝子。今天，我们庆祝边区人民武装代表大会的开幕，我们要号召全边区英勇热血的优秀男儿，积极加紧武装起来，参加到地方人民武装中去，更广泛地参加到边区八路军的铁的队伍中去。

特别是目前敌寇在边区四周，正谋蠢动，随时有向我边区举行大规模"扫荡"的可能，我们边区英雄的子弟，必须立刻加紧准备迎击敌人的进攻，涌到边区武装部队里去，为争取反"扫荡"的伟大胜利而斗争！同时在边区目前春耕的时期，敌寇的进攻，也正是要破坏我们的春耕，因此，我们一方面要加紧春耕，一方面更必须武装起来，为保卫春耕而战！为保卫边区抗日根据地与反"扫荡"反投降的澈底胜利而战！

（原载一九四〇年四月二十日《抗敌报》第一版社论）

纪念"五九"洗清这一代的耻辱

　　日本帝国主义灭亡中国的阴谋野心，远当一九一五年的"五九"二十一条件开始就已经暴露了，自从那时候起，日本帝国主义就已经□□中华民族最凶恶的敌人了。那狠毒的二十一条件，□□□的袁世凯政府□卖国求荣□□策下，秘密□签订了，它在中国人民身上，加上了一付枷锁，给□□□□□上了一层重大的耻辱。

　　自此以后，日本帝国主义灭亡中□的强盗的阴谋计划愈加□恶毒辣，愈加积极向上的□攻。自"九一八""一二八"□至"□□""八一三"，步步进攻，必欲灭亡□而后已。但是，"七七"以后，由于全中国□团结抗战，日本帝国主义敌寇的侵略，遭到了我国军民一致的坚强的反抗，使它深陷于长期战争的泥沼□□了。

现在，我国的抗日战争已经确定的进入战略相持的新阶段，日寇□苦于无力解决□□□"问题"，于是只有加紧破坏我抗日统一战线，诱□中国上层大资产阶级"反共"投降，而叛卖民族的汪派□□业已公开投降敌寇，明目张胆的汉奸，敌汪密约则是千百倍毒辣于二十一条件，足使中国亡国灭种的空前绝后的卖身文契。

今天，当我们纪念"五九"国耻的时候，我们的祖国，正处在一个生死的岔路上，一边是汉奸投降派□把中国推到死亡的道路上去，而且他们自己就□走着这一条死路而不回头；一边是中国广大的人民要坚持抗战到最后胜利，把祖国从殖民地半殖民地的地位拯救出来，建立一个独立自由幸福□新民主主义的共和国，而且我们已经更勇猛地向着这一条生路急进，汉奸投降派的罪恶行为是帮助敌寇灭亡□全中国□不管它们怎样设计欺瞒世人耳目，伪造"三民主义""正统国民党""□民政府""青天白日旗"，但是它们□"反共"就是灭亡中国，敌汪密约就是卖国文凭，却是举世公认的铁的罪案，任它就有长江大河□水也洗不掉这罪恶的事实，中国广大人民，决不能容忍于汉奸投降派的倒行逆施，在这耻辱的"五九"□纪念日，全国人民正在□□□□和中国共产党领袖毛泽东的领导下，坚持全国的进步团结抗战,誓死反对汪逆汉奸伪组织，反对日汪密约，反对投降派的"反共"罪行，粉碎敌寇破坏我抗日统一战线、诱降灭华的阴谋毒计。我们要把抗战相持阶段中的危机与困难，克服下去，把抗战走向胜利的道上的阻碍碾平，把敌寇打出鸭绿江的对岸，把中华民族历史的耻辱洗清，把祖国从殖民地半殖民地的命运中拯救出来，实现一个独立自由幸福□光辉的新中国！

今天，敌寇汉奸投降派□紧要破坏我抗日统一战线，我们就要加紧巩固统一战线，巩固内部团结，反对磨擦分裂；敌寇汉奸投降派到□□□"反共"，以"反共"达到其灭亡中国出卖中国的目的，我们就要坚决拥护中国共产党，拥护八路军新四军，拥护共产党的进步□张与正确领导，拥护国共合作；敌寇汉奸投降派加紧"扫荡"进攻与摧残敌后抗日根据地，我们就要更加紧保卫与巩固抗日根据地，粉碎敌寇的"扫荡"进攻，粉碎投降派与顽固份子的围攻与破坏；敌寇汉奸投降派加紧破坏业已到来□相持阶段的形势，反对中国□□进步。害怕中国的反攻，我们必须千百倍努力巩固相持阶段的□□，积极准备反攻势力，力求□□进步，争取反攻阶段的到来，争取新中国的天明。

这些，决定于不断□艰苦的斗争，□是我们这一代的历史的耻辱只有在艰苦的斗争中才能洗去！光明的新中国也只有在艰苦的斗争中才能实现！

（原载一九四〇年五月十日《抗敌报》第一版社论）

巩固扩大边区青年统一战线

边区青年统一战线,在边区广大青年的努力之下,已成为边区全体人民抗日统一战线有力的组成部份,三十余万的青年儿童,团结在青年统一战线的旗帜下,显然是一支不可□□的力量了。

但是今天进一步检讨边区青年统一战线的时候,我们也还发现有某些严重的缺点与个别的错误,而急需克服的。

有些地方,还没有普遍深入动员与组织基本的青年群众,绝大多数的工农青年还没有完全成为青年运动的领导力量,对青年统一战线的正确斗争发动得不够或不敢发动,许多地方还存在着麻痹的自流现象,以致有些青年组织竟□少数落后的顽固派所乘机利用与操纵,以旧的落后的意识，如户族派别、东街西巷、教门、帮口等分化与破坏青年团结的手段。

有些地方，严重地存在着离开了青年统一战线，曲解青年统一战线的现象，没有更广泛地团结各阶级各阶层的青年，工作方式过于率直简单，而且有许多不合民主的作风，形成了某种脱离群众的先锋主义。

这两种现象实际上形成了两种不正确的倾向，前一种属于右的倾向，后一种则是左倾的关门主义，这些都严重的损害与阻碍着青年统一战线的发展，必须予以澈底的纠正。

我们必须指出：继续巩固与扩大边区青年统一战线，积极发展青年运动中的进步力量，团结一切抗日民主革命的青年，坚决打击投降派、顽固派、反共份子对青运的破坏，这是当前的严重任务。要完成这严重任务，就必须要开展青年运动中的两条战线的斗争。

在今天边区青年统一战线的工作中，要求积极深入的动员与发展绝大多数基本青年的力量，把青年生活的改善和抗日密切联系起来，从民主民生斗争中启发青年群众的积极性与自动性，这是第一个条件。

其次要团结一切抗日的青年到青年统一战线的旗帜之下来，反对任何人为的促使青年分裂对立的现象。

其三，要积极地从政治上思想上提高青年，予以抗战团结进步的新民主主义的教育，锻炼青年的优良品质及为真理奋斗的决心，反对一切□丧青年的反动奴化思想，使年青的一代完全从旧社会落后的意识中解放出来。

其四，要给青年以适当的工作，在文化教育体育娱乐上发挥与鼓励青年的特点，帮助他们解决各种切身的问题，吸收青年直接参与民主政治和参加武装斗争。

其五，要发扬青年的大众民主主义的作风，使青年在自己的团体中过着充分的民主生活，得着充分的民主教育与锻炼，争取青年成为民主团结的模范。

最后，要严密青年组织，在青年的斗争中，把"坏小子"从青年阵营中清洗出去，粉碎一切对青年运动与青年组织破坏的阴谋。

全边区的青年们！团结起来，为巩固扩大边区青年统一战线而斗争！

（原载一九四〇年五月十四日《抗敌报》第一版社论）

向边区各界呼吁

　　本报自边区初创之时□应□□抗战之需要与晋察冀广大人民之要求，发刊问世□□□□时□三十□月，出刊三百七十期，印数一万□□□□发行所至□自边区根据地以达敌占区，远及大□□□虽□物质与技术条件种种限制，形式内容诸多不善，然赖边区军政民各界之勉励与扶助，力求改进，未敢□懈，自□创刊迄今，在中国共产党领导下，本抗日统一战线正确方针，本革命的三民主义与抗战建国纲领，一贯坚持边区人民抗战团结进步之言论，反对投降分裂倒退的罪行，痛击敌寇汉奸投降派顽固派反共份子的武□欺骗宣传与鬼蜮破坏阴谋；鼓□边区每一动员工作，配合政府各项进步政策之实施，反映和表扬边区人民抗日民主民生之伟大斗争；努力提高边区人民大众的政治文化水平，在边区党政军民统一意志之下，巩固边区抗日革命的思想阵线，为保卫祖国、保卫边区、巩固敌后抗日民主的模范的革命阵地而坚决奋斗，始终不渝。

三十月来，随敌后斗争日趋复杂与残酷，本报亦历经□险：敌寇特务机关汉奸托匪，屡次潜入破坏，相继发觉；敌寇进攻，炮火威胁；雁北投降派叛乱，横肆摧残；敌寇封锁，物资限制，困难尤多。以致在印刷技术与发行方面缺点甚多。但本报以责任所在，无论遇何险阻，拼力坚持奋进，未离岗位一步。现抗战入于相持阶段，敌正加紧破坏我统一战线，加紧"扫荡"敌后，破坏我抗日根据地，而投降派反共派顽固份子，在敌寇嗾使之下，复嚣张于内，挑拨离间，捣乱抗日根据地，摧残进步势力，破坏进步设施，无所不用其极，本报亦已直接遭受其阴谋危害。此等事件，近来时常发生：敌寇因嫉恨本报，力谋破坏，复因其欺骗宣传、计穷力拙，乃不惜伪造"抗敌报"□以图鱼目混珠，淆惑视听，破坏本报威信；顽固份子，更到处造谣中伤，污蔑本报，企图离间本报与边区人民之亲密关系，甚且利用个别地方交通运输等机关中落后人员，多方破坏阻挠本报印刷□材之输送，且不按政府法令的规定，肆意勒索，动辄借端捏词控告，本报容忍至今，已非一日，几经检讨，此等事件均同时发生，如出一辙，实不能继续含默了。

本报切望我边区各界同胞，洞悉敌寇汉奸投降派反共派顽固派对我边区文化事业与舆论机关无耻的阴谋破坏伎俩，一致予以无情之揭发与有力的打击，予本报以更多的实际援助。本报誓必竭力加强与我边区广大同胞血肉斗争的联系，巩固边区抗战的革命的舆论阵地，与敌寇汉奸及一切民族败类顽强奋斗到底。本报更愿表示其一贯拥护我边区政府之至诚，而望政府予以有力的法律的保障，取缔危害边区抗战文化事业与舆论机关的少数奸徒，发扬我边区抗日民主根据地的模范精神。

当此抗日新阶段的形势下，本报深知自身任务的严重，为了巩固边区的舆论堡垒，发扬战斗的舆论威力，深入抗战的舆论动员，继续坚持边区的抗战团结与进步，以副边区各界热烈的期望，本报决奋其全力，自本期起，再度革新，继续努力改善技术，充实内容，虽以印刷材料的昂贵，不得不略增报资，藉以维持，想必得各界读者的鉴谅。今后本报在中国共产党领导下，本统一战线的正确方针，当益自勉励，为边区一千二百万人民之喉舌；作正确的忠实的新闻报导，更广泛地反映边区军政民英勇之斗争，动员全边区人民，更亲密地团结在抗战进步的革命的旗帜下，促进与坚持全国的抗战团结与进步，为抗日的最后胜利与独立自由幸福的三民主义新中国而战，为民族的与人民大众的解放事业而战。本报将更大量地发行到边区的每一个偏远的角落，发行到敌占区的同胞中去，百倍提高大众的民族的政治文化水平，加深大众民主的科学的革命的教育，培植新民主主义革命的深厚的源泉，让日本帝国主义汉奸投降派反共派顽固份子，一切民族败类与反革命势力在人民大众的革命的威力下失败，死亡！

（原载一九四〇年五月十六日《抗敌报》第一版社论）

边区学生第一次代表大会的意义和任务

在战斗的五月里,在中国青年节后不久,边区学生的优秀代表聚首一堂,开第一次代表大会,并正式宣布边区学联会的成立,我们向到会各学生代表表示亲切的关怀与崇敬,并对边区学生第一次代表大会寄予无限期望:

边区学生代表大会之召开,边区学联之正式成立,这是边区学生抗日民主的革命运动日益增长与发展的必然规律。两年多来,边区学生青年随着边区文化教育事业建设的进步,日益成为一支强大的队伍,边区学生青年的抗日民主革命运动,亦日益生长和开展,成为坚持敌后抗战事业的一支生动力量。两年多来边区学运的成就,不但准备了边区学表成立的基础,而且提出了建立统一的领导机关的要求。边区学生第一次代联大会,就是在这样的前提与要求下召开的。

边区学联的正式成立,必然要成为团结与组织边区全体学生青年的核心、成为发展边区新民主主义文化教育的有力标杆,成为领导与扩大边区学生青年民族民主革命运动的战斗的司令部与参谋部,边区学联会的正式成立,不但要统一边区的学生运动,推动边区学运由散漫的手工业方式走上正规的、有组织的道路,而且要成为团结广大知识青年到抗日反投降斗争中来的一个有力的支柱,成为进一步巩固与扩大边区抗日民族统一战线,强固抗战进步力量的有力的一环。

环顾全国青年运动,正在遭受□投降、分裂、倒退逆流的□□,我们听见过"集中营"、"招待所"等等划害进步青年的暴行,广大人民都不能不伤心惨目于那些遭受反动分子残害的民族英华的模糊血迹,我们□时时□得见大后方青年学生陷身于思想统制的樊笼中的悲愤□喊。在全□□□□学生运动不但得不到应有的开展和统一,而且遭受着无耻□□□钳制□摧毁,边区学联会的成立,将要成为促进全国学运统一,抵抗全国学运中分裂倒退逆流的强大推动力量。

最后,我们举首东望,当年□四学生革命运动发祥地的北平正喘息于日寇血腥统治之下,广大沦陷区的青年学生,正在日寇奴化教育与野蛮杀戮之下,过着悲惨而又愤怒的日子,无耻汉奸正在一手制造各式各样□□强奸与奴役青年学生的丑剧。边区学联会的正式成立,对于那些在敌寇铁蹄下□行着艰苦斗争的青年学生真是无上的鼓舞,而对于日寇汉奸那样无耻伎俩则是□力的打击。

我们祝贺边区学生第一次代表大会,我们应该估计到这些重大的政治意义。

正因为边区学联成立意义的重大,边区学生第一次代表大会的责任,也就异常严重。它应该在团结与组织边区全体学生,促进边区抗战文化教育,完成战斗的学习责任,发□边区学生抗日民主运动□反对教育事业中的主流，打击敌寇在沦陷区的奴化教育，争取全国青年学生爱国自由、思想自主的民主权利的总任务下，确定自己当前的工作。其具体纲领应当是：

一、加强边区学生的民主团结，团结广大的乡村知识分子，清除学生中、教育事业中的反动分子，在边区学联的统一领导下，用各式各样的方式普遍成立各种学生组织，为巩固与扩大边区青年统一战线而斗争。

二、组织与领导学生青年之学习及对进步思想理论的研究，确定青年学生之科学的、革命的人生观，开展民主的思想理论斗争，反对一切投降、分裂、倒退的反动言论和思想，成为建设新民主主义文化的一个主力军。

三、力求学生运动与边区青运之密切结合，加强知识青年与工农青年之密切联系，实现学生工作与边区实际斗争的适当配合，广泛的发展社会服务工作和帮助地方工作的运动，使每个学校成为乡村工作的一个支点，成为与广大工农结合的文化枢纽。

四、加强对外宣传，号召沦陷区青年离开敌占的大城市，参加广大乡村的抗日游击战争，并与全国学生取得密切联系，推动全国学运发展，以坚持全国的抗战团结与进步，以推进中国新民主主义的革命。

（原载一九四〇年五月二十日《抗敌报》第一版社论）

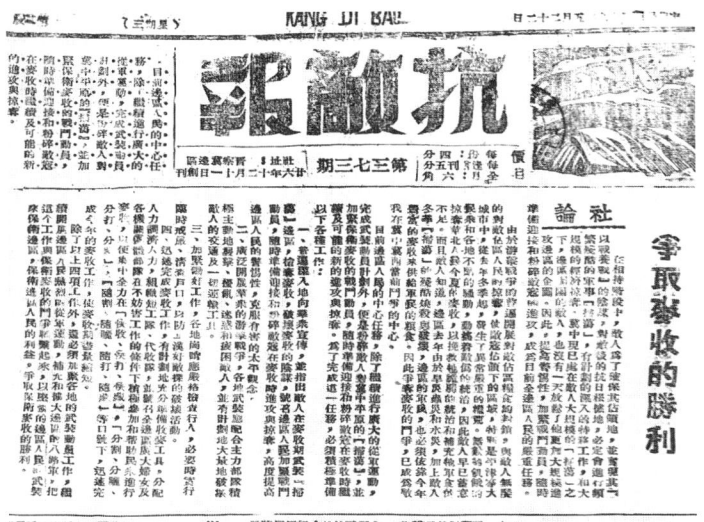

争取麦收的胜利

在相持阶段中,敌人为了确保其占领地,并实现其"以战养战"的阴谋,对敌后的抗日根据地,必定会进行频繁残酷的军事"扫荡",有计划的深入的特务工作,和大规模的经济掠夺。冀中现已处在敌人大规模的"扫荡"之下,边区周围的敌人,也没有一天放松了他更加大规模进攻边区的企图。因此,提高警惕性,加紧战斗动员,随时准备迎接和粉碎敌寇的进攻,成为目前全边区人民的严重任务。

由于游击战争的普遍开展对敌占区粮食的封锁,与敌人无□的对敌占区人民的掠夺,使敌寇占领下的区域,特别是平津等大城市中,从去年冬季起,发生了异常严重的粮荒。无数的饥饿的民众和各地不断的骚动，动摇着敌伪的统治，因此敌人早已蓄意掠夺华北人民今夏的麦收，以挽救他脆弱的统治和补充他军食的不足。而且敌人知道，边区去年由于旱灾虫灾和水灾，加上敌人冬季"扫荡"的残酷烧杀与破坏，边区的军民，也必须依靠今年丰富的麦收来供给军民的粮食。因此争夺麦收的斗争，已成为敌我在冀中冀西当前斗争的中心。

目前边区人民的中心任务，除了继续进行广大的从军运动，完成武装动员计划外，便是粉碎敌人对冀中平原的"扫荡"，并加紧保卫麦收的战斗动员，随时准备迎接和粉碎敌寇在麦收时继续及可能的新的进攻与掠夺。为了完成这一任务，必须积极准备以下各种工作：

一、普遍深入地向群众宣传，并指出敌人在麦收期武装"扫荡"边区，抢夺麦收，破坏麦收的阴谋，号召边区人民加紧战斗动员，随时准备迎接和粉碎敌寇在麦收时进攻与掠夺，高度提高边区人民的警惕性，克服有害的太平观念。

二、广泛开展群众的游击战争，各地武装应配合主力部队积极主动地袭击、扰乱、迷惑和疲困敌人，并有计划地大量地破坏敌人的交通及一切运输工具。

三、加紧锄奸工作，各地岗哨应严格检查行人，必要时实行临时戒严、清查户口，以防止汉奸敌探的破坏活动。

四、迅速完成麦收工作，有计划地充分准备收麦工具，分配人力调济人力，组织短工队、代收队，并号召全边区广大妇女及各机关团体部队在不妨害工作的条件下积极参加和帮助民众进行麦收，以便集中全力在"快收、快打、快藏"，"分割、分□、分打、分□"，"随割、随□、随打、随□"等口号下，迅速完成今年的麦收工作，使麦收期尽量缩短。

除了以上四项工作外，还必须加紧各地的武装动员工作，继续开展边区人民热烈的从军运动，补充和扩大边区的八路军，把这个工作与保卫麦收的斗争联系起来，以坚□的边区人民的武装来保卫边区，保卫边区人民的利益，争取保卫麦收的胜利。

（原载一九四〇年五月二十二日《抗敌报》第一版社论）

帝国主义战争的新阶段

　　国际帝国主义第二次屠杀人类的世界大战，到今天已经进入了一个新的阶段了。这个新的阶段的特点就是表现在以英法帝国主义的□所组织的反苏战争的阴谋更进一步的破产，帝国主义内部的掠夺战争大规模地开始，而且还要继续扩大。

　　□自苏德互不侵犯协定以前，反动的英法帝国主义战争的挑拨者，积极把德帝国主义一手武装起来，驱使其为反苏战争的急先锋，这个阴谋，由于苏德互不侵犯协定的订立而失败了，并且英法已经布置成熟的波兰战争，因此也很快与英法的意图相反地被解决了，接着在芬兰问题上英法的阴谋又告失败，然而英法仍然逞其狠毒的诡计，继续积极策动和驱使挪威等国的统治阶级,包围和逼迫德国进行反苏战争,但其结果徒然加深了英法德帝国主义之间的矛盾,德帝国主义对挪威首先下手,爆发了帝国主义在北欧的战争,而英法由于一贯采取损人利己的政策,并未实际给挪威以"援助",遂使德帝国主义在挪威"胜利"了,这就更加鼓励了德帝国主义对战争的□险。英法"搬起石头打自己的脚",其失败是必然的,但帝国主义战争的烽火却一发□不可收拾了。

当战争局限于帝国主义自己范围内而扩大起来的时候,当英法愈益陷入新的帝国主义战争泥沼中的时候,它就愈要加紧争取同盟国,把中立的第三国卷入战争的漩涡,使第三国做为它的战争工具而牺牲,这是帝国主义战争的规律,也是第一次世界大战所证明了的。正因为这样,所以英法在战争爆发之后,积极"保障"和威吓中立国去冒险;而若干中立国的统治者也企图以战争为睹赛,投机牟利,这恰恰又中了英法战争挑拨者"把水搅混""把火吹大"以浑水摸鱼、趁火打劫的鬼计。于是在挪威战争之末,英法又策动了荷比对德的战争,而疯狂了的德帝国主义,又复"先发制人",迅速把战火燃遍西北欧,首先侵灭了卢森堡,积极进攻荷兰,荷兰投降了,继续又侵占了比京布鲁塞尔,现在更直接威胁巴黎以至于伦敦了。延长二百余公里的"战线上的人规模武装进攻和战场的不断扩大",使英法的邱吉尔和雷诺内阁的处境比张伯伦和达拉第更加困难而危殆了。

然而,这个帝国主义战争的形势还在继续扩大着。意帝国主义海军集中爱琴海口多得利斯群岛,在巴利港的演习,在阿尔巴尼亚的增兵,由意大利西北部海岸至亚得利亚海口的海军封锁线,已使英法不得不停止在地中海的航行。不管英法照会中所谓"严重后果"的警告,南斯拉夫被意大利侵占的危险是存在的,"待机而动"的莫索里尼,已经发出了"竭全力参战"的血腥演说,阿尔卑斯山已由意军布防了。英法利用土耳其,加强近东公约的军事条款,集中大军于巴力斯坦、埃及和叙利亚,要求军队在希□登陆,向保境假道,这些显然都是战争继续扩大的等候。就连最阴险的美帝国主义，当它"坐山观虎斗"（实际上也就是坐山观虎斗）及与教皇共同"调解"英法意关系无效之后，也居然说了："美国虽然保证不参加战争，但亦只一二星期内而已"，这虽然带着重大的威吓意义，但也表现了帝国主义战争继续扩大的严重危险性。

这个帝国主义大规模的屠杀战争，是全世界人类所要坚决反对的，在这个战争的面前，全世界一切被压迫的人民大众与和平正义的人士，必须也必然更亲密地团结在伟大的苏联的周围。只有苏联站在无产阶级的世界革命的立场上，他的革命的和平的政策和他伟大的力量，是反对与消灭帝国主义战争的唯一可靠的基本力量。苏英商务谈判，虽无成就，但从来没有承认过苏联的南斯拉夫，现在却和苏联订立了商务协定，瑞典和苏联的商务谈判也成功了，苏德商务协定也已成立，苏土正在重新谈判，这些又是苏联在帝国主义大战中，正确运用其外交政策而继续获得的新的胜利，这些胜利，将使世界革命的祖国——苏联在帝国主义战争中更得到安全的保证，这对于空前高涨着的世界革命是更为有利的。

在帝国主义战争的这一新阶段的形势下，反动的英法帝国主义在远东的地位更加削弱，远东莫尼黑会议在目前更证明是不可能的了。日本帝国主义眼看它自己被中国抗战陷在泥泞中，坐失欧战的"良机"，它的内外俱来的困难与危机，更加日益增长其严重性，而我国抗战的军民，"得道多助"，只要坚持抗战团结进步的方针，反对投降分裂倒退的罪行，那末在新阶段的国际环境下，争取抗战的最后胜利，实现中华民族的独立解放，此正其时。

（原载一九四〇年五月二十六日《抗敌报》第一版社论）

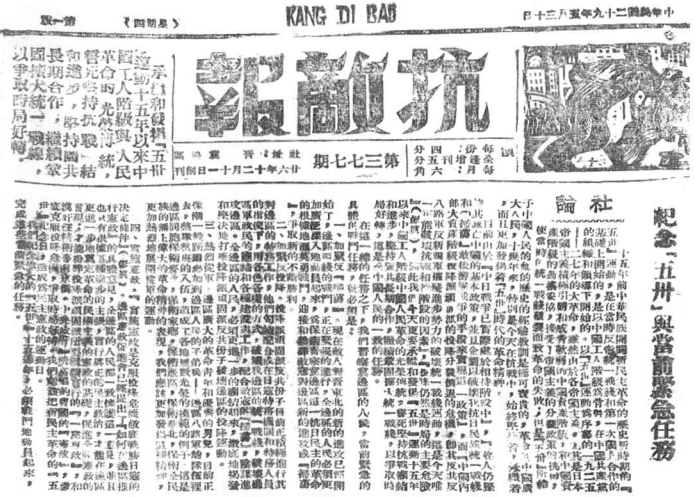

纪念"五卅"与当前紧急任务

　　十五年前中华民族开□新民主革命的历史新时期的"五卅"运动，是在当时反帝统一战线和第一次国共合作的基础上开始的，是以中国工人阶级为骨干，在中国共产党的组织和领导下开始的。以"五卅"运动为序幕的一九二五——二七年的大革命，虽然由于各帝国主义，尤其是日本帝国主义积极引诱和威胁软弱的中国资产阶级，和中国资产阶级的动摇妥协，接受了帝国主义的分裂政策的挑拨，使当时的统一战线破裂而致革命的失败；但是"五卅"所给予中国人民的血的历史的经验教训是极可宝贵的，革命的中国广大人民，十几年来，特别是今天在抗战中，始终坚持着，承续着，而且更加发扬着"五卅"时代的革命精神。

目前由于"中日战争已实际处于相持阶段中","敌人仍坚持其灭亡中国的基本政策,并且企图以破坏我抗日民族统一战线和'扫荡'敌后游击战争的手段来实现这一政策",而"中国内部大资产阶级投降派顽固派的投降分裂倒退的危机,即其反共反八路军反新四军摧残进步势力的破坏统一战线运动,这是今天唯一可能破坏抗战相持阶段的因素","投降仍然是时局的主要危险"(彭真)。因此我们今天更要承继和发扬"五卅"运动十五年以来中国工人阶级中国人民革命的光荣传统,誓死坚持抗战团结和进步,坚持国共长期合作,继续巩固扩大统一战线,以争取时局好转,这是全中国人民的一致的任务。

在这一总的任务之下,我们晋察冀边区的人民,当前紧急的具体的战斗任务,就必须是:

一、加紧反"扫荡"。现在敌人对晋东北的新的进攻已经开始了,边区西线的战斗,正在紧张的进行,全边区的人民必须更加广泛深入地动员起来,为保卫晋察冀边区这一抗日民主的革命的根据地而英勇战斗,迎接和粉碎敌寇对边区新的进攻或"扫荡",争取新的不断胜利。

二、加紧反投降。投降派顽固派反共份子目前正积极进行其对边区的特务工作。他们勾结配合或在日寇特务机关和特务人员的指使下,用各色各样的方式,破坏我边区的统一战线,破坏边区军政民的团结和各种建设与工作,配合敌寇的"扫荡",阴谋进攻边区。全边区的人民,必须更进一步地团结起来,澈底地揭发和坚决地打击投降派顽固派反共份子破坏边区的投降运动。

三、热烈从军。边区广大的革命青年和优秀的男儿,目前正像潮一般踊跃参加到边区人民的子弟兵——边区八路军的队伍里去。整队整班的入伍,造成了各地无数光荣的模范的例子。这是边区同胞保卫麦收、保卫家乡、保卫边区、保卫华北、保卫全民族的无上伟大的革命精神的表现,我们应该更加发扬这种精神，更加热烈地展开从军的运动。

四、实施宪政。"实施宪政是克服投降危机澈底战胜日寇的决定条件。"（彭真）边区宪政促进会已经提出了"如何在边区推行宪政"的具体意见，全边区的人民都一致拥护这一意见，并且也只有根据这种进步的主张，实行真正的民主政治，才能在边区更进一步地奠定革命的民权主义的宪政的基础，促进全国宪政的实现；才能粉碎投降派顽固派所要继续实行的"一党专政"，和汉奸汪精卫等南京伪"中央政府"所高唱的卖国的"宪政"，澈底克服投降危机，争取时局好转。我们应该把新民主革命的"五卅"纪念日，造成为民主宪政的运动日。

我们纪念伟大的"五卅"十五周年，必须战斗地动员起来，完成这些当前紧急的任务。

（原载一九四○年六月一日《抗敌报》第一版社论）

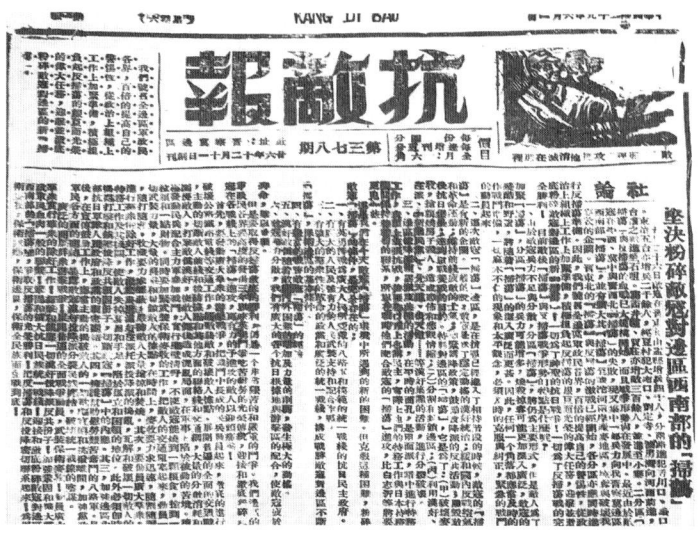

坚决粉碎敌寇对边区西南部的"扫荡"

五月二十六日敌寇在晋东北由盂县增兵四千人，分两路进犯□川口、峪口。东冶五台亦增兵二千余人，经豆村犯大□口、刘定寺、□房湾向河□前进，台□之敌进至石咀。□西井□、贾庄亦增敌三百余人，并进至小寨。二分区"扫荡"与反"扫荡"的血战已大规模开始，而且战争形势尚在发展中。最近由于敌寇在平西、冀中与晋西北"扫荡"的失败，现又集中一部兵力向我晋察冀边区西南部"扫荡"，并有扩大其"扫荡"至滹沱河两岸产麦地区，掠夺与破坏我麦收的企图。晋东北的"扫荡"与反"扫荡"的激战已经开始，各分区亦应同时进行反"扫荡"准备。因此，我们号召全边区军政民各界，百倍的提高自己的警惕性，从政治上组织上工作上加紧准备，积极担负起反"扫荡"的艰巨而光荣的伟大任务，迎接并澈底粉碎敌寇对边区的新"扫荡"。一切为了神圣的抗日战争！一切为了反"扫荡"战的完全胜利！目前敌后"扫荡"与反"扫荡"战争形势的特点是什么呢？

一、由于敌寇兵力不足与分散，分区"扫荡"，将仍为主要形式，但是敌人为了加紧"扫荡"，分区"扫荡"的兵力可能增多，烧杀掠夺可能更加深入广泛，敌寇的残酷和野蛮，将随着"扫荡"的深入广泛而更甚。因此，任何一个角落都应当及时的作战斗准备，一切麻木不仁的现象和太平观念，必须及时的克服与纠正，紧急的战斗的动员起来。

二、这次敌寇"扫荡"边区，是在抗战已经进入了相持阶段的时候，敌寇的"扫荡"是有新的企图。一般的说，敌寇是为了稳定动摇的汉奸统治；缓和国内反战空气和革命运动；维持前线疲敝的士气；加紧诱降政策，鼓励投降派的反共活动；摧毁敌后抗日堡垒；达到以战养战的目的。特别对边区的"扫荡"，它是为了：（甲）破坏麦收，抢粮烧房子杀人，造成恐怖和悲观情绪；（乙）分割和封锁边区；（丙）利用汉奸、汪派、"新国民党"、□□□□□□……等汉奸集团的活动，进行分裂破坏。

三、边区投降派顽固派反共派的活动，在平时的面孔，是两面派，暗中进行特务工作，表面上主张抗战，□□□口头上也讲民主，实际上他们的特务工作与日本特务机关保持着密切的联系，所以在战时他们配合敌寇的"扫荡"进攻，比白志沂等将要更□一些。

这是我们在今天敌寇"扫荡"环境中所遇到的新的困难。但克服这种困难，粉碎敌寇"扫荡"的条件，是完全存在的：

一、有英勇善战为广大人民所爱戴的八路军和模范的统一战线的抗日民主政府。

二、有广大的人民及强有力的人民武装支持和配合作战。

三、有强大的群众性的革命的政党和广泛的统一战线，构成战胜敌寇对边区不断"扫荡",保卫边区的基本条件。

四、有丰富的战胜敌寇"扫荡"的经验。

五、汉奸敌伪随着敌□内外困难的增加及力量的削弱,发生极大的动摇。

六、敌寇□力分散,我们有广大的各个抗日根据地与游击区的配合,使敌寇疲于奔命,难以兼顾。

但是要取得反"扫荡"澈底的胜利,仍是一个非常艰苦的和严重的斗争。我们边区的军政民各界要高度的发扬三年以来英勇斗争吃苦耐劳的光荣传统,迎接和澈底粉碎敌寇在各战线上的"扫荡"进攻,更有力的予进攻的敌人以迎头痛击!

首先,要发动广大群众的游击战争,把战斗中长成的民兵动员起来,澈底的进行破坏公路铁路电线等交通工作,□敌□敌和破坏敌人据点。展开普遍的全面的交通战,主动的切断敌人前线和后防据点和其他方面的联络线和交通网,大量的分散消耗和围扰敌人,打击敌伪汉奸,使敌人侧后造成混乱局面,在军事上陷于被动的苦境。积极发动民兵配合主力军参加战斗,实行坚壁清野,不使敌寇能烧到一颗粮食,抢到一粒粮和一点财物。同时要加紧武装保卫麦收的工作,把敌人的交通阻塞起来,动员一切武装力量,大量的袭击和封锁敌人的据点。在时间上,麦收要力求迅速,随割随晒,随打随□,收藏要力求隐蔽,严防敌人大量抢掠和焚烧。其次,要动员广大群众,进行群众的除奸工作,澈底肃清汉奸汪派托派投降派的捣乱,瓦解和破坏一切敌人的特务工作及其机关,使敌人失掉耳目和手足,陷于孤立和困顿的地位。此外必须即时揭露打击和镇压投降反共顽固份子,切断敌寇"扫荡"中的内应。其三,加强边区内部抗日军队人民政府和政党的亲密团结。其四,拥护帮助慰劳艰苦奋斗的八路军。最后,在宣传鼓动工作上,应当主动的揭破敌人的一切欺骗宣传和挑拨离间,加强党政军民各方面的团结,暴露敌寇汉奸投降派分裂民族团结,破坏统一战线的阴谋。

广泛的开展群众游击战争!展开普遍的全面战争动员,武装保卫麦收!

动员广大群众实行群众的除奸工作！打击和镇压一切汉奸投降派反共份子！加强巩固和扩大党政军民血肉一般的联系！巩固和扩大抗日民族统一战线！迎接和澈底粉碎敌寇对边区西南部的"扫荡"，争取反"扫荡"的光荣胜利！把反"扫荡"和反投降密切联系起来！为保卫麦收、保卫家乡、保卫边区、保卫全民族而血战到底！

（原载一九四○年六月一日《抗敌报》第一版社论）

论"非常时期人民团体组织纲领"

据本月一日重庆的电讯，国府颁布了一个"非常时期人民团体组织纲领"，共十五条（全文见新闻党报第五十七期），对各种人民团体的组织原则、活动范围等都有了一番规定。当兹抗战时期，全国人民，纷起救亡。民众运动，蓬勃开展，各种抗日救国的团体，到处成立，这是国家进步的现象，更是坚持抗战争取最后胜利的重大力量。我们要贯澈完成抗战建国的神圣事业，惟有依靠全国人民伟大力量的发扬，这已是众人皆知的真理了。所以抗战建国纲领中，对于民众运动，首先注意"发动全国民众"，这是符合于孙中山先生"唤起民众"的大旨的。现在抗战已实际处于相持阶段，动员民众，实现民主，发扬民力，任务更加严重，因此，对于"非常时期人民团体组织纲领"，更必须着重于能唤起全国民众一致坚持抗战的最高原则，这是全国人民所热烈期望的，也是政府应该"竭力以赴"的。

目前正当敌寇汉奸加紧破坏我之统一战线，勾结国内投降派顽固派，一方面极力破坏我抗日的民众运动，压迫逮捕与杀害抗日民众领袖，摧残抗日民众团体；另一方面，唆使其走狗奸徒，民族败类，假借名义，强奸民意，或明或暗，组织各种反动团体，假抗日之名，行汉奸之实，与敌寇汉奸之特务机关与"新民会"等，表里相策应，分裂与破坏抗日之民众运动，以破坏抗战。在这样的情况下，政府制定与颁布"非常时期人民团体组织纲领"，更必须着重于能充分保障抗日之民众团体，打击与粉碎敌寇汉奸投降派顽固派的破坏阴谋。

因此，我们对于政府所颁布的"纲领"前七条，认为应进一步加以明确的补充的规定，依据抗战建国纲领所已确定的"发动全国民众"、"严行惩办汉奸"、"在不违反三民主义最高原则及法令范围内，对言论出版集会结社，予以合法之充分保障"等基本方针，对敌寇汉奸投降派顽固派分裂我民众运动、破坏摧残我抗日民众团体的罪行，应明文规定，予以严厉之打击与取缔；对抗日的人民团体应享之民主权利应更明白加以具体规定，而予以充分的合法保障，这是非常严重的。政府必须有此极明确的规定，坚决付诸实施，才能使玩法违法者无所逞其压迫人民、摧残民运之鬼□伎俩。

"纲领"后八条中，第八条所规定"职业团体会员入会及下级团体加入上级团体，均以强制为原则，退会应有限制"，及第十条所规定"各种职业团体应设书记一人，以曾经特种训练合格之人员充任，必要时得由政府指派，……"与第十一条所规定"各种人民团体，除受中国国民党之指导，政府主营机关监督外，关于抗战动员工作，并受军事机关之指挥"，却是大大违反了抗战时期"发动全国民众"和孙中山先生"唤起民众""伸张民权"的革命精神。民众团体，原是民众自顾的与自由的组织，其结合完全不可强制，入会退会亦应有其充分自由，政府实不应加以"强制"与"限制"的规定，以免发生控制与压抑民众运动之大弊；民众团体之书记，理应由各该民众团体推选，政府亦不应限制其为"特种训练合格之人员"，更绝不应"由政府指派"；民众团体，要不违背革命的三民主义与抗战原则，应有完全之独立性与自主权，政府对民众团体亦不应居于上级的"主管""监督"之地位，以控制、干涉民众团体。凡此诸端，实为"纲领"中的严重的违反民主原则的地方，必须加以根本的修改。否则，民众团体势必成为一党一派与政府之附庸，何云民主？何能抗战？这是违规总理"唤起民众"与民族主义的精神的，我们认为民众团体的组织的独立性，必须尊重，其内部生活，任谁不得干涉，惟其如此，才能发扬民主的精神，才能发动全国的人民以坚持抗战到最后胜利，一党专政的压迫与统治民众运动的时期应即成为过去。

我们同意"纲领"最后一条的规定："边远区域因特殊情形，不能依照本纲领组织人民团体者，得呈请政府，另定组织办法"，并且我们认为各个不同的地区，如各抗日根据地，无论其与大后方距离之远近，更应依其各自特殊的环境与实际情形，依革命的三民主义与"唤起民众"一致抗战之精神，给人民及其团体以充分抗战救国之绝对自由，而不应给以无端限制。

"非常时期人民团体组织纲领"□□政府颁布，我们希望全国人民，热烈讨论研究，因为这是关系人民团体切身问题；我们更望政府能根据孙中山先生民权主义之精神与"唤起民众"之□旨，□□与接纳人民的意见，好为修改，因为这是关系抗战建国前途的重大问题，不得不慎重处之。

（原载一九四〇年六月五日《抗敌报》第一版社论）

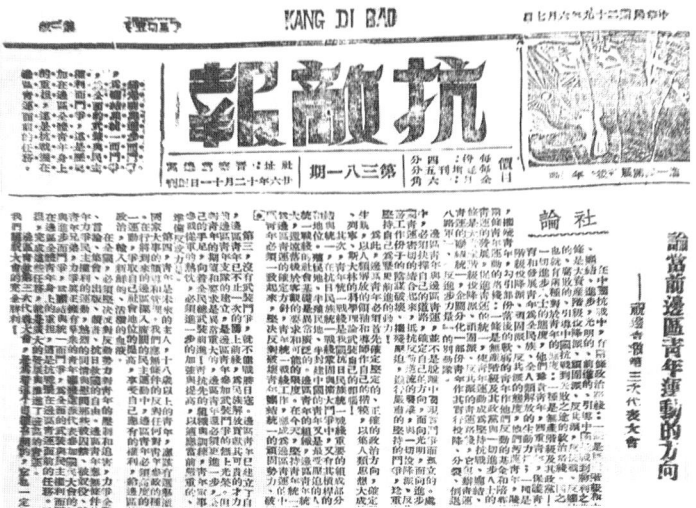

论当前边区青年运动的方向

——祝边青救第三大代表大会

　　在中国抗战中，有两条政治路线：一条是无产阶级和中国人民坚持抗战、团结、进步，光明的、前进的、引导中国抗战到胜利之的政治路线；一条是大资产阶级投降派、顽固派、反共派，反抗战、反团结、反进步、黑暗的、腐败的、引导中国抗战到失败之途的政治路线。因之，在中国抗战中，也就有两种对于青年的态度：一种是无产阶级及其政党——中国共产党，及一切进步人士的态度，他们珍贵青年，器重青年，保护青年，团结青年，培育和发展青年为全民族、全人类解放的生动力量；一种是封建势力和大资产阶级投降派、顽固派、反共派的态度，他们污蔑青年，贱视青年，分裂青年，摧残青年，勾引部份落后的软弱的青年作他们反动的基金和陪葬的牺牲。因此也有两条青年运动的路线：一条是无产阶级及其政党与一切进步人士的青运路线，它帮助青运的发展，促进青运的统一，使青年运动成为坚持抗战、团结、进步的先锋队；一条是大资产阶级投降派、顽固派、反共派的青运路线，它包办青运，压制青运，破坏青运的团结统一，企图分化一部份青年作其实行投降、分裂、倒退、"反共"、"反八路军"、"反进步力量"的别动队。

边区青年与边区青运，并不是脱离中国现实斗争而孤立的。处此严重的复杂环境中，必须抉择自己的道路，确定自己的方向，面向光明，面向进步，与全国青年及全国青运密切的结合起来，抵抗反动逆流的袭击，与一切投降派、反共派、顽固派、特务工作份子的阴谋破坏、摧残压迫，进行严肃的坚持的斗争，珍重自己远大的前程，坚持自己为历史前途前进的动力！

为此，边区青年必须首先确定坚定的、正确的政治方向，确定科学的、革命的人生观，以人类解放的领袖和导师作自己的楷模，以集人类思想大成的马克思、恩格斯、列宁、斯大林的科学理论武装自己的头脑！

其次，青年统一战线是我国抗日民族统一战线重要的组成部分，青年的组织、团结与统一，在抗日民族统一战线巩固与扩大斗争中，又有其标杆的、枢纽的特殊作用和地位。殖民地、半殖民地、半封建中国的青年又是最受压迫的人群之一，因之青年统一战线的社会基础是异常广泛的。边区青年的组织，边区青年统一战线的巩固与扩大，还远落后于客观的要求和可能的限度。在今天，坚持青年统一团结的方向，应成为边区青运的确定方针，青年统一战线工作，应成为边区青运的中心工作之一。全边区青年必须一致起来，坚决反对破坏青年团结统一的顽固势力、破坏分子、特务人员。

第三，没有武装斗争，就不能战胜日寇。边区青年已建立了自己强大的武装组织，边区青年已不止一次的涌上前线，为民族解放贡献其可贵的才力和热血。特别是自前边区青年支队的建立，是边区青年参加武装斗争的无上光荣。但是伟大的革命事业对青年的期望和要求是异常重大的，边区青年还必须更进一步，全面的以钢铁武装自己的手足，向着全民总武装前进！青抗先的组织与训练，青年军事教育和学习，青年参战从军的热忱，必须进一步的加强与提高，以适应当前严重的、艰苦的抗战形势，准备反攻力量。

第四，青年是未来的主人，十八岁以上的青年，应该有选举权及被选举权，参加国家大事的领导和管理。我们应无条件的反对任何对青年参政的种种限制和错误观点。在行将到来的边区深入广阔的民主运动中，边区青年必须高度的动员起来，参加这一运动，争取自己社会地位的提高，享受自己应有的权利，给边区的民主运动与民主政治，输入新鲜的、活泼的血液。

在全国，必须坚决反对反动势力对青年的压制和迫害，力争全国青年组织、学习、言论、集会、出版、读书、抗日救国的自由。边区青年应无条件的援助全国各地青年力争民主权利的运动，热烈的同情与慰问那些被囚禁、被奴役、被虐待、被残害的青年兄弟，力争真正拥有群众的青年团体选派代表参加国民大会的民主权利，为光明与进步而斗争，为团结与统一而斗争，为全面的武装与民主权利而斗争，这是历史加在边区全体青年身上的重担，这是抗战摆在边区青运面前的任务。胜利的担起这个重担，完成这些任务，就是广大的发展与推进了边区的青运。

边区青救第三次代表大会，是为着这个目标召开的，它也一定能完成这个使命，我们谨祝大会的完全胜利！

（原载一九四〇年六月七日《抗敌报》第一版社论）

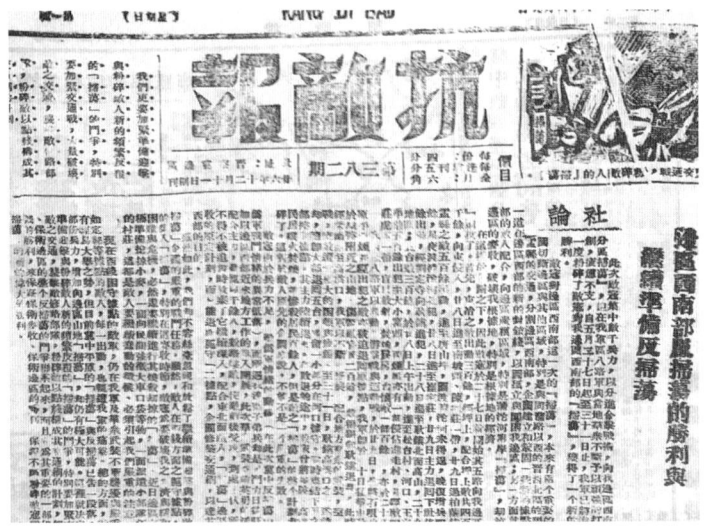

边区西南部反"扫荡"的胜利与继续准备反"扫荡"

此次敌寇集中数千兵力,以分进合击战术,向我边区西南部实行其所谓"分区'扫荡'",但在我军区八路军与当地群众不断予以顽强的打击之下,敌受重创,疲惫不支,自五月三十七日起至三十一日止,我军已将进攻之敌击退,又一度粉碎了敌寇对我边区西南部的"扫荡",获得了一个新的局部的反战役的胜利。

敌寇对边区西南部这一次的"扫荡",本来有两个重要的目的:第一是企图切断边区与其他区域,特别是与同蒲路以西的晋西北区的联系,打通五台与盂县的交通,分裂边区西南部,企图建立和巩固一些新的据点与交通线,造成一道在边区西南部的新的封锁线，以图孤立与围困我边区；另一方面就是企图与边区东部的敌人配合，向边区产粮区域，特别是滹沱河南岸"扫荡"，劫掠烧杀，以破坏我边区的麦收，破坏我根据地，特别是根据地的经济。

在这样的企图之下，因此敌寇于二十七日就开始其五路向我边区西南部的"扫荡"进攻了。首先，东冶之敌出动三百余，经坪上，配合坪上敌共四百余，辎重牲口一千余，向东侵入，廿八日进至南坡头、陈□庄一带，廿九日过柏兰镇至蓝家庄一带；盂县之敌五百余□动，进至唐山坪，□渡滹沱河未得逞，晚复增兵四百余，合共九百余，星夜渡滹沱河北犯，廿八日进至崔家庄，廿九日主力退回下社集结；豆村敌三百余出动，经刘定寺向聂镇进犯，二十八日进至耿镇北面高山，二十九日进至耿镇以南地区；五台敌三百余，于廿八日上午出动，进至松台村、河口、王家庄一带；同时原平敌五百余出犯至大小窑头，西烟亦有一部侵占进圭村，□经敌四百余，携炮至□壮虎□一带，盲目放射，焚烧民房，台怀敌一部百余□，亦于二十八日晨潜入石咀。

我西线八路军以□动游击战与运动战，于廿九日，□将石咀□□□窜回台怀，原平□烟圪陉出犯之敌亦被迫退回原据点，我军即于二十日猛击由耿镇继续深入之敌于□□附近之山地，伤毙敌官兵二百余，敌狼狈向耿镇退却，此时柏兰一带之敌，经柴峪□至高洪口，我军以不断□□袭□配合地方群众的武装，空□英勇地□开游击战，使敌遭受极大的困顿与疲倦。至三十一日，耿镇高洪口之□□被迫全部向河口退却，随即大部退回五台，□留一小部分在河口据守。同时集结下□之敌，亦只留一小部控□据点，其主力陆续□退。在败退的途中，数家曾将、高□口、赵屯口等地民房纵火焚烧，并惨杀居民百余人，但是敌之"扫荡"的整个计划却没有成功而被粉碎了。这对于敌人原先的企图来说，不能不是一个严重的失败。

敌寇由于兵力不足，敌伪军情绪的动摇（在此次冀中反"扫荡"中也充分证明了敌伪军战斗情绪的异常低落），而所遇我边区子弟兵却是战斗力日益旺盛强大的队伍，加以边区西部近来地方工作的□入开展，此次群众武装□前英勇的活跃于敌之侧后，配合主力，动辄以千余人，数路袭敌，使敌前后受攻，到处□伏，所以一度激战，即不得不被迫害时放弃了它继续深入，配合东北面敌人，"扫荡"边区腹地，破坏我麦收的原定计划，而只能退而陑一二据点，企图修筑交通网，以达其分割与封锁边区西部的目的。

虽然如此，我们却不容丝毫忽视和放松了继续准备□□与粉碎敌寇对边区新的"扫荡"企图的严重的战斗任务。显然，敌人在西线方面之扼守据点，正是图谋再一度的深入"扫荡"，特别在这麦收时节，敌寇为要破坏我之经济与缓和它之日益深刻的困难与危机，必然还要继续进行其烧杀劫掠的"扫荡"，近日边区东部的敌人，正积极准备抢掠小麦，一面向民间强征大车口袋等物，一面派遣小部队伍，进占据点附近的村庄，这都是敌人要继续蠢动的时候，必须引起我们严重的注意。

现在西线困守据点的敌军，仍在我军及群众武装不□□□与严重的威胁中，东线如定县等据点的敌人，每一出动，也辄遭我军的痛击。总的方面，敌寇暂时虽然还没有轻易大举之势，但目前冀中平原的"扫荡"与反"扫荡"已告一段落，敌人继续调集一部份兵力，增加向边区山地"扫荡"，却仍有极大可能。这里就决定了我们更要加紧准备迎击与粉碎敌人新的频繁反复的"扫荡"的斗争，特别要加紧交通线，大量破坏敌之交通，袭击敌修路部队，粉碎敌以点线构成其交通网的计划，把这个和保卫麦收、保卫边区的整个反"扫荡"的斗争联系起来，而且□成为其重要的一部份。我们要以交通□的胜利，来保证保卫麦收、保卫边区的胜利□保证不断粉碎敌寇继续频繁反覆的"扫荡"的新的伟大的胜利。

（原载一九四〇年六月九日《抗敌报》第一版社论）

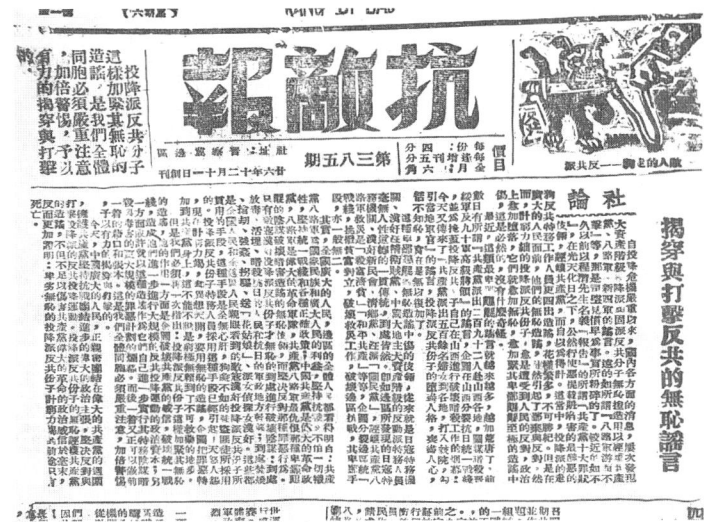

揭穿与打击反共的无耻谣言

自投降危机严重以来，国内各方面的消息，屡次发现大资产阶级□降派顽固派反共分子无耻捏造用以□□共产党、八路军、新四军的谣言。远的如所谓"八路军游而不击"等，那是司空见惯早为事实所粉碎的了。较近的如不久以前以程□先生名义"报告"的所谓"共产党十大罪状"，在光天化日之下，公然行使恶棍栽赃陷害的最丑恶的伎俩，污蔑共产党，而自以为得计。这当中，投降派的走狗反共特务工作人员更四出造谣，花样繁多，不可胜纪。但是在广大的人民面前，他们的无耻造谣，陡然引起了鄙弃与反对。然而，计穷力绌的投降派反共份子，愈是遭受到人民的反对，政治上愈加堕落，它们就愈加无耻，愈加紧其卑鄙龌龊至极的造谣中伤，这是必然的，没有什么奇怪。

最近，这类最卑鄙龌龊的谣言就越来越多，越加荒唐了。前数日有所谓"共产党派出二百九十二人赴山西各地，图谋暗杀晋绥军及九十军高级将领"的谣言，企图在山西分裂抗日统一战线，并为掩盖投降反共□子自己在山西进行破坏暗杀工作的烟幕；今天又传来了"共产党派出五百余名妇女到各地，打入妓院，勾引当地军官"的谣言，投降派反共份子的堕落人格，丧尽人心，恬不知耻，实在是无以复加了。

这种卑鄙龌龊的无耻造谣中伤的伎俩，从来就是日寇特务机关、汉奸汪精卫贼党、中国大地主大资产阶级的反动派特务人员毫无人性道德的一贯传统，到处皆然。即如边区所发现的日寇特务机关、汉奸新民会、清乡党、汪派"国民党"，污蔑共产党八路军救灾是"杀富济贫""和平共产"等等，企图分裂边区统一战线，挑拨贫富对立，破坏救灾工作，破坏边区抗战，其卑鄙手段，亦一般无二。

其实，全国广大的人民，边区的全体人民都看得明白：共产党八路军为国家民族和广大人民的利益，坚持抗战，不怕一切牺牲，坚持统一战线和各种正确政策；中国共产党是伟大的革命政党，八路军是伟大的革命军队，共产党八路军最仇恨那种卑鄙龌龊的阴谋破坏暗害造谣的无耻伎俩，而坚决反对那种罪恶行为。只有敌寇汉奸投降派反共份子才无耻的到处进行破坏阴谋：到处放毒、活埋、暗杀抗日的人民和抗日的军政地方干□；到处焚烧、抢劫、强奸、拐骗、送"花姑娘"、派女侦探女汉奸。这些都是全国人民和全边区人民亲眼看到的敌寇汉奸投降派反共份子所惯用的手段，这种手段是全无心肝，狗彘不如的强盗匪徒所采用的。投降派反共份子特务人员采用这种手段已经引起了天怒人怨，现在计穷力竭，却异想天开，要用无耻的造谣，企图把罪恶转加到共产党身上，这不能不说是穷极无赖到了不可救药的地步。

但是我们必须再一次指出：投降派反共份子这样加紧其无耻的造谣，

他的作用一方面是企图破坏共产党的威信，破坏统一战线，造成他们进一步进行大规模的反共投降运动的政治资本；另一方面或许就以这种造谣作为它们自己进一步实行其特务阴谋暗杀与毒害的更大规模的罪恶计划的烟幕。而后一着又正可以做前一着的藉口和张本。这是我们全体同胞必须严重注意，加倍警惕，予以有力的揭穿与打击的。今天，中国广大的人民，正亲密团结在伟大的共产党的周围，拥护共产党坚持抗战团结进步的伟大的政治主张，坚决反对与打击投降派的反共投降运动。投降派反共份子的无耻污蔑共产党的造谣，不但不足以伤害共产党伟大的革命的政治威信于毫末，反而更加证明：卑劣无耻的投降派反共份子计穷力竭的前途只有死亡。

（原载一九四○年六月十五日《抗敌报》第一版社论）

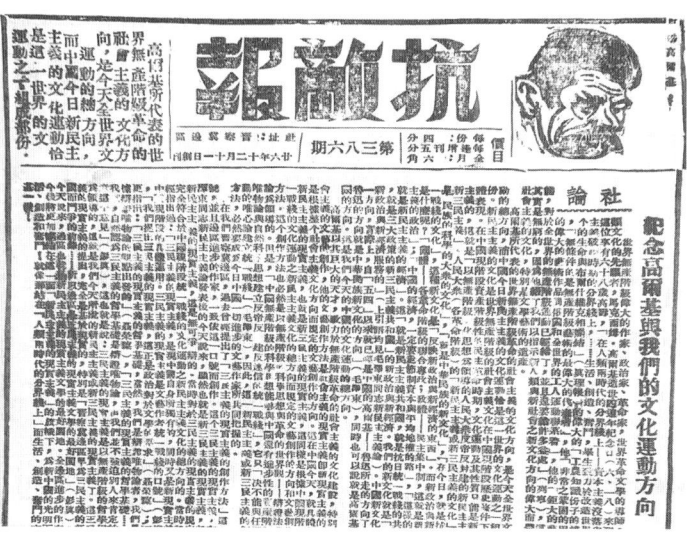

纪念高尔基与我们的文化运动方向

  世界无产阶级伟大的作家、政治家、革命家，世界革命文学的导师，新人类文化的先驱者，马克西姆·高尔基逝世四周年纪念日（六、一八）来到了。这位享有六十八岁高寿，"在人类两时代的分界线上——资本主义没落与社会主义破晓时期的分界线上，……生活、创造、奋斗，毕生致力于改造世界，整个的生命与布尔什维克相团结"（真理报）的伟大的"工农知识份子的模范"，"无条件的是无产阶级艺术的最伟大的代表者"，他"非常之巩固的用自己的伟大的艺术作品同俄国和全世界的工人运动联系着"，他的"巨大的艺术才能，对于全世界的无产阶级运动已经给了，并且还要给许多益处"（列宁），这益处其实是无穷的，因为他给了我们以指示新人类与新社会之新文化方向的伟大而丰富的社会主义的文化，特别是文学艺术的遗产。

高尔基所代表的世界无产阶级革命的社会主义的文化方向，是今天全世界文化运动的总方向，而中国今日新民主主义的文化运动恰是这一世界的文化运动之一组成部份。新民主主义的文化是世界无产阶级的社会主义文化在中国现阶段历史条件下的具体表现。在中国现阶段资产阶级性的民主革命时期，文化运动及其性质只能是新民主主义的，这就是"以无产阶级□化思想为领导的人民大众反帝反封建的新民主主义或新三民主义"。人民大众（各革命阶级）的"新民主主义或新三民主义的文化"，就是"民族的科学的大众的文化"，"就是中华民族的新文化"，"在今日，就是抗日统一战线的文化"，这种新文化是"反映新政治与新经济的东西"。而新政治与新经济是什么呢？"国体——各革命阶级的联合专政；政体——民主集中制，这就是新民主主义的政治"；"中国的经济，一定要走节制资本与平均地权的路"，"这样的经济就是新民主主义的经济"。这"就是新民主主义共和国，就是抗日统一战线的共和国，就是三大政策的新三民主义共和国"的新政治与新经济。我们的新文化就是"替这新政治与新经济服务的"（上引语均见毛泽东同志新民主主义论）。中国新文化的这一方向，实际上，自"五四"以来就已经是中国的高尔基——鲁迅所走的方向了。"鲁迅的方向就是中华民族新文化的方向"（毛泽东），同时也可以说就是高尔基在中国的方向。这是我们今天的中国的文化运动的总方向。

高尔基以其巨大的天才，致力于无产阶级革命的社会主义的文化建设，特别是社会主义的文艺的创作，他的文艺创作方法是社会主义的现实主义即新现实主义的。这是根据整个社会主义文化方向而规定的文艺创作的方向。这在中国今天，就具体化为新民主主义的现实主义，也就是新三民主义的现实主义，这同样是根据中国现阶段统一战线的文化运动之新民主主义文化的总方向而规定的文艺创作的方向和文艺创作的方法，这个创作方法也必然是以无产阶级□科学思想与革命的世界观——辩证法唯物论为领导的。但是，"中国无产阶级的科学思想能够与中国还有进步性的资产阶级的唯物论与自然科□思想建立反帝反□建反迷信的统一战线"，它只"决不能与任何反动的唯心论建立统一战线"（毛泽东），因此，这一新民主主义或新三民主义的创作方法，必然要成为今日中国一切进步的文艺作家所共同把握的。

在我们晋察冀边区，过去曾经提出了"三民主义的现实主义的创作方法"这一口号，并且边区进步的作家，一致依这一口号而创作。这个三民主义的现实主义，在毛泽东同志新民主主义论发表后的今天说来，显然也就是新三民主义的现实主义，就是新民主主义的现实主义，这是无可争辩的。当时对于三民主义的现实主义的规定，完全符合于中国现阶段统一战线的文化运动之新民主主义文化的总方向的。当时就已经指出过："三民主义的现实主义，是现中国自身所独有的，同时又是新现实主义在中□现阶段的具体运用。三民主义的现实主义是文艺作者统一战线的口号。"（彭真）"我们提出三民主义的现实主义，这正是政治对于文学的要求。"（聂荣臻）而且更指出："三民主义的现实主义的哲学基础，当然，我们是辩证唯物论者，我们是根据辩证唯物论的观点出发的。"（聂荣臻）"三民主义的现实主义的哲学基础……在我□，自然认为三民主义的哲学基础是辩证唯物论，但我们并不强迫别人来肯定的同意这个意见。"（彭真）这也就是说：三民主义的现实主义是以无产阶级的哲学思想为领导的，这就是我们今天所说的新民主主义或新三民主义的现实主义了。这三民主义的现实主义的提出，完全是基于现实的，特别是"晋察冀边区早为三民主义的新中国而斗争的前线……所以边区是三民主义的现实主义文学的最好园地"（彭真），在今天说来，边区也就□新民主主义的现实主义文学的最好园地。全边区进步的作家，今后将更加团结在这一面"新民主主义的现实主义"

的旗帜下，为新中国的光明而生活、创造和奋斗！就像那站在"人类两时代的分界线上"而生活、创造、奋斗的高尔基一样！

（原载一九四〇年六月十七日《抗敌报》第一版社论）

向傅、聂、吕三位领导者致敬

  正当边区春耕运动胜利结束,边区民主宪政运动进一步开展之际;正当边区千百万人民奔腾的涌进从军热潮里的时候,坚持华北抗战与保卫了华北的八路军的领导者之一,八路军野战政治部主任傅钟同志,来到了我们晋察冀边区;而我们边区人民子弟兵的创造者,边区八路军的领导者军区司令员聂荣臻同志,与坚持平原游击战争的冀中区司令员吕正操同志,率领着英勇坚强的边区人民子弟兵挺进支队,也恰在这个时候带着光荣的胜利奏凯归来了。这些胜利与欢喜的错综,不能不使我们边区每一个同胞感到了无限的兴奋。我们谨代表边区千二百万人民向傅钟主任、聂吕二司令员及推进支队全体指战员表示热烈的欢迎和亲切的慰问，并致崇高的民族解放的最敬礼！

傅钟主任是八路军的领导者之一，是华北一万万人民所拥戴的领袖。傅钟主任这次不辞一切艰辛，北来我晋察冀边区，无疑的是有伟大意义的，傅钟主任这次不仅将带给我们八路军在华北所创造的无数大小游击区与抗日根据地的工作经验，更将在我们各方面工作上，给我们宝贵的指示。傅钟主任这次来晋察冀边区，一定将使我们边区与华北其他抗日根据地在今后更紧密的血肉般的联系起来，使华北各抗日根据地更紧密地连成一片，结成一座铁的长城，更有力的打击和粉碎敌人的一切分割阴谋与"扫荡"进攻，更有力的打击投降派顽固派的一切投降阴谋活动，粉碎投降派顽固派配合敌人武装进攻共产党、八路军、抗日根据地及一切进步力量的企图和罪恶行为；而这一坚持华北抗战的铁的长城的更加巩固，无疑的也就将更迅速的促使反攻阶段的到来，在全国反攻的战场上，华北的这座铁长城，也就必然的是冲破敌人最后阵营和压碎敌人的第一辆坦克车。这就是欢迎傅钟主任来到边区的伟大意义；而欢迎傅钟主任，我们全体人民的任务，也就是更加千百倍的爱护与巩固我们晋察冀边区这一模范抗日根据地，更高度的加强与其他抗日根据地的联系。

聂吕二司令员率领边区人民子弟兵的挺进支队打击投降派、粉碎敌寇在晋东南"扫荡"的远征的胜利归来，充分的说明了边区人民子弟兵，不但是继承了苦战于国防第一线的八路军的艰苦奋斗、英勇牺牲的革命的光荣传统，而且是高度的发扬了边区人民忠诚于祖国民族解放事业的无限英勇、坚毅的伟大的精神；并在华北各个角落扩大了边区人民子弟兵光荣的影响，这也就充分说明了边区人民子弟兵的领导者聂司令员与吕司令员的运筹帷幄，与英明的正确的领导与指挥。我们欢迎他们胜利的奏凯归来，我们更应当认识到这次胜利，是由于他们有中国共产党的领导，他们是中华民族优秀的子孙。

边区的父老兄弟姐妹，一路箪食壶浆，络绎不绝的对边区人民子弟兵与子弟兵的领导者的欢迎与慰劳,更加充分的表示了边区人民对子弟兵及其领导者的爱护与拥戴,更加充分的表示了边区人民与子弟兵及其领导者的血肉关系。因为边区人民很清楚的知道,保卫边区、保护了他们自己的利益与生命财产的是他们自己的子弟兵与子弟兵的领导者。因此,我们欢迎聂吕二司令员及挺进支队的胜利归来,我们要更加爱护我们的子弟兵,更加壮大边区人民的子弟兵,更加紧子弟兵的锻炼,使他更加坚强与壮大起来,成为一支无坚不摧无攻不克的八路军的模范兵团;同时全边区的人民更要热烈的拥护边区人民子弟兵的创造者与领导者聂司令员、坚持冀中平原游击战争的吕司令员,在这些英明的领袖的号召与领导下,去迎接不断的新的胜利!

　　边区的从军热潮还正汹涌,边区的民主宪政运动也正在进一步的深入的开展,我们欢迎傅钟主任来到边区,欢迎聂吕二司令员及挺进支队的胜利归来,要使我们的从军热潮更加高涨,光荣的加倍的完成我们的任务;要使民主宪政运动更广泛的更深入的开展,使边区每个人都参加到宪政运动里来。这些是巩固边区,巩固模范抗日根据地,加强与其他根据地的联系,坚持华北抗战,粉碎敌寇汉奸投降派顽固派的一切阴谋活动□进攻的有力保证和具体任务,也就是欢迎傅钟主任与聂吕二司令员及挺进支队的最好礼物!

(原载一九四〇年六月十九日《抗敌报》第一版社论)

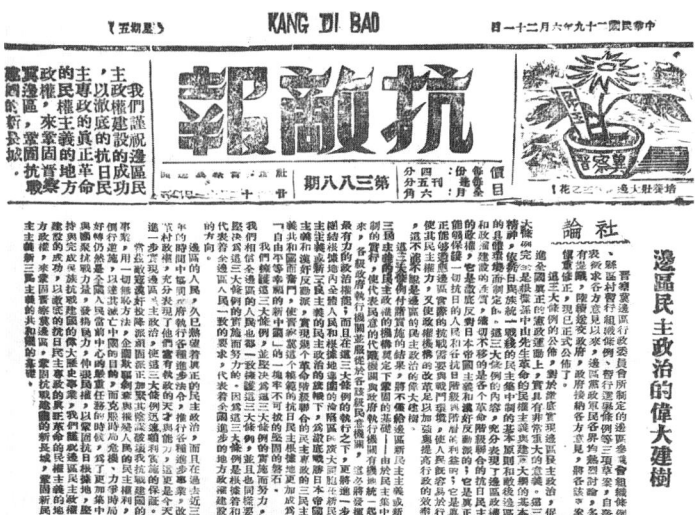

边区民主政治的伟大建树

　　晋察冀边区行政委员会所制定的边区参议会组织条例、县区村暂行组织条例、暂行选举条例等三项草案，自发表征求各方意见以来，边区党政军民各界均热烈讨论，多有提议，陆续送交政府，政府接纳各方意见，将各该草案慎重修正，现已正式公布了。

　　这三大条例的公布，对于澈底实现边区民主政治，促进全国真正的宪政运动上，实具有非常重大的意义。这三大条例完全是根据孙中山先生革命的民权主义与建国大纲的基本精神，依抗日民族统一战线的民主集中制的基本原则和敌后边区的具体环境而制定的。这三大条例的内容，充分表现了边区政权和政权建设的性质，确切不移的是各个革命阶级联合的抗日民主的政权，它是澈底反对日本帝国主义和汉奸反动派的；它是真正能够保护一切抗日的人民和各抗日阶级与阶层的利益的；它是真正能够适应边区实际的抗战需要与战斗环境，使人民既容易于行使其民主权力，又使政权机构的改革足以加强与提高行政的效率，这不能不说是边区的民主政治的伟大建树。

这三大条例付诸实施的结果，将不仅给边区新民主主义或新三民主义的民主政权的机构奠定下巩固的基础——由于民主集中制的实行，使代表民意的代□机关与政府执行机关有机地统一起来，各级政府执行机关并服从于各该级民意机关，这必将发挥最有力的政治权能；而且在这三大条例的执行之下，更将进一步团结根据地内全体人民和根据地周围的沦陷区的广大同胞在新民主主义或新三民主义的民主政治的旗帜下，为澈底战胜日本帝国主义和汉奸反动派，实现几个革命阶级联合的民主专政的三民主义共和国而奋斗，使晋察冀这个模范的抗日民主根据地更加成为"自由平等幸福的新中国"的一块牢不可拔的坚固的磐石。

我们拥护这三大条例，并坚决为这三大条例的实施而努力，我们相信全边区的人民也都一致拥护这三大条例，并且也同样要坚决为这三大条例的实施而努力的。因为这三大条例是根据着和代表着全边区人民一致的要求，代表着全国进步的地方政权建设的方向。

边区的人民，久已热望着真正的民主政治，而且在过去近三年的时间中协同政府执行各种进步法令，推行各种进步事业，改革村政权，充分表现了他们富有执政的天才与能力，这更是今天进一步实现边区民主政治，使这三大条例迅速顺利实施的保证。

当兹敌寇汉奸投降派顽固派正加紧其阴谋破坏我抗战建国的事业，用一切无耻方法，企图欺骗剥夺与摧残人民的民主权利，倒行逆施，以达其灭亡中国的目的，而克服时局危机、力争时局好转仍然是全国人民当前中心的严重任务的时候，为了更加集中与团聚抗战力量，发扬民力，伸张民权，以巩固抗日根据地,坚持与完成民族抗战建国的伟大历史事业,我们谨祝边区民主政权建设的成功,以澈底的抗日民主专政的真正革命的民权主义的地方政权,来巩固晋察冀边区,巩固抗战建国的新长城,巩固新民主主义新三民主义的共和国的基础。

(原载一九四〇年六月二十一日《抗敌报》第一版社论)

论边区参议会与县区村暂行组织条例

边区政府最近公布的边区参议会及县、区、村暂行组织条例,是晋察冀边区党政军及一千五百万人民□年来艰苦斗争的伟大创造,是坚持敌后持久抗战的战斗成果和必要的设施。这在当前抗战严重形势下,它对于克服投降、分裂、倒退危险,争取时局好转,促进全国实施真正民主□政,是有重大的政治意义。

边区各级政权组织法,是孙中山先生光辉的革命民权主义和新民主主义的具体实现的步骤。它将在敌后广大地区,奠定革命的三民主义共和国的巩固磐石。这一代表全国要求的民主的政治机构的组织法,它将无情的揭破那种假宪政之名,保持与扩大"一党专政"反动企图的真面目;

它将严厉地打击那些投降派、顽固派、反共派对晋察冀边区、对共产党、八路军,对边区抗日民主政权的造谣污蔑;它将是促进全国改革政治机关与实施真正民主宪政的有力武器。

边区各级政权组织法,是边区党政军民抗战建国胜利的信号和指标,它与敌寇汉奸血腥的法西斯统治尖□对立,它无情地揭露汪逆精卫伪"民主宪政"及一切汉奸卖国贼欺骗宣传的丑恶的原形,它是政治上组织上摧毁敌伪汉奸政权、团结沦陷区广大人心的有力武器。

最后,边区各级政权组织法,真正代表了各抗日阶级、阶层、党派、民族的要求和利益,最明显不过地确定了边区政权是各革命阶级联合专政的民主政权,最透澈不过地实现了政府与人民精神上政治上的一致,它将要成为巩固与扩大边区抗日民族统一战线、加强边区内部团结、巩固边区根据地的有力武器。

这一民主的政治机构的组织法,到底有什么特点呢?换言之,边区政府最近公布的各级政权组织法,到底怎样完满地在敌后抗战形势下,实行了孙中山先生民权主义的革命学说呢?

第一,它具体地给予人民并保证人民选举、罢免、创制、复决四权的实际享有和实行,保证了一切抗口进步人民最广泛的民主权利。

第二,它的组织原则是民主集中制,"只有民主集中制的政府,才能充分的发挥一切革命人民的意志,也才能最有力量的反对革命的敌人。"(毛泽东同志)

第三,它建设了全权的民意机关,实行人民监政,实现孙中山先生"还政于民"的伟大理想,保证了广大民意的伸张与实现,使边区政权,真正成为"非少数人所得而私"的抗日人民利益之澈底代表者。

第四,它实现了立法与行政的统一与分工,一方面,使民意机关不是装饰资产阶级专政的、虚伪的、狭隘的、骗人的民意机关,一方面又提高行政效能,加强行政工作的组织性与纪律性。

这样的各级政权的组织法，就保证了晋察冀边区成为实现新民主主义政治的模范，使敌后模范根据地的晋察冀边区成为坚持与推动全国抗战、团结、进步的旗帜。

全边区人民应热烈讨论、研究、响应和拥护边区政府最近公布的各级政权组织法，一致动员起来，开展全边区的新的民主建设运动，为争取此次深入广阔的、具有严重的政治意义的民主建设运动之完全胜利而斗争！

这是晋察冀边区伟大创造力的表现，这也是晋察冀边区献给抗战三周年的最光荣的礼物！

（原载一九四○年六月二十五日《抗敌报》第一版社论）

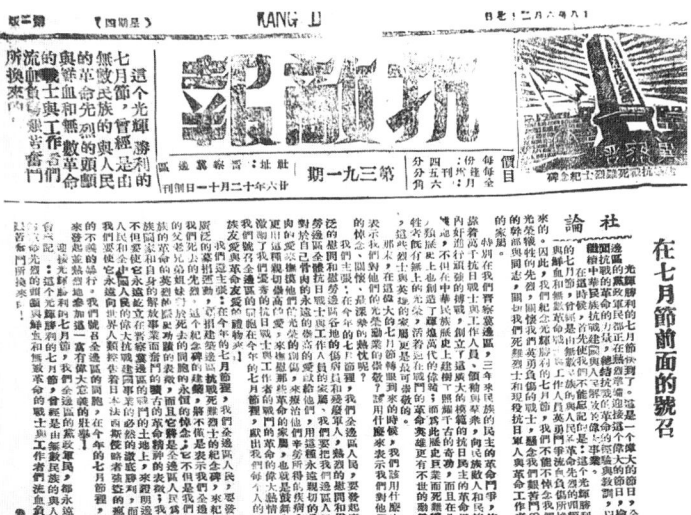

在七月节前面的号召

　　光辉胜利的七月节快到了。这是一个伟大的节日,全边区的党政军民都正在热烈准备迎接这个伟大的节日,检阅抗战的革命的力量,总结抗战的革命的经验与教训,以继续中华民族抗战建国与人民解放的伟大事业。

　　在这时候,首先使我们不能忘记的是:这个光辉胜利的七月节,曾经是由无数民族的与人民的革命先烈的头颅与鲜血和无数革命战士与工作人员英勇斗争流血负伤所换来的。因此,我们纪念光辉胜利的七月节,我们不能不悼念我们光荣牺牲的先烈,关怀我们英勇负伤的战士,思念我们艰苦斗争的干部与同志,关切我们死难烈士和现役抗日军人与革命工作者的家属。

特别在我们晋察冀边区，三年来民族的民主的革命斗争，依靠着万千抗日战士与工作人员、领袖与群众，向民族敌人和民族内奸进行顽强的搏战，创立了这广大的模范的抗日民主的革命根据地，不但在中华民族历史上建树了照耀千古的奇功，而且在全人类历史上也创造了辉煌万代的伟迹；而为此历史巨业而死难牺牲者既有无上的光荣，活着还在战斗的革命英雄更有不世的勋劳，这些烈士与英雄的家属更是最可崇敬的。

那末，在这伟大的七月节转眼到来的时候，我们该用什么来表示我们对他们的光荣勋业的崇敬？该用什么来表示我们对他们的悼念、关怀、最深挚的热忱呢？

我们主张：在今年的七月节里，我们全边区人民，要发起广泛的慰问和慰劳边区各地的伤病员和残废军人，热烈的慰问和慰劳边区全体抗日战士与工作人员的家属、我们要把我们边区人民对于自己骨肉的永远的崇高的爱献给他们，用这种永远亲切的骨肉的爱来抚摸他们的光荣的创伤，来疗治他们辛劳所得的疾病；更用这种亲切崇高的爱，来抚慰那些革命的家属，也就是鼓舞和激励了我们优秀的抗日战士与工作者的战斗的革命的伟大热情。我们号召全边区的同胞在今年的七月节里，献出我们每个人的民族友爱与革命友爱的礼物来！

我们还主张：在今年的七月节里，我们全边区人民，要发起广泛的募捐运动，募捐建筑边区抗战死难烈士的纪念碑，来纪念我们死去的先烈，这个纪念碑的建筑，将不仅是表示我们全边区的父老兄弟姐妹对于死去的同胞的永恒的悼念；它不但是我们民族的革命的英烈的历史功绩的表征，而且它将是全边区人民为民族国家和自身的解放事业而奋斗的旷古的革命精神的表征；我们不但要使它永远屹立在晋察冀边区的战斗的土地上，来证明边区人民和全中国人民的伟大抗战建国事业的必然的澈底胜利，而且我们要使它永远向世界人类控告着日本法西斯侵略者强盗的疯狂的不义的暴行。我们号召全边区的同胞，在今年的七月节里，都来发起并热烈地参加这一富有伟大意义的壮举!

　　迎接光辉胜利的七月节,我们全边区的党政军民,都永远不会忘记:这个光辉胜利的七月节,曾经是由无数民族的与人民的革命先烈的头颅与鲜血与无数革命的战士与工作者们流血负伤艰苦奋斗所换来的!

　　　　　　(原载一九四〇年六月二十七日《抗敌报》第一版社论)

边区农会第三次代表大会的成功

边区农会第三次代表大会已经胜利的闭幕，总结了自二次代表大会到□次代表大会一年来的工作经验，并针对着目前抗战的严重形势，提出了进一步的深入动员，组织和教育广大农民群众的艰苦而光荣的任务。这是代表大会重大的收获和成功，同时也是构成进一步巩固边区、坚持敌后抗战与建设新民主主义共和国的一个重要因素。

大会指出了边区农会一年来艰苦奋斗的成绩，首先表现在农会工作已深入下层，深入村庄，代表着广大农民群众的利益和要求，适当的改善了民生，大大的提高了广大群众参加村选、参加生产及各种动员工作的积极性。农会本身组织进一步的巩固起来了，会员的质量提高了，干部加强了，此次到会代表，大部份为当地农民群众中生长出来的，与当地农民血肉相联的农民领袖，这就是证明边区农会已在广大的农民群众中生了根，真正成为广大农民群众自己的组织。

由于农会工作的深入，代表大会提出了在农会内更进一步深入开展民族统一战线的问题，纠正了过去某些地方的农会不吸收富农加入的错误，以团结全体农□到抗战和民主方面□；同时，以农会为农村团结的核心，巩固和扩大农村统一战线，进一步吸收广大农民群众到农会里面来，并团结一切抗日的地主和开明士绅，共同为抗战建国服务，坚决打击破坏农村团结的顽固派投降派反共派特务份子。

大会特别指出边区农运中的五大作风，即艰苦的、英勇的、民主的、群众化的、贯澈到底的优秀作风，是边区农运开展的先决条件，并继续号召全边区农运干部和农会会员发扬光大这种优良传统。同时，更尖锐的提出农会的干部特别要发扬大众的民主主义的作风，澈底肃清个别地区和某些工作人员在执行工作的时候所采取的某些强迫命令的方式。

在胜利的完成了第三次代表大会以后，边区农会怎样来执行它的任务呢？

一、必须切实执行边区政府法令和敌后抗日根据地的各种统一战线的政策，克服某些地区个别的"左"的行动，坚决反对敌探汉奸顽固份子的挑拨离间，为继续巩固和扩大抗日民族统一战线而斗争。

二、进一步组织边区全体农民，深入的进行对广大农民的教育，以进一步提高其觉悟程度，启发其高度的、普遍的坚持抗战，团结进步的积极性。在全边区范围内，进行深入的、充实的、群众自己的群众工作，健全村的堡垒作用，努力克服工作发展的不平衡现象，把农会工作，深入到敌占区和游击区中去。

三、加强农民民主民生的教育，提高农民的政权中和在生产战线上的地位，继续巩固与发展群众的优势，进一步的巩固边区这一抗日民主的模范根据地！

四、动员全体农会会员，与工人青年妇女密切配合，步调一致的积极参加当前边区的新的民主建设运动，为促进全国真正的民主宪政与实现全国新民主主义的政治而斗争。

边区农会依靠着□厚的组织基础，依靠着全边区农运干部的优良作风与奋斗不懈的精神，依靠着这两年来边区农运顺利开展的宝贵经验，一定能够顺利地完成这些任务！

（原载一九四〇年六月二十九日《抗敌报》第一版社论）

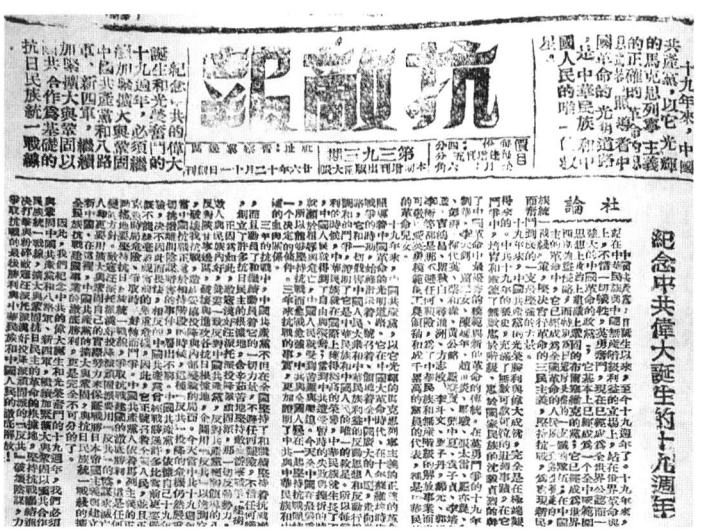

纪念中共伟大诞生的十九周年

中国共产党□□诞生以来，至今十九周年了。十九年来，中共始终一贯地站在中华民族与中国无产阶级利益的立场上，站在世界革命与人类解放的立场上，不惜一切牺牲，英勇奋斗，现在已经成为全世界公认而一致赞许的先进的强大的中国革命的政党；它基本上已经成为一个全中国范围的广大群众性的思想上政治上组织上巩固的布尔塞维克的党；它已经成为世界上最坚决反对法西斯强盗侵略；而特别为日寇所畏惧的一支铁的队伍；在中国现阶段民族的民主的革命中，它已经成为全国革命的人民所一致热烈拥护的，坚决执行抗日民族统一战线政策，坚决实行革命的三民主义，坚持抗战，为实现新民主主义的共和国而奋斗到底的一支最坚强的力量。

十九年来，中国共产党的光荣胜利与伟大成就，完全是在极端艰难困苦的斗争中得来的。中共十九年的历史，充满了无数可歌可泣的壮烈事迹，在它不屈不挠的长期斗争中，培育和锻炼了无数忠于阶级、忠于国家民族的沈毅贞烈的干部与党员，创造了中国革命中最优秀的模范与新的革命的传统。在英勇斗争的十九年中，如顾正红、刘华、李大钊、萧楚女、陈延年、赵世炎、马骏、张太雷、罗亦农、向擎宇、苏兆征、彭湃、恽代英、蔡和森、黄公略、罗登贤、邓中夏、袁子贞、李培良、李季达、殷□、吉鸿昌、瞿秋白、寻淮洲、方志敏、李斗文、刘子丹、郝光、郭雄一、周建屏、李衡等都是那不避任何艰险，为了中华民族和无产阶级的解放事业而光荣牺牲的无数可敬可爱英勇模范的工农领袖和成千累万的党员的代表，都是中华民族最优秀的模范的革命儿女。

十九年来，中国共产党，以它光辉的马克思列宁主义的正确的革命的思想武器，照导着中国革命的光明道路。它在中国大革命时代、在十年苏维埃时代和在目前抗日战争的时期，始终指示着、号召着、领导着全中国广大的人民，走向光明的胜利的道路，它和一切戕害中国人民大众和中华民族利益的反动思想和反动行为□最残酷的不调和的斗争，证明了它是中华民族和中国人民的唯一的救星。所以每当中共发展与胜利的时候，中华民族就在国际上获得极高的荣誉，中华民族就生长了不可战胜的伟力，中国人民就得到了自由与振奋；当到中共遭受暂时的失败与挫折的时候，中华民族就濒于屈辱与危亡，中国人民就受到苦难与压迫。今天全中国在最严重的民族危机中，所以能够坚持抗战而愈战愈强，中共与全国人民在一起坚持抗战团结进步的方针是一个决定的条件。三年来抗战的事实，更加证明了中共与中华民族和中国人民不能分离的血肉关系。

三年的抗战中，中国共产党不但在全国坚持了和继续坚持着抗战团结进步的方针，而且动员了和继续动员着它的一切力量，不避任何艰险，不惜任何牺牲，深入敌后，创立了许多抗日民主的根据地，含辛茹苦地坚持敌后游击战争，建树了伟大的功绩。

正因为如此，敌寇汉奸汪派托派投降派顽固派，那一切反动势力，那一切民族民□人与民族内奸，就要一致反对中国共产党，反对共产党绝对领导的八路军新四军，反对陕甘宁边区，破坏与进攻各抗日根据地，企图用"反共"以达到它们分裂我民族，破坏我抗战，造成妥协投降与内部残杀的局面。今天当中共十九周年纪念的时候，当中国抗战正处于相持阶段的时候，这种"反共"投降的危机仍然严重的存在着，一切挑拨离间阴谋暗害的事件，层出不穷。中国共产党，依据自己十九年血的斗争的经验，决不因此而畏怯，相反的中国共产党曾经战胜过许多比当前更要严重的困难，它既不能丝毫忍视当前的严重危机，因此，它正号召着全国人民，并且正竭尽其全力为克服时局危险、争取时□好转而斗争。中国共产党人依着马列主义的正确观点，毫无动摇地要坚持抗日民族统一战线，争取抗战建国的澈底胜利，这是任何横逆所不能改变的方针。敌寇汪派托派汉奸投降派顽固派要用"反共"的阴谋来灭亡中国，共产党人却更要用扩大与巩固自己的实际努力来保证战胜日本帝国主义与建立新三民主义的新中国。在这里，中国共产党的扩大与巩固，与抗日民族统一战线的扩大与巩固，与全民族抗战建国事业的澈底胜利，更是完全不可分的了。

因此，我们纪念中共的伟大诞生和光荣奋斗的十九周年，我们必须继续加紧扩大与巩固中国共产党和八路军、新四军，继续加紧扩大与巩固以国共合作为基础的抗日民族统一战线，扩大与巩固抗日民主的革命的根据地，坚持抗战团结进步的方针，坚决打击与粉碎敌寇汪派托派汉奸投降派顽固派的"反共"破坏阴谋，力争时局好转，争取抗战的最后胜利与中华民族和中国人民的澈底解放！

（原载一九四〇年七月一日《抗敌报》第一版社论）

冀中第二次春季反"扫荡"的胜利

敌人对冀中第二次的春季"扫荡"和我们的反"扫荡",从四月十日开始,到五月三十一日结束,这个战役,一共进行了五十多天。在这五十多天里面,在艰苦的斗争之中,在我冀中军队、政权,与广大群众底一致努力奋斗之下,在我边区部队不断的驰援和策应之下,我们终于胜利地坚持了冀中平原的游击战争,而粉碎了敌人今年春季对冀中第二次的"扫荡"。

这次敌人对冀中的"扫荡",是全面的分四个区域同时进行的。在这五十天里面,战斗的频繁,战争的残酷性,在敌人对冀中的"扫荡"中是空前的。敌人基于他过去的经验,采取了许多新的办法来"扫荡"冀中平原的游击战争。

这次，在军事上，敌人组织了"'扫荡'队"，严密的划分了"扫荡"地区；在"'扫荡'队"与"守备队"之间明确的进行了分工与配合，增加了许多据点和临时的游动的据点，并封锁了主要的交通线和河流，以切断和缩小我周旋地区。在政治上，敌人组织了许多地方的伪政权，加强了他们与敌占城市中的联系，采取了各种办法来摧毁我们的群众组织和政权机关，加紧宣传汪逆的伪中央。在经济上，敌人用了各种办法来破坏乡村中的集市，打击我在乡村中的重要经济中心，建立与恢复敌人据点中的集市，企图以敌人的据点来控制我广大农村的经济。但是，敌人在军事上、政治上、经济上的一切阴谋企图，敌人以四万余大军在冀中所展开的四个区域同时进行的全面的"扫荡"，终于被我们胜利地粉碎了。

在这五十天中间，残酷的战斗在各地进行着。在大青河北、固安、霸县、雄县、永清一带，战斗共二十三次；唐河□龙河流域，高阳、博野、蠡县一带，战斗共十二次；子牙河流域，河间、献县、任邱一带，战斗共计二十三次，深泽、武乡、饶阳、安平一带，战斗共计二十二次，澄阳河流域，战斗共达十一次。在这九十一次大小战斗中，我们在军事上收获了很大的战果：毙伤敌伪三千三百六十一名，俘虏敌伪六十三名，缴获平射炮一门，轻重机枪五挺，步枪一百九十八枝，子弹一万五千发，炮弹一百六十四发，和许多其他的军用品。这五十天的斗争，使敌人不得不结束了他的"扫荡"，使敌人不得不从他新建立的据点中退出，使许多敌兵力较弱的据点为我克复。总结这五十天来"扫荡"与反"扫荡"中，除了焚掠、破坏与屠杀所给予我们的困难外，敌人是没有取得任何收获的。

无疑的，冀中这一次反"扫荡"的胜利，在军事上、政治上、经济上都具有异常伟大的意义。

首先，冀中是晋察冀边区的广大平原，是晋察冀边区坚持抗战所必需的人力物力财力最丰富的地区，冀中平原游击战争的坚持，对于整个晋察冀边区，无论在军事上、政治上、经济上，都具有异常重大的意义。在这一次反"扫荡"中间，更加明显地证明我们已经有充分的力量来迎接和粉碎敌人对冀中平原的任何残酷的"扫荡"，我们能够坚持冀中平原的游击战争。这次伟大的胜利，大大的提高了我边区广大军民对在相持阶段中敌人对敌后加紧"扫荡"情况下，坚持平原游击战争的信心。

第二，冀中反"扫荡"的胜利，粉碎了敌人"由北而南，由东而西，由平原而山地"的"扫荡"计划。按照敌人的计划，他是企图先"扫荡"冀中和控制广大冀中平原，再进而控制冀南平原，然后西进而"扫荡"晋察冀与晋东南的山岳地带，这是敌人"扫荡"华北游击战争的步骤，但是这个步骤首先在冀中就被粉碎了。在冀中五十天的"扫荡"与反"扫荡"中，敌人没有得到任何的收获，反而受到了相当重大的损失。敌人控制冀中进□冀南的计划，只不过变成了无益的梦想。

第三，冀中这次反"扫荡"的胜利，保卫了今年冀中的麦收。今年冀中的麦收的胜利完成，保卫麦收的战争的胜利，是今年全边区军民粮食供给的有力保证。

第四，冀中这次反"扫荡"的胜利，说明了这是全冀中军政民一致动员和平汉路西山地部队与冀中部队密切配合策应的成果。冀中在军政民的密切配合之下，展开了广泛的交通战，进行了游击队游击小组在作战上与正规部队密切的协同，政权和群众团体在极端残酷的环境之下坚持了工作，以及路西的部队，能够进行了有力的配合和策应，这都是使得冀中这一次反"扫荡"的取得胜利的异常重要的因素。这些优点，必须坚持与发展下去，并在今年继续不断的胜利中间，更加发扬光大起来。

（原载一九四〇年七月三日《抗敌报》第一版社论）

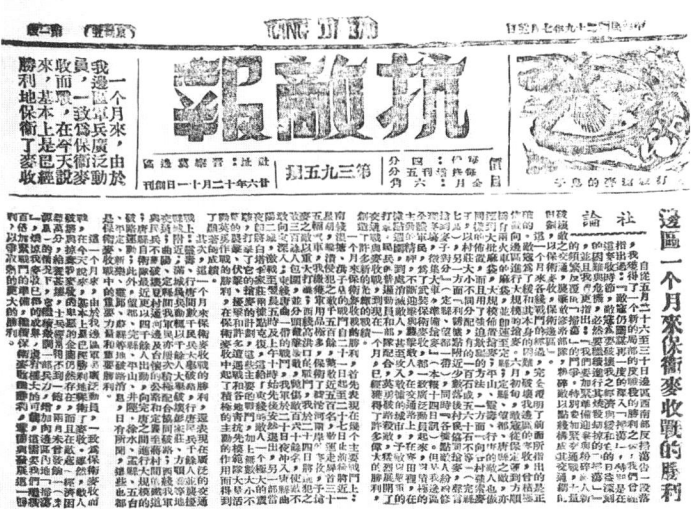

边区一个月来保卫麦收战的胜利

自从五月二十六至三十日边区西南部反"扫荡"告一段落,我获得了一个新的局部的反战役的胜利之后,我们曾经指出过:"敌寇仍图谋再一度的深入'扫荡',特别是在这麦收时节,敌寇为要破坏我之经济与缓和它的日益深刻的困难与危机,必然要继续进行其烧杀劫掠的'扫荡'",并且我□更指出:"我们要加紧准备迎击与粉碎敌人新的频繁反覆的'扫荡'的斗争,特别要加紧交通战,大量破坏敌之交通,袭击敌修路部队,粉碎敌以点线构成其交通网的计划,以保卫麦收,保卫边区"。

这一个月来各线战斗的经过,完全证明了前面所指出的是正确的。敌寇为了缓和其本身的困难,破坏我边区的麦收，曾积极布置向边区进行大规模的抢麦。六月初旬，敌寇从保定运到方顺桥有两火车的麻袋，并即运至完县；定县、望都、唐县之敌，亦运到大批麻袋，大规模布置抢麦；平山、灵寿、行唐的敌人也做同样的布置，而且用了强迫欺骗的方法，一方面"向各村强索麦子，以村庄大小不同分配，有的一百石或五六十石不等"（完县七区），另一方面"利诱据点附近少数落后村民协同抢麦，声言抢到麦子对分"（定县、望都一带），同时"各据点敌人纷纷修理麦场，征集大车，准备抢麦"（本报十四日讯）。但是我边区全体军民，为了武装保卫麦收，都一致广泛动员起来，以积极的主动的精神，不断迎击与袭击敌人，在交通路上，在麦田里，在据点周围，到处消灭敌人，甚至攻入敌据的城市，予敌以严重的打击，民兵的普遍动员和部队配合，英勇破路杀敌，猛烈展开了交通站与麦收战，到现在一个月，已经获得了许多伟大的胜利，创造了许多新的光辉的战绩。

一个月来保卫麦收战的胜利，首先表现在几个主要战斗上：南线湿塘、洪子店的战斗自二十一日起至二十七日止前后将近一星期，击溃侵犯之敌千五百余，毙敌近五百名，敌运走首三十五辆汽车，我缴获军用品极多，保卫了滹沱河两岸的麦收，予抢麦之敌以重大打击；西线高洪口的战斗，我于二十四日将进犯之敌三百余人包围，并分头截击援敌，毙伤敌百六十余名，使敌不敢向东深入；东线唐曲一带的战斗，我军于二十日夜冲入唐县曲阳二城，激战至翌晨五时及上午十时始先后安然退出，另一部当夜即将白塔李家庄两据点克复，这给了东线的敌人一个极大的震骇，打击了它的抢麦的计划，这些主要的战斗，加上无数大小不□的袭击、伏击、扰袭和许多遭遇战和各地青抗先模范队大量活动英勇作战的胜利，在保卫麦收中起了积极的主动的作用而得到了显著的成绩。

其次，这一个月来保卫麦收战的胜利，还表现在广泛的交通战上：灵寿、行唐间数千民兵大举破路，行唐民兵千余人并袭扰县城附近；满城民兵动辄以千余人大举破坏彭家庄、方顺桥等地交通；曲阳、定县间我军民亦屡次积极配合协同破路；西线我军与民兵不□破坏豆村通河边及台怀的公路和定襄至蒋村间的铁道；唐县自卫队最近更以四千余人出动，向完唐之间进行大规模的破路运动；此外，望都、完县、平山、井陉、徐水、盂县、五台、平定、新乐、灵邱、蔚县等地破路消息，日有所闻，这些也都是保卫麦收战中的重要力量和重要胜利。

这一个月来，由于我边区军民广泛动员，一致为保卫麦收而战，在今天说来，基本上是已经胜利地保卫了麦收。虽然，敌人破坏与掠夺我麦收的卑恶的企图仍然存在，而且在敌寇"经济困难万分，给养甚坏，士兵经常得不到一饱，两月未曾发饷"（涞源□）的情况下，它继续□调一部兵力，增加向边区内地"扫荡"，烧掠我麦收已得的成果，还有极大的可能，这需要我们继续百倍加紧战斗的准备，继续保卫麦收的胜利，巩固与发展这一胜利，以争取新的更大的胜利。

（原载一九四〇年七月五日《抗敌报》第一版社论）

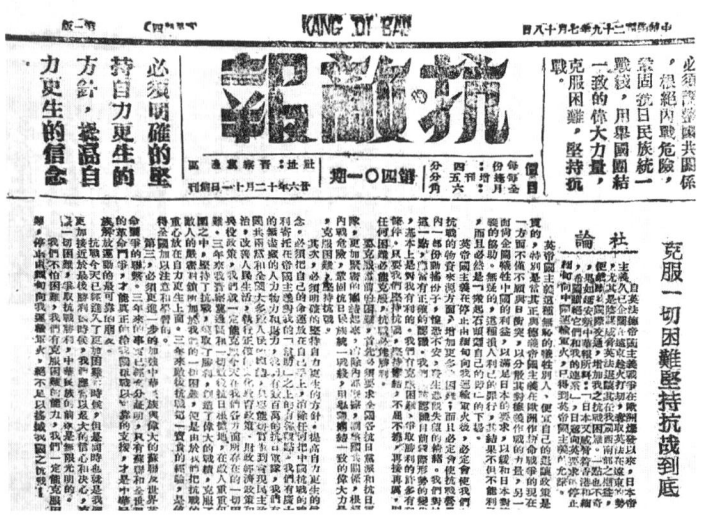

克服一切困难坚持抗战到底

自英法德帝国主义战争在欧洲爆发以来，日本帝国主义久已企图在远东趁火打劫，夺取英法在远东的势力，尤其是阴谋威胁英法退让其在我国西南部之权益，以便□□国际交通，增加我之抗战困难。一点也不奇突，果如延安新中华报所料："日本又威胁着香港和缅甸，希图断绝它们和我的连系"，日寇向英要求的停止由缅甸向中国运输军火，已得到英帝国主义的允诺。

英帝国主义这种无耻的牺牲别人、便宜自己的退让政策是一贯的，特别是当其正与德义帝国主义在欧洲作拼命战争的现在，一方面不仅不愿与日冲突，以分散其对德义作战的力量，另一方面尚企图牺牲中国的利益，以满足日本的要求，以缓和日本对德义的协助。无疑的，这种损人利己的罪行，其结果不但不能利己，而且必然是"搬起石头砸自己的脚"的下场。

英帝国主义在停止由缅甸向我运输军火后，必定会使我们在抗战的物资来源方面，增加更多地困难；而且必定会使抗战营垒内一部份动摇份子，惶恐不安，发生悲观失望的情绪。我们对于这一点，应当有正确的认识。我们应该认识目前国际形势的变化，基本上是对我有利的。我们有克服困难、争取胜利的许多有利条件。只要我们坚持抗战，坚持团结，不屈不挠，再接再厉，则任何困难必能克服，抗战必能胜利。

要克服当前的困难，首先必须要求全国各抗日党派和抗日军队，更加紧密的团结起来，消除内部摩擦，调整国共关系，根绝内战危险，巩固抗日民族统一战线，用举国团结一致的伟大力量，克服困难，坚持抗战。

其次，必须明确的坚持自力更生的方针，提高自力更生的信念。必须把自己的命运放在自己手上，消除任何把中国抗战的胜利寄托在帝国主义对我的"帮助"之上的有害观点。我们有广大的无尽藏的人力物力和财力，我们有数百万的抗日军队，我们有国共两党和全国大多数人民的团结，是要能切实到实现民主政治，改善人民生活，执行正确的文化教育政策，财政经济政策和兵役政策，我们就一定能克服今天在我们各方面所存在的一切困难。三年来我晋察冀边区和一切敌后抗日根据地，在敌人重重包围之中，坚持了抗战，获取了胜利，创造了伟大的战绩，克服了敌人的严密封锁所加于我们的一切困难，便是由于我们把抗战的重心放在自力更生上面。三年来敌后抗战这一宝贵的经验，是值得全国加以注意和学习的。

第三，必须更进一步的加强中华民族与伟大的苏联反世界革命斗争的联系。三年来的事实已经充分证明，只有苏联和全世界的革命斗争，才能真正的给我国抗战以可靠的支援，才是中华民族解放运动的最可靠的朋友。

抗战今天已经进入了更加困难的时候，但是同时也就是我们更加接近于最后胜利的时候，我们应当以最大的信心和决心，克服一切困难，争取抗战胜利，中华民族的前途是无限光明的。

我们不怕困难，我们有克服困难的能力，我们一定能克服困难，停止由缅甸向我运输军火，绝不足以摇撼我国之抗战！

（原载一九四〇年七月十八日《抗敌报》第一版社论）

为胜利的完成区选而奋斗

当兹更加严重的投降危险与更加严重的抗战困难到来的今天，我边区在敌后的处境，必将更加艰苦与更加残酷，我们必须在边区今日团结进步与胜利的基础和条件上，更进一步的力求团结进步，以克服当前的危险与困难。而进一步实现边区民主政治，这是促进边区以至全国的团结进步的重要条件；因而目前在边区各地普遍展开的各级政权的民主选举运动，是具有极其重大的意义的。尤其是即将首先举行的区级政权之选举，对于边区整个民主政治的建设上，更具有异常重要的意义。因为：

第一，区级政权是边区政权的下层基础和对已经进一步民主化了的村级政权的直接领导机关，必须使区级政权远到真正坚实健全的地步，才能为边区政权奠定坚强巩固的下层堡垒。

第二，在进行区级政权选举中之一切关于民主运动的宣传、教育、组织等各方面的工作成绩，即是继续举行边区及县级政权选举运动的工作基础。

第三，在区级政权选举运动中之一切经验、教训、创造、心得提供边区及县级政权选举工作以最丰富最珍贵的宝库。

区级政权的选举运动是异常伟大的，区级政权的选举工作是十分重要的，全边区党政军民各界，应□□斗的动员起来，为胜利的完成这一光荣重大的任务而斗争。际兹伟大重要的事业即将开始之时，我们愿贡献如下几点应该注意的事项，作为参考：

一、必须坚决端正的执行普遍、平等、直接、无记名投票的民主选举制，反对任何对于选民资格之曲解、误解，坚决端正的执行边区政府颁布的边区暂行选举条例第二章关于选民资格之规定。必须清楚认识边区政权是抗日民族统一战线的政权，是真正实现民权主义的政权。

二、除边区暂行选举条例第二章第四条规定停止选举权及被选举权者外，无论何人，只要不投降、不反共，均可参加政权工作。应团结□帮助各抗日党派及无党无派的各界人士，参加区级政权工作，必须反对一切有害于统一战线的狭隘思想。

三、对于一切破坏捣乱区级政权选举的反共份子，顽固份子、分裂分子、特务分子，必须从政治上动员群众自觉的公开的给以无情的打击，在群众中公布其捣乱破坏的真凭实据，以教育团结广大群众，要使这些份子不致于混进区级政权里面来。同时必须提高政治警觉性，预防日寇汉奸敌探对于我们区选的袭击与破坏，——特别是在敌占区和游击区。

四、广泛热烈的开展区选运动，推动与帮助各候选人提出自己的参选纲领，利用各种会议、刊物以及其他方法进行区选运动，使群众在各种不同的纲领中，可以选择谁是最忠实于人民、国家、民族者，谁有治国卫国的天才。同时，这种区选纲领便是对于选举他的选民们的政治诺言，选民们将要根据这个区选纲领之是否真正付诸实行，以监督与罢免他们的当选人。

五、耐心的、坚毅的、广泛深入的在区选运动中，对广大选民进行民主政治的教育，以提高群众对于民主政治的认识。

（原载一九四〇年七月二十日《抗敌报》第一版社论）

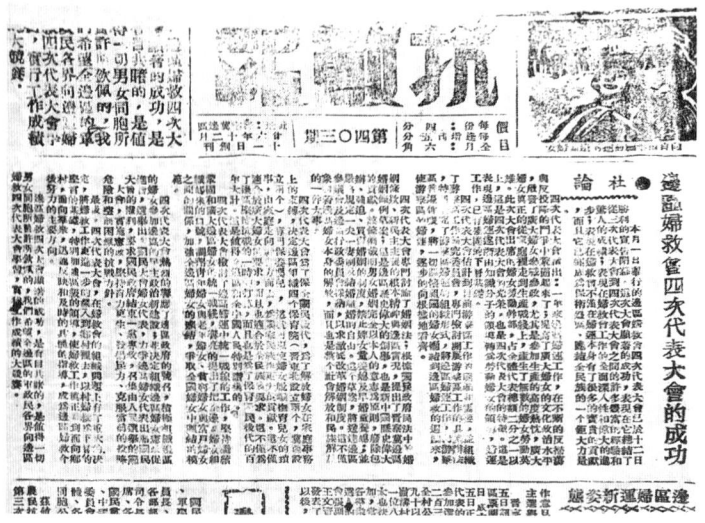

边区妇救会第四次代表大会的成功

本月一日举行的边区妇救会四次代表大会已于十二日胜利的宣告闭幕，这次大会显著的成功，表现在它总结了从三次代表大会到四次代表大会之间的许多丰富的经验和惊人的成绩；表现在妇救会工作的全面深入性和伟大的进步；表现在妇救会不仅在妇运本身有了很多的宝贵的贡献，而且它已经成为保卫边区、团结全民族的一个巨大力量。

四次代表大会指出：一年来边区妇动工作，在不断的反"扫荡"与反投降的斗争中巩固起来了；提高了广大妇女的文化政治水平，启发了广大妇女参战参政，尤其是参加生产的高度热忱，广大妇女真正的从家庭里走到生产战线上，产生了无数的妇女劳动英雄。此次大会出席的妇女劳动干部，占全体代表总额二分之一以上，这是四次代表大会的光荣，也是四次代表大会的特征。这是表现边区妇运逐渐由知识分子的领导转为劳动妇女的领导，妇运工作，已有巩固的下层基础。

四次代表大会估计到目前游击区工作的困难和需要，并组织了游击区工作研究委员会，专门检讨开展游击区工作的具体办法，特别□究了游击区妇运的组织形式，将边区妇运工作，□游击区普遍伸张，将一切关怀祖国的妇女团结到边区妇救的周围来，使游击区的妇动，逐步的向根据地看齐。

四次代表大会专门讨论了婚姻法；根据国民政府民法中的婚姻条款、新民主主义的根本精神与边区实况，提出了晋察冀边区婚姻条例草案；这是边区历史伟大的创举，也是新中国历史伟大的贡献。该条例载明男女婚姻完全以本人的意志为原则，废除包办、强迫、买卖婚姻的制度，禁止婢女童养媳及早婚童养媳；并严格规定一夫一妻制度结婚离婚的自由。这个草案，将送达边区参议会及边区行政委员会采纳，以求澈底改革婚姻制度。这不仅象□着边区妇女本身的解放，而且也是整个社会解放和民族解放的一件大事。

四次代表大会为了保全国民后代，为了解放妇女在家庭事务上的束缚，决定边区组织四个保育院（晋东北设立两个，冀西设立两个），专门保养婴儿，这就可以使妇女脱离抚育儿女的琐事，由家庭走向社会方面去，为国家民族作更大的贡献。这不仅适合于广大妇女的要求，而且也适合于全民族的要求。这不仅为了边区坚持抗战的一时的打算，而且也是为了保育国民后代的百年大计，这是值得全边区和全中国人民特别赞扬的。

四次代表大会检讨了边区妇运中统一战线的工作，坚持继续巩固和广大边区妇女的统一战线，响亮的提出了把全边区妇女组织起来的口号，调剂青年妇女与老年妇女、贫穷妇女与富户妇女之间的关系，加强全边区妇女的团结，争取全国妇女中团结的模范。

四次代表大会热烈的响应了边区政府的号召，积极组织边区的妇女参加边区的民主政治新建设；并决定组织边区妇女宪政促进会，选举出了国民大会妇女代表，力争边区妇女代表出席国民大会的权利，要求国民政府结束一党专政，召集由人民选举的国民大会，实施宪政，坚持自力更生、发扬民力、克服当前的投降危险和空前困难的抗战方针。

最后，四次代表大会，在妇救会的组织问题上有了重大的决定，将妇救工作更进一步的深入到乡村里去，以村妇救会下层的坚实的基础，特别加强区级的领导，使妇救工作真正做到面向乡村，面向群众，迅速反映和及时的具体的指导，成为边区妇救今后努力的主要方向。

边区妇救四次大会显著的成功，是有目共睹的，是值得一切男女同胞所赞许所钦佩的，我们希望全边区的军政民各界向边区妇救四次代表大会学习，实行工作成绩的大竞赛。

（原载一九四〇年七月二十二日《抗敌报》第一版社论）

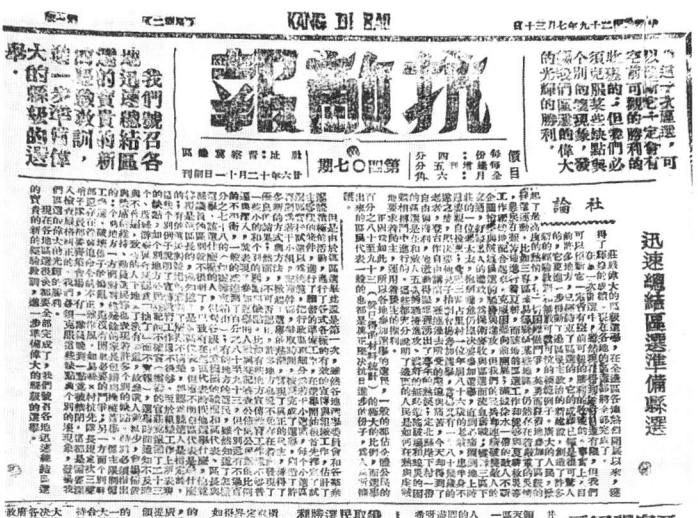

迅速总结区选准备县选

庄严伟大的区级选举，在全边区各地热烈开展以来，获得了辉煌的成绩，现在各地的区选都将全部完成了。

在这一次区选中，虽然现在得到□□□还有限，但我们可以预料它一定会有空前可观的胜利的收获的。事实上，目前许多地方，已经结束了区选的，它的成绩已经是很可惊人的，它更进一步推动了边区民主政治的新建设，创造了许多新的经验教训和无数可歌可泣的模范例子。广大的人民，掀起了最高度的热情，和一切困难做斗争，英勇而狂烈地参加了区级的民选运动，比如三专区□易等县的某些地区，仍然存在着敌军的灾情，农民在艰苦地进行着夏耕，而该地的区选工作却能够与夏耕救灾等工作密切地配合起来，克服困难向前开展；满城徐水一带的敌人不断企图抢麦与破坏民选的骚扰与进攻，但我们的民兵却连续破袭敌人的交通，打击敌人的进攻，为保卫麦收与区选而流血奋战；□□三区下庄的一位老太太，抱病垂危仍坚决要参加选举，直到心痛□到地上时还要亲自投票；□□三区占里村一位年届八十六岁的老翁，患半身不遂之症，坚决要他儿子抬到会场参加选举，当场又有一个八十几岁的老者，登台作自由讲演，历述过去所受的压迫与痛苦，今天却得到了自由与权利，他激动得眼眶里涌出了暮年的热泪；定北县崖下村一带的区选是在和敌人五次的骚扰进攻、汉奸的无耻造谣破坏和蝗灾的困难相搏斗中进行的。这些都充分说明了边区的人民是如何狂热与虔诚地要求着民主，运用着民生的权利。

正因为如此，所以各地参加选举的选民，一般的都占全体公民的百分之八十至九十三（就已得的材料统计）的极大的比例，而选举出来的区民代表一般的也都是真正坚决抗日进步的份子，为人民所拥护。

但是由于边区选举竟还是第一次，虽然各地选举委员会和各群众团体积极的活动，进行了各式各样的有效的宣传与组织工作，估计了主客观的条件，进行了细密的准备工作，在选举开始后首先择定了试选区实行试选以为模范，把行政区再细分为若干小选区，每个小选区再划为若干小组，配备干部，争取时间，按时完成了选举，创造了许多新的方式与方法，掀起了选举的热潮，实现了真正的民主，获得了优良的结果；然而，不可否认的，许多地方也还不免存在着或发现了一些小的和个别的弱点与缺点。比如有些地方宣传教育工作还不够普遍与深入，就表现了参加选举的人数与登记□查公布的公民数的比例的不平衡，一般的虽达到了百分之八十至九十三，但个别还有不过百分之七十八的（如灵寿东柏山）；有的地方的选民，虽然知道了怎样选举，该选什么样的人，但□各级民意机关的职权和区代表、区长与县议员的区别就不很明了，以致有在选区代表时问他选举什么，他竟答覆是选区长的，或知道□是□区代表，但还不明白区代表是□什么的；有的选民对竞选的意义了解还不清楚，误认为竞选人是指定的，这些个别例子说明了宣传教育工作还不很够，至于组织工作上所表现的缺点，如个别地方公民登记的不确实（灵寿的官庄竞选漏了二十三个、蔚县游击区有□认为"抽丁"而不□报）选举时间通知不及时与不普遍，致有的人下地去了没有知道，故参选人数减少，会场布置与秩序的维持、动员选民等也表现着许多个别的缺点，特别必须指出的：个别地方一方面对封建残余的家长包办与操纵选举、雇主限制雇工参选、破坏份子的捣乱，还没有开展必要的斗争；另一方面个别干部还存在着强迫命令的不正确作风，如易县×村抗先队长规定吹三声哨子队员都要齐集会场，有一队员晚到一点竟被禁闭，这都是需要深入检查严格纠正的，我们必须克服这些缺点与个别的坏现象，发扬我们区选的伟大的光辉的胜利。

现在各地区选很快都要全部完成了，我们号召各地迅速总结区选的宝贵的新的经验教训，进一步准备伟大的县级的选举。

（原载一九四〇年七月三十日《抗敌报》第一版社论）

论边区国大代表的选举

召集真正民主的国民大会,实行国家政治之民主改造,使孙中山先生□□的民权主义学说得以实现,伸张民意发扬民力,发挥我伟大中华民族无尽藏的深厚力量,这在中华民族神圣抗战的进程中,从来就是极其重大的课题,在今天新的国内国外的政治形势之下,就更加成为严重的紧急任务。大家都知道,自力更生是中华民族团结抗战克服空前的抗战困难与空前的投降危险的唯一道路;而实行民主政治,则是依靠群众自力更生的先决条件。

在此次边区空前伟大与深入的民主建设运动中,不但要产生各级的民意机关及执行机关,而且要隆重的选出出席国民大会的代表。目前,边区各地区选工作,基本上业已完成，普选即将热烈开展，各区域各单位之国大代表选举，亦将先后举行。我们必须深刻认识选举国大代表在当前抗战形势下的重大政治意义，全力争取其澈底的完全的胜利！

边区国大代表之民主选举，对促进全国召集民主的国民大会，是一个重大的推动力量；对全国各地广泛的促进宪政运动，是一个有力的鼓□；对孙中山先生□□主义的重视，是一个活的榜样；而对于日寇玩弄下的汉奸政权，对于汉奸汪精卫卖国柱民的"民主宪政"是最严重的打击，它的胜利，将使全国兴奋，使敌寇汉奸丧胆。

边区国大代表选举，也将要进一步的加强边区团结，巩固与扩大边区的抗日民族统一战线，边区政府颁布的国大代表选举法令，是根据孙中山先生□□□□□说和主张及敌后抗战需要而确定的进步的、平等的、□□选举办法，它和边区政府同时颁布的三大民主建设条例，同样得到全边区各阶级、各阶层广大抗日人民的热烈拥护。边区真正拥有群众基础的工、农、妇、青、学各团体，均有权选出代表参加国民大会，边区少数民族、医药家、科学家、工程师、大中小学学员、新闻记者亦均产生自己一定，□□□代表，而且坚持边区抗战卓著勤劳的共产党、八路军以及边区国民党、抗日地主士绅，均同样有合法活动的地位和公开竞选的权利，这是晋察冀边区铁一样□□结的一个缩影，在这里，没有指定，没有圈定，没有当然代表，也没有那种威胁利诱贿赂公行的恶劣现象，有的只是团结一致的精神和大众的民主主义作风；因此，国大代表选举，必然要推进边区内部铁一般的团结。

在选举出席国大代表中，应该注意那些问题呢？

首先，必须坚持团结到底的伟大目标，高度□发扬民主主义！□□□□□□□□，选举真正有威望的边区党政军民领袖，参加国民大会，严格纠正任何可能的避繁就简，违反民主原则的办法和作风，同时应严厉镇压敌探、汉奸、投降派的造谣破坏。

其次，扩大与深入宣传教育工作。应□用区选村选的宝贵经验，配合县选工作，动员一切宣传教育机关，加强到广大人民的民主政治、自力更生的宣传教育，特别应深入民主政治的实际教育，严格区别真正的民主宪政与两面派玩弄民意的假宪政，区别真正民主宪政与假宪政的选举原则与选举办法的歧异之点，特别要扩大对游击区与敌占区的宣传工作，区别中国人民抗战建国的民主宪政与汉奸汪精卫欺骗宣传的假宪政，尖锐的向汉奸敌伪政权对立，严重打击敌寇汉奸对沦陷区人民的政治欺骗。

最后，在选举国大代表的进程中，必须同时加强各地宪政促进会的工作，把促宪运动，深入到广大乡村，到每一个偏远的角落，动员全边区人民，为争取真正的民主宪政而进行持久不懈的斗争。国大代表选举，只是更加加重了边区人民促宪的严重任务，并不等于宪政的成功；相反的，争取真正民主的国民大会之召开，还是一个持久的、□□的斗争。中共中央□抗战三周年对时局宣言中着重指出：要克服空前的投降危险与空前的抗战困难，必须改变在抗战中的许多作法，必须实行抗战的言论、出版、集会、结社自由，必须释放一切被捕的共产党员与爱国分子，必须承认一切抗日党派的合法存在权，必须召集民主的国民大会，必须废止有害的特务工作，必须把抗战的重心放在自力更生上面而不应依赖任何不可靠的外援，这是摆在全中国人民面前的神圣的战斗任务。蒋委员长在其有名的"七七"三周年告国民党同志书中亦郑重指出"政权必归全民，并非本党所有"，□□□□这种对其党员的英明训示及对全国人民的郑重声明，充分表明着：只有那些少数头脑昏聩，昧于大义的不肖之徒，才死抱着一己私利不放，而□国家民族生死存亡于不顾！全边区人民及全国人民必须一致动员起来，要求国民政府及蒋委员长，迅速明令修改国大选举法组织法，废除过去包办、指定、贿赂产生的国大代表，在全国范围内，实行真正民主的国大代表选举，废除或根本修改"五五"宪政，开放各地民众抗日运动及促宪运动。我们相信在中国共产党反中共与中国人民伟大领袖毛泽东先生，在全国抗战统帅蒋委员长领导之下，真正的民主宪政，必可现实，空前的困难与危险，必可克服！

（原载一九四〇年八月一日《抗敌报》第一版社论）

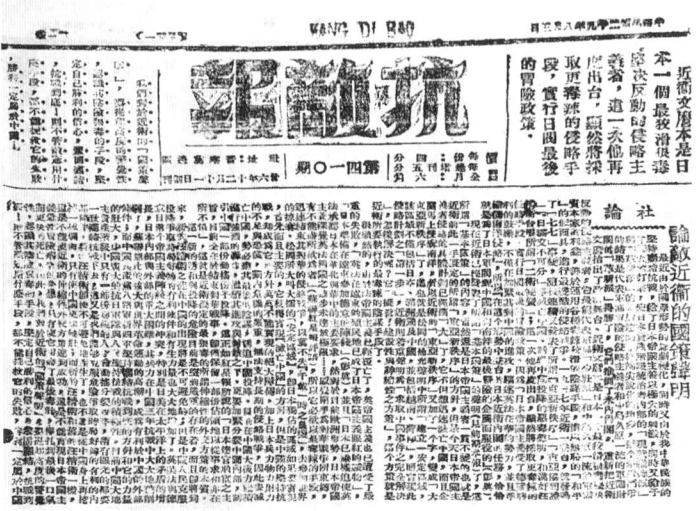

论敌近卫的国策声明

最近由于国际形势的急剧变化，同时又由于我中华民族的坚持团结抗战，给了日本帝国主义以极大的刺激，同时又给予了极大的打击，使日本资产阶级统治者内部的"现代坚持派"与"革新派"的矛盾达□□极端尖锐化的地步，这个矛盾斗争的结果是代表军部冒险的侵略主义者和中岛久原一流的军阀财阀的"革新派"得胜了，它们推倒了米内内阁，重新把近卫文磨抬出了政治舞台。近卫文磨本是日本一个最狡猾狠毒坚决反动的侵略主义者，它最能代表军阀"少壮派"和中岛久原一流的军需资本家的利益，善于运用各种毒辣狡猾的阴谋手段，惯以无耻的"和平"的假面具，进行最残酷的侵略战争。一九三七年近卫一登台，就发动了"七七"事变，随后连续又发表了所谓"东亚新秩序""东亚协同体""日满支不可分"等灭亡中国、诱骗中国投降的恶毒声明，和汉奸汪精卫合唱所谓"二卫双簧"；这一次他再度出台，显然将采取更毒辣的侵略手段，实行日阀最后的冒险政策。因为"日本帝国主义受了德军胜利的鼓励，不仅在加紧其对中国的进攻，驱逐英法在华的势力，并且准备□南洋侵略"，所以"在这个形势中登台的日本近卫内阁的任务，恰恰就是为了日本军阀对中国和对南洋的最后冒险的企图而服役的"（彭真）。

现在近卫已经发表了所谓"基本国策"的声明（见前期本报）了，这所谓"基本国策"的内容，虽然还是日本帝国主义者一贯不变的也就是近卫前此一手拟定的所谓"东亚新秩序"的方针，但是今天日本帝国主义者侵略的具体计划已经扩"大"了，它不但想迅速灭亡中国，而且企图马上侵夺南洋，所以近卫的"东亚新秩序"又加了一个字，变成"大东亚新秩序"了，这也就是松冈的补充声明中所谓"建立一安定区域，该区域不仅包括日本、满州国及中国，并包括越南、荷□"，而实现此侵略计划之"第一步"，近卫则着重声明为"求取中国事件之完全解决"，怎样解决呢？它"□就了建设性与伸缩性之方策"，这个方策就是近卫所要执行的最毒辣的阴谋手段了。

很显然的，由于法帝国主义已经覆亡了，英帝国主义也已遭受了严重的失败，"英法在远东的殖民地已成了日本帝国主义眼红的贼物"，"日本准备在远东参加德意的阵线"（彭真），并且"日本已乘机迫使英法承认日本在华北与华中的主要要求，然对于目前欧洲形势，日本帝国主义深觉英法两国之让步未达于极限……以觉两争为对华战争所束缚，有不能尽所欲为者"（苏联红星报评语），所以它必欲以最毒辣的手段，迅速结束其对华的侵略战争，以冀不失"千载一时之良机"，去参加世界的掠夺，松冈所大叫大播的"安定区域"，即日本独占的区域如果要实现，首先而且主要的，它就得实现"灭亡中国"的方针，但是中国的坚持抗战，却成为它的方针万万不能实现的绝大障碍，加上日本兵力物力财力的不足与恐慌，国内危机的严重，无法支持长期的侵略战争，因此要灭亡中国，势必尽其最毒的阴谋，诱迫中国投降。目前在中国大后方继续进行强烈的轰炸，继续其进攻与封锁之下，更要加紧分裂中国内部，诱引中国一部份动摇份子投降。这正如红星报所说的"日本达官显宦之主旨，目前全在于结束对华战事，即仅保留一部份占领地以从事求和亦在所不惜"，这就是近卫拟定的最狠毒的所谓伸缩性的外交方策的本质。

　　这一新的诱和与投降的危险目前是空前严重的存在着，而且即将到来，新的汪精卫之徒在中国的出现将是不可避免的；但是中国人民克服投降争取时局好转的有利条件和有生力量也大大地增加了。英美法与德意日两个帝国主义阵线之间的冲突，特别是日美在太平洋上的矛盾的增长，日本内部与外部的重大困难，其兵力在中国三年抗战中大大地被削弱了，苏联无比的强大与世界革命运动的高潮，成为有利于中国的外部条件；而中国共产党八路军新四军坚持团结抗战到底的方针和它的力量的壮大，中国广大的抗日军队与人民坚持抗战的积极性，目前中国大地主资产阶级中只有一部份□□的人才会动摇分裂投降，稍有眼光的都要一致团结抗战下去，这又是我们能够克服危险争取时局好转的有利的内部条件，新的汪精卫即使不可避免地产生了，也不过是从中国身上再挖掉一块烂肉。只有使中国更□健壮；而新的汪精卫和旧的汪精卫一样，还是不能使近卫的伸缩性外交方策达到成功，还是不能实现日本帝国主义急性冒险病□的□□，只有使它用尽了最后毒计，挣扎到最后一口气而更快的死亡，因此，我们对于近卫的"国策声明"，要提起高度的警觉性，认识其阴险狠毒的手段，坚定自己胜利的信心，巩固团结，抗战到底！则不管敌寇用什么手段，都不能挽救它的失败，胜利一定属于中国！

（原载一九四〇年八月五日《抗敌报》第一版社论）

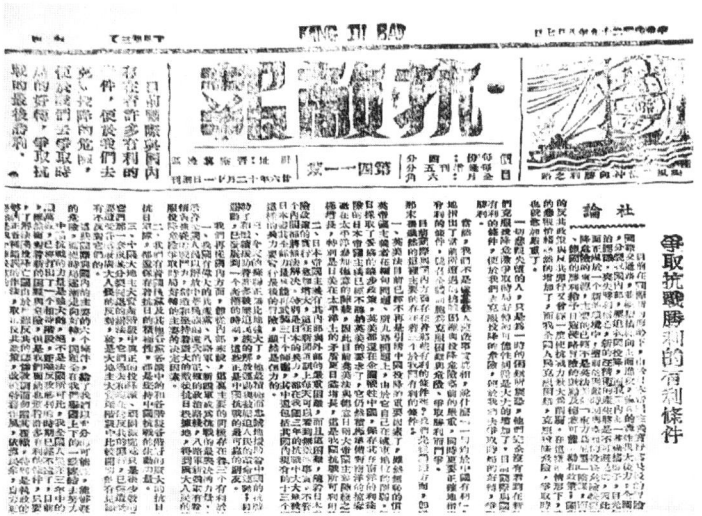

争取抗战胜利的有利条件

  目前在国际新的形势下，由于日本帝国主义实行□□□的冒险，切断□□□国际交通路，并继续积极向正面进攻，□□的轰炸我大后方，企图用增大的压力，分裂我国内部，压迫我国投降，而我国内部一些动摇份子，目光如豆，缺乏政治认识，丧失胜利信心，新的汪精卫的产生将是不可避免的。因此，目前抗战局面正处于一个新的环境中，空前的困难时局与空前的投降危险快要到来；而此投降危险的来源，主要的已经不是英法美的"东方慕尼黑"阴谋，而是日本的压力、德国的胜利给予日寇侵略冒险的鼓励及德意可能□劝和政策；国内顽固派反动的反共政策与反共罪行又曾经一度使抗战力量大为削弱。在这样的情形下，遂使一部份人的悲观情绪必然的增加了，而我全国人民克服困难，克服投降危险，争取时局好转□任务也就愈加严重了。

一切悲观失望的人，只是为一时的困难所震恐，他们完全没有看到在新的环境中，我们克服投降危险争取时局好转的可能性同样是大大的增加了。目前国际与国内存在着许多有利的条件，便于我们去克服投降的危险，便于我们去争取时局的好转，争取抗战的最后胜利。

当然，我们不是□□□人蒙蔽事实真相，说什么"一切均于中国有利"；我们是正确地指出了当前所遭遇的抗战困难与投降危险空前的严重，同时更要正确地指出许多于我们有利的条件，号召全体同胞为克服困难与危险、争取胜利而斗争。

目前国际与国内方面存在着那些有利的条件呢？我们先从国际方面，即从外部来说，那末很显然的这里主要的存在着三个于我国有利的条件：

一、英美法目前已经不再是引诱中国投降的重要因素了，虽然无耻的惯于妥协让步的英帝国主义者在缅甸问题、广九路问题上，由于它自己在远东地位的削弱，仍然不得不对日采取了妥协的让步政策，英美都还在企图牺牲中国，保存其在南洋的利益，但是最后冒险的日本帝国主义已经不听纳英美的要求了，它仍然积极准备对南洋的掠夺，日本事实上□在太平洋参加德意的阵线，因此目前英美法与德意日两大帝国主义阵线之间的冲突正积极增长，特别是日美在太平洋上的矛盾更日益增长，这是我国抗战所可利用的。

二、日本帝国主义有其内部与外部的严重困难，而且这困难，随着日本帝国主义的冒险政策的实行，愈加增大，这在新闻电讯上每天可以看到无数的事实，不管日本调换多少个内阁都将无法解决。特别是日本的兵力，都在我国三年的抗战中大大地被削弱了。现在日本尽其全部力量只能再武装三十个师团，其中还包括其国内现有的十三个师团在内，以这样的兵力要实行最后的冒险，显然是无力的。

三、今天的苏联正无比地强大了，他最积极而忠诚地援助着中国的抗战，他并且还援助了和继续援助着许多被压迫民族的解放运动与被压迫人民的革命运动。目前的世界革命运动，已发展到一个高潮的时期，这些正是中国抗战的最可靠的朋友。

我们再从国内方面，即从内部来说，这里主要的同样存在着三个有利于抗战的条件：

一、我国有伟大的共产党、八路军、新四军成为抗战的最坚决的力量，中国共产党指示着全国人民以解放中华民族的远大的正确的政治路线，八路军新四军有着高度的政治觉悟与强盛的战斗力，创造和坚持着广大的敌后抗日根据地，得到广大人民的拥护，这是克服投降危险争取时局好转的主要的决定因素。

二、我们有着国民党及其他各党各派中的和各阶级各阶层的广大的抗日人士和广大的抗日军队，都还保存着抗日的积极性，都是坚持中国抗战的生动力量。

三、中国大地主大资产阶级中真正的投降派、顽固派究竟只是很少数的愚蠢的份子，它们那一套反共分裂倒退的办法，它们过去和现在的反共的罪行，已经遭受了而且必然还要遭受各阶层广大人民的反对，就是大地主大资产阶级中比较开明的有见识的人，也都没有不反对它们的。

这些国际与国内的主要的六个条件，给了我们以充分的可能性，能够避免与克服投降的危险，而使时局逐渐走向好转，问题全在我们举国上下的一致团结去努力争取。

中国抗战的力量是强大的，绝不是法国所可比，我全国人民在三年中的英勇抗战，克服万难，已经打出了一个相持阶段，距离反攻胜利的时期已经不远了，目前在新的形势下，虽然面对着新的困难与危险，但是我们面前也摆着许多有利的条件，只要全国团结一致，了解法国投降亡国由于□苏反共的悲惨教训而勿蹈其覆辙，特别是执政的国民党当局能够纠正各种错误的作法，取消反共政策，改变特务作风，依靠民众，自力更生，□后胜利必然是我中华民族的。

（原载一九四〇年八月七日《抗敌报》第一版社论）

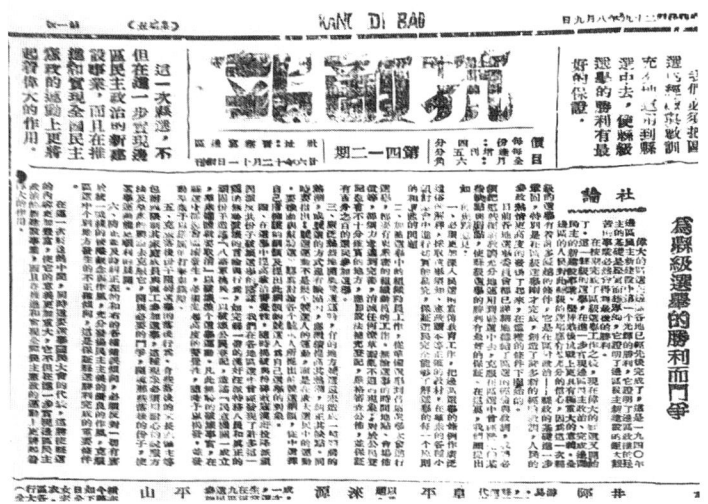

为县级选举的胜利而斗争

伟大的区选在边区各地已经先后完成了,这是一九四〇年边区民主新建设中第一个光辉的胜利,它证明了边区政权的民主的基础是坚实而雄厚的,它证明了边区民主新建设的巨大艰苦的事业必然会得到最后的胜利。

在按期完成了区级选举工作之后,现在伟大的县选又开始了。这一县级的选举,在进一步实现边区民主政治,完成边区民主的新建设事业、坚持敌后抗战上更具有极重大的意义。全边区的人民对此县级的选举应有着充分的信心,因为这一次县级的选举有着许多优越的条件,它是在区□政治——县政的基础进一步巩固,特别是在区级选举刚才完成,创造了许多新的经验教训,人民的参政热情更高度的发扬了起来，在这样的条件下开始的。

目前各地选举委员会都已详细地总结了区选的经验与教训，我们必须把这些经验教训充分地运用到县选中去，克服在区选中曾经发生的某些缺点与弱点，使县级选举的胜利有最好的保证。在这里，我们愿提出如□的几点意见：

一、必须更加深入民选的宣传教育工作，把边区选举的条例作广泛通俗的解释，采取选举须知，宪政读本等正确的教材，在群众的各种小组讨论会中进行切实的研究，保证选民完全能够了解选举的每一个原则的和□□的问题。

二、加强选举中的组织动员工作，从准备选举到召集选举大会进行选举，都要有更严密的组织动员的工作。无论选举的时间地点、会场布置等，都须力求达到完善，消灭任何潦草□乱不周的现象，对于公民登记还有不十分确实的地方，应即设法补充登记，严格审查公布，并保证有百分之百的选民参加选举。

三、广泛热烈地开展竞选运动，有的地方竞选还未造成一种□腾的热潮，或竞选的方式还有缺点的，应继续提高其热潮，纠正其缺点。同时要指出：竞选运动不是几个竞选人的运动，而是在广大选民中的运动。要推动与帮助选民认真讨论各个竞选人所提出的竞选纲领，从中选择自己□拥护的纲领及提出此纲领的竞选人为自己选举的对象。

四、在选举中提高政治警觉性，随时揭破与粉碎敌寇汉奸投降派顽固派反共份子破坏选举的阴谋。我们在各地区选中曾经发现了许多这一类的无耻破坏的言论与行为，如完县一带的汉奸汪派特务人员和真正的顽固份子造谣"八路军挑兵"以破坏公民登记，造谣"民意机关一成立，群众团体就要取消"以破坏整个选举运动。凡此无耻的破坏事实，在县选中都还会继续发生，必须提起高度的警觉性，随时予以揭发，并发动群众予以严厉的打击与镇压。

五、克服落后份子阻碍选举的落后行为，有些落后的家长与雇主等包办或限制其家庭成员与雇工参加选举，这种现象必须用耐心的说服方法及群众的舆论去克服它，开展必要的斗争，开导那些落后的份子，使选举运动能更顺利的展开。

六、防止并及时纠正左的和右的各种错误倾向，必须反对一切有害于统一战线的狭隘观念与作风，充分发扬民主主义的优良的作风，克服区选中个别地方发生的不正确倾向，这是保证县选胜利完成的重要条件。

在这一次县选的中间，同时还要选举国民大会的代表，这将使县选的内容更加丰富，使它的意义更加重大，它不但在进一步实现边区民主政治的新建设事业，而且在推进和实现全国民主宪政的运动上更将起着伟大的作用。

（原载一九四〇年八月九日《抗敌报》第一版社论）

争取边区工业品的自给自足

我们在敌后战争的环境中,依靠着广大的农村对抗占据城市据点的敌人,农村是我们人力物力财力的深度的源泉,成为我们战胜城市敌人的最可靠的和最有力的基础,而以农村为主的根据地的经济,主要是由农业生产构成的,是以农业生产为基干。因此,根据地的经济与根据地人民的日常生活,除了一部份日用工业必需品之外是完全能够自给自足的。这是我们抗战的根据地的经济之优越的条件和特点。

但是不可否认的,我们有不少的日用工业必需品的来源,选举竟要依靠于根据地以外的敌占区域输入的,这无论如何还是一种□□,是一个缺陷,这一经济上的损失如果统计起来无疑是一个相当大的数目。为了达到根据地的完全独立自主的经济的建设，发展乡村，以围困城市，澈底战胜城市，毫无疑义的在自力更生的原则下，我们要力求工业品也能自给自足。

特别由于敌寇对我的封锁和敌寇在战争中物力的严重消耗与不足及无限制的增发，必使战争□延长，工业品借给的来源愈加困难，工业品的价格也必愈加昂贵，而敌寇之□发与对我之封锁亦必随而加甚，反复又加重了工业品供给的困难与价格昂贵的剧烈程度，这是必然的趋势。据现在的情况估计起来，今年秋后边区农产品与工业品价格间的剪刀现象将不可避免的会发生，这就是说，边区军民日常必需的工业品的价格将要日趋上腾，而边区农产品的价格，由于秋收之后，比之工业品的价格则将相反的表现出下降的趋势，其发展有如张开的剪刀，这种剪刀形的现象，将会给边区人民的生活，边区农家经济与根据地的经济以很大的不利，我们必须预先看到这个问题而加紧防治与解决。

我们认为争取边区工业品的自给自足，这一口号的提出和实行在今天是非常必要的。边区今日各方面的条件，使我们有可能逐步完全实现这个口号，我们能够而且必须在这一程度内建立与发展公营的矿业制造业和手工业，积极发展与鼓励私人工业与家庭手工业，利用边区丰富的原料，大量制造日用工业必需品和各种代用品，欢迎和吸收私人的投资，活跃边区境内的工业。当然目前首先是要以普遍发展工场手工业与家庭工业，制造边区军需民用最切要的各种工业品或代用品为主，而后逐渐发展，逐步争取达到工业品完全自给自足的目的。

这虽然是一个巨大的工程，不是一朝一夕所能完成的，而是要靠着长期的努力，但是只要我们有计划，有组织，有信心，充分发扬边区各方面的有利条件（如地下的富□，原料的出产，现有的人才人力等），一定会日有成就，日有进步，而达到我们所要争取实现的目的。因此，我们愿意把□争取边区工业品的自给自足，这一口号提出作为边区政府部队机关与全体人民今后共同努力的一个实际行动的口号。我们一定要使我们边区根据地的经济与边区人民的日常生活，逐渐做到完全不需要依靠根据地以外的任何输入，使边区经济上□□□□□完全杜绝；目前第一步就要减少对外来工业品的依赖性，减少输入，减少□□。这不但是活跃与发展边区经济建设与巩固边区经济的必要工作，而且是自力更生，以乡村战胜城市，战胜日本帝国主义，争取抗战建国最后胜利的重要条件。

（原载一九四〇年八月十一日《抗敌报》第一版社论）

论敌寇对越南的冒险

  日本帝国主义近日来已进一步开始其对越南的冒险行为了，准备用于进攻越南的日本陆军与战舰都逐渐奉命集中了，日本帝国主义所以首先对越南开始它这一新的冒险，显然是由于：

  一、"日本宣布了'东方斗罗主义'，积极准备向南洋侵略，在太平洋参加德意阵线，夺取英法美在远东的权利"，"眼前摆着亡国的帝国主义者的属地，饿狗的眼睛不能不发红"（彭真）。

  二、日本帝国主义者"为了不愿使日美关系严重化，以其主要压力加诸安南"，"日本以为法国被德征服后，越南之抵抗力必不如荷兰之强"，"它在安南不会遭到强

硬的抵抗"（真理报）

三、"越南毗邻中国，因此日本如果巩固其在越南的地位，亦即所以加强封锁中国，日本企图以越南为进攻中国之门户，同时□控制越南之市场，它以为越南一经占领，'中国事件'解决，即可着手实现其南进计划"（真理报）。

但是，日本帝国主义者这一新的冒险的步骤，将很快就遭受到严重的困难与打击，而且现在事实上已经表现了这种困难与打击的可能性正严重地摆在日本帝国主义者的面前。

首先我们可以看到日寇对越南的这一冒险，必然加深和触发英美法，特别是美帝国主义者对日本的冲突，因为日寇向南洋冒险的南进计划，根本上是与英法美帝国主义的利益相冲突的，特别是美帝国主义也正乘歇战的机会企图着并实际进行着收集法国与英国的殖民地，日寇所眼红与嘴涎的法属越南，也正是美帝国主义者眼里看中的现成的贼物，近来美日在太平洋的关系显然较前紧张，合众社所传"日本侵犯越南的行动，美国准备采取强硬之立场以资应付"的消息，不是没有理由的，因为"美国在太平洋的任务之一就是阻止日本利用欧洲的局势，乘机加强其在太平洋的地位"（真理报）；同时据合众社伦敦电讯：英外相哈里法克斯向我国驻英大使郭泰琪表示"英更深切认识越南之地位，不仅对中国有重大关系，即对英美之利益亦属至关重要"，并传消息："英美两政府对日本在越南之企图动向保有密切之联络"，这说明了日寇对越南的冒险与对南洋的威胁，已使一向对日妥协屈服的英帝国主义也难于因欧战的牵制而完全置诸不顾；另外塔斯社的电讯又述及"英美报纸报导法政府通知中国政府，法国对于安南将采取坚决之立场，并准备抵抗日本之任何侵略企图"。而法国继琪的贝□□府所以采取强硬的立场，显然由于德意同样不反对阻止日本的扩展，因为自德意特别是德国看来，法国战败之后，其殖民地本来已成为德意所要夺取的当然的胜利品，日本纵然愿为德意强盗的伙伴，但它向越南伸手，同样是"侵害"了德意分脏的利益。这些都说明了敌寇对越南所布置的冒险行动，只有更加深了帝国主义者的冲突，而在这冲突中，日本的地位将更形危险与孤立。

另一方面我们又看到日寇这一冒险已然遭受着直接之反抗。据塔斯社电讯：由于越南总督与法政府已采取坚决立场，安南军队已向边境移动，将抵抗日本之侵略，中国大军二十万已集中在安南东北□之高平一带，准备阻止日本占领越南作为进攻中国的根据地。而日寇自身的力量已被我国抗战大大消耗与削弱了，其国内政治经济危机日加严重，最近近卫内阁的"新政治体制"，正引起日本统治阶级内部之尖锐斗争，"军□与旧政党之争执及财政界与寡头政治执政者之对立，固难停止"（真理报），其对外的新冒险，将更□日本帝国主义者于狼狈不堪的境地。

在这样的局势中，只要我们坚定抗战自□的立场，正确利用帝国主义的矛盾与冲突而最□警惕不为任何帝国主义的牺牲与俘虏，打击敌寇的弱点与要害，加紧内部的团结，配合安□等地被压迫人员的斗争，以制胜敌人，捍卫自己，我们就能够保持并继续争取基本上有利于我抗战的国际形势，一切悲观动摇和一时奇想天□的幻念都是没有根据的。

（原载一九四〇年八月十七日《抗敌报》第一版社论）

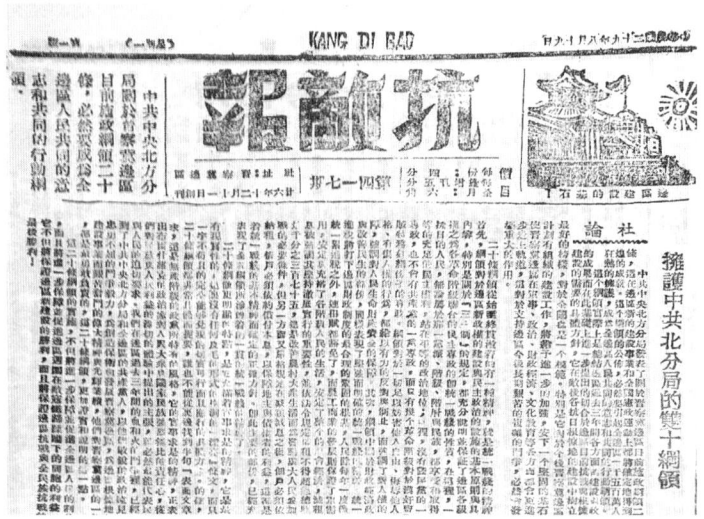

拥护中共北分局的双十纲领

中共中央北方分局发表了关于晋察冀边区目前施政纲领二十条，这在边区新的建设事业和全国宪政运动上都将确定地得到辉煌的成就。这个纲领的公布，必然要引起全边区一千五百万人民狂热的拥护，成为全边区人民共同的意志和共同的行动纲领。

这个纲领实际上是总结边区过去三年间各方面的建设与政策的成果而在此基础上进一步提出的切合于边区目前抗战与根据地建设的需要的具体方针，它在敌后各抗日根据地的建设中树立了最好的榜样，对于全国也是一个模范。特别是它对于今后晋察冀边区有计划有组织的建设工作，将给予进一步的加强，安下一个坚固的基石，使晋察冀边区在军事、政治、财政经济、文化教育等各方面都会更进一步走上轨道，这对于支持边区今后长期艰苦的复杂的斗争，必然会发生极重大的作用。

二十条纲领从始至终贯澈着的有一种精神，就是统一战线的精神。首先，纲领对于边区新政权的建设与民主政治的设施的基本原则与具体内容，特别是关于"三三制"的规定，都充分说明并保证了边区各级政权之为各革命阶级联合的民主专政的即统一战线的性质，在这里，一切抗日的人民，无论属于那一党派、阶级、阶层与民族，都享受和取得同等的充足的民主权利，站在平等的政治地位；这里，没有国民党的一党专政，也不会有共产党的一党专政，而只有几个革命阶级对于汉奸卖国贼特务奸细份子的专政。纲领对于一切足以妨害他人自由、侮辱他人人格、有伤人权的行为，都给以有力的反对与制止，而强调了对人权的保障，强调对人民生命财产安全的保障。其次，纲领中关于财政经济政策与改善民生的部份，同样表现了坚强而明确的统一战线的精神，统一累进税将打下边区财政制度的最合理的巩固的根基，人民除每年一度缴纳统一累进税之外，连田赋都豁免了，而农工商业的发展则保证了军需民用，安定与充裕了各阶级人民的生活，安定了整个的农会经济，减租减息被强调其坚持澈底实行的重要性，并依法令规定减租不得超过总收获是千分之三百七十五，这是改善农村大众生活而为发动广大人民参加抗战的必要条件，但另一方面又严格规定在减租减息之后，佃户必须依约纳租，□户必须依约偿付本息，以保障地主与债权者的利益，这都是本着统一战线的基本精神而确定的正确方针。即此主要的部份，已经充分表现了全部纲领所渗透着的一贯的统一战线的精神了。

二十条纲领更明显的特点，是它充满着实事求是的精神，它是最富有现实性的，这里没有任何皮毛的形式的空洞的"漂亮"条文，而只有一字不苟且的完全能够兑现的切实可行而且应行的具体方□。的确，这二十条纲领都非常具体而扼要，谁也不能从里边找到半句"表面文章"来，这是无产阶级的政党所特有的风格，它的实事求是的精神，正表现出布尔什维克的政治家对人民大众与国家民族强烈无比的责任心,从他们对民族与人民利益的深切的体验中提出的主张,这必然最能代表民族与人民的迫切要求。我们在边区过去三年间的血和火的斗争里,已经看到了中共中央北方分局和全边区的共产党人,以他们敏锐的政治远见和忠勇不屈的斗争毅力,为创造保卫与发展晋察冀边区,为边区根据地的建设事业而艰苦奋斗的伟大精神与光辉业绩,他们对晋察冀边区的一切,都是最勇敢负责的,这二十条纲领,更加证实和说明的这一点。

这二十条纲领的实施,不但将进一步保障并促进全边区人民的利益,而且将进一步保障并促进边区周围在敌寇铁蹄蹂躏下的同胞的利益,它不但将保证边区新建设的胜利,而且将保证边区抗战与全民族抗战的最后胜利!

(原载一九四〇年八月十九日《抗敌报》第一版社论)

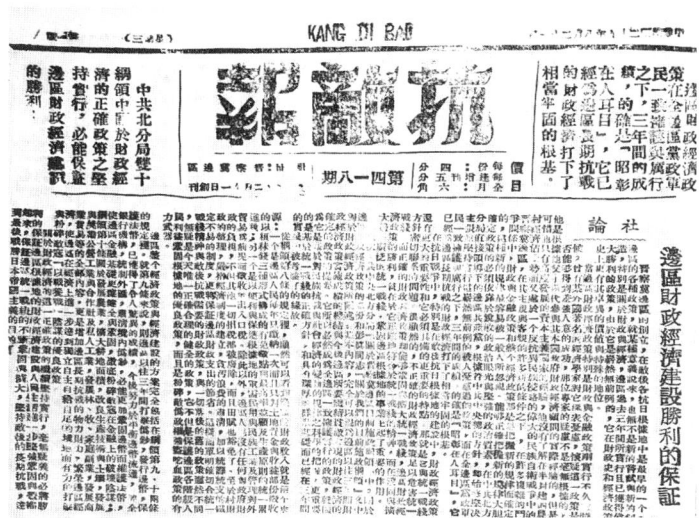

边区财政经济建设胜利的保证

　　晋察冀边区的创立，在敌后各抗日根据地中是最早的一个，边区的各种政策，就某种意义说来，也无不是新的尝试与新的创造，特别是关于财政与经济，边区过去三年间所实行且已获得伟大胜利的政策，由于它是崭然无前例的，它在财政史和经济政策史上更有其卓异的价值与特殊的地位。

　　当边区财政经济政策特别是财政与金融政策刚实行不久的时候，曾有某外国著名的经济学家对它深表忧虑，怀疑这一政策是否能够得到差强人意的成功，那位专家的疑虑不是毫无根据的，他是根据他父子两代参与其本国政府财政经济顾问的实际经验的，但是可惜他只有高度发展的资本主义国家的经验，他没有了解在半封建的农村经济占□势而又处于一个反抗异民族侵略的伟大的民族自卫战争中的晋察冀边区，在其主观与客观的许多新的条件之下，在许多复杂的斗争关系中，财政与金融政策和整个经济政策都是要把握新的规律而确定的，这种新的规律最容易被一般人所忽视，能够正确把握新的规律大胆确定政策的必须依靠于锐敏的政治眼光与坚强的政治质素，在中共北方分局直接领导下的边区共产党，根据着中共中央总的方针，却始终坚决主张并坚持实行这崭然无前例的被人忧虑过的政策，而在全边区党政军民一致拥护与厉行之下，三年间的成绩，的确是"昭彰在人耳目"，它已经为边区长期抗战的财政经济打下了相当牢固的根基。

在抗日战争中，特别是在敌后抗日根据地的建设中，财政经济政策还有更大的重要性和它必须具备的更重要的特点，那就是它与统一战线方针密切联系的问题，很显然的，不正确的财政经济政策足以危害统一战线，而正确的财政经济政策却能够巩固与扩大统一战线，边区财政经济政策的胜利，就在于它正确地符合于统一战线的精神，而在巩固与扩大边区广泛的统一战线，巩固边区根据地的事业上起了重要的作用。

□次中共中央北方分局"关于晋察冀边区目前施政纲领"中，关于边区□□经济政策的部份和彭真同志"关于我们的目前施政纲领"文中对于财政经济政策所阐述的基本内容，完全可以视为边区以往三年间财政经济政策实施成绩的总结与今后边区所要继续贯澈实现的财政经济的确定的政策的提要，它所以必然成为全边区一致拥护实行的政策，就因为它是基于对民族抗战与社会经济的变动的规律之科学的把握，更重要的是基于统一战线的正确方针，和具有深厚的群众基础而已经在三年间的实践和被考验了的缘故。

从纲领第八条的规定里，显然可以看到边区的财政收入就是两个来源：一个是边区人民每年只缴纳一次而且只对土地资金与收益部份征收的以粮秣钱三种形式构成的有免征点与最高率并顾及生产原则的统一累进税；另一个是以便利与保护根据地的军需民用与民族工业及管理对外贸易为前提而征收的出入口税。除此以外，边区人民没有任何因政府财政的负担，不但其他一切捐税都被废除，而且田赋也豁免了，至于村财政的整理，严格经济制度的建立，贪污浪费的肃清，加以统筹统支的铁定不易的制度，更将保证边区财政支出的节省。这样简单明确切合统一战线精神与敌后抗战需要的财政政策，与一切落后的旧的政策迥然不同，无疑是今天唯一正确合理的健全的政策，它不但是保护边区各阶级人民利益巩固根据地的优良政策，而且是粉碎敌伪政权强盗吃血政策的有力武器。

边区整个经济政策与经济建设的方案完全包括在纲领第九，十两条的规定里，就第九条来说，则边区以往三年间打击伪钞，发行边币，保护法币，已获得了令人惊异的成绩，今后努力于平衡边币流通，□全银行机构，统制外汇，肃清境内伪钞，必能更加巩固边币而维护法币，使边区金融基础更臻健全与巩固，澈底粉碎敌寇在金融上的破坏阴谋；纲领第十条关于发展农业，扩大耕地面积，改良生产技术与土壤，发展与奖励公营工业与合作社及私人工业，发展林、牧、家庭副业，发展商业贸易等的全部内容。更是增加边区长期抗战的物力财力，繁荣边区经济，使边区在经济上进一步达到独立自主自给自足的境地而有力的打击与粉碎敌寇"以战养战"阴谋的优良政策。

关于财政经济的这一正确政策的继续坚持实行，毫无疑义的必将胜利的保证边区根据地的财政经济建设与人民生活进一步坚强巩固与丰裕起来，保证边区统一战线的不断巩固与扩大，坚持敌后的长期抗战，达到最后战胜日本帝国主义的目的！

（原载一九四〇年八月二十一日《抗敌报》第一版社论）

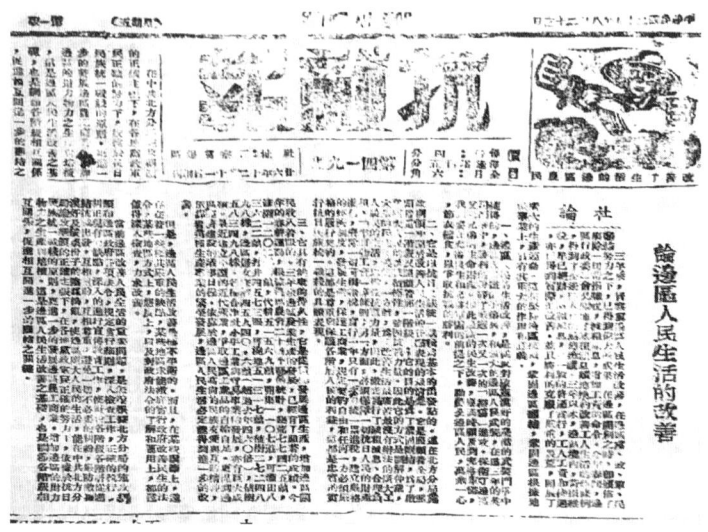

论边区人民生活的改善

三年来，晋察冀边区人民生活改善，在边区党、政、军、民团结努力之下，已得到伟大的成果□在边区开创之时，即颁布了废除一切苛捐杂税，减租减息，增加工资的命令。今年春□，边区行政委□会又颁布了减租减息赎地换约改善工人生活的□条例，得到了全边区人民的热烈拥护，三年以来，边区境内，苛捐杂税，早已绝迹，减租减息，□一般的普遍实行，工人工资和待遇，亦已得到实际的改善，并且胜利的克服了严重的灾荒，开展了广大的生产运动，这在坚持边区抗战，巩固边区□□，巩固边区根据地的事业上，□有其重大的作用和意义。

一、边区人民的生活改善，是从反对敌寇汉奸的残酷的武装斗争中获得的，边□□□铁的子弟兵，和□大的边区人民武装，在这三年的英□□□中，胜利的粉碎了敌寇一次又一次的"扫荡"进攻，保卫了边区父母兄弟的生命财产。因此边区的民生改善，应同时顾及到□□军需，我们要在□□民生和□□军需的前提之下，动员全边区人民，万众一心，节衣缩食，以争取抗战的胜利。

二、它是以抗日民族统一战线为基本的出发点的。这在北方分局党政纲领中关于改善人民生活的□点表现的最清楚，它是照顾着全局，照□□这一阶级又照顾着那一阶级；它的目的是为了巩固团结，为了启□□大人民的□□积极性，巩固抗战力量。因此它的方式是调解仲裁，大□的民主主□□□，一方面，为□改善生活最痛苦最没有办法的广大工人农民的生活，以□□抗□力量，因此，澈底□行了减租减息、合理负担、"半实物工资"等条例；另一方面，必须保障一切抗日人民的财产权利，废除一切苛捐杂税，实行一年只有一次的统一累进税，建立严格的经济制度，发展生产，保护工商业，规定契约自由和任何一方必须严格的履行契约。这都是尊重与保护各阶层人民的利益，这都是忠实的实行抗日民族统一战线的具体表现。

三、它具有□□的持久性，它是从□□发展边区生产，增加边区国民收入着眼的。三年来边区农业生产的发展，已经有了显著的成绩。今年的春耕运动，根据边区农会二十□个县的统计，垦荒七七四二五亩，修滩一二〇二□□亩，代耕五一五六九亩，开渠一一〇七道，可灌田八三六二二亩，打井四五七三眼，可浇地五一三一七亩，植树二七二四八九八株，边区妇女修□四五九四〇.六亩（超过去年四六〇倍），植树五八三四九八株，各种合作社小手工业与贸易事业的发展，亦有巨大成绩。最近建立小型的近代产业，争取边区工业品的自给自足，更提到边区□□建设的议事日程，依靠于边区人民高尚的民族友爱与互助精神，依靠着这□生产事业的繁荣发展，边区人民生活必定能得到进一步的改善。

但是，边区人民生活改善是极不平衡的，而且，在某些环节上，还存在着一些极其严重的缺点，某些地区未能澈底实行政府改善民生的法令，某些地区方式上，态度上，以及对政府法令的了解和运用上，都远值得深入检查，力求改善。

当前边区改善人民生活的重要问题，是怎样根据北方分局的施政纲领和边区政府各项法令，规定实行细则，深入检查工作，正确的执行，纠正现有的缺点，深入的进行宣传教育工作，使□□各阶级各阶层从团结抗战出发，互相帮助，互相尊重，避免一切不必要的纠纷，严防敌□汉奸及破坏份子的阴谋捣乱，使边区广大人民的生活，能在中共北方分局施政纲领的正确主张下，在各地党政军民正确的努力下，依据于抗日民族统一战线的原则，更进一步的发展边区农工商业，增加边区的财力物力之生产与培植。这是边区人民生活改善之基础，也是调节各阶级相互关系，促进相互间进一步的团结之关键。

（原载一九四〇年八月二十三日《抗敌报》第一版社论）

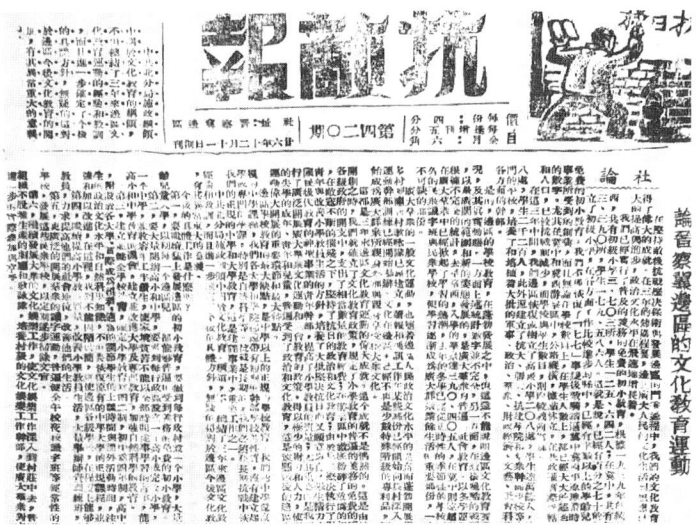

论晋察冀边区的文化教育运动

在坚持敌后抗战坚决保卫与发展边区的斗争过程中，我们的文化教育运动□□得了伟人的成就，在三年的□过程里，边区广大人民的文化生活与思想□□□了很大的提高与进步，政治文化水平在飞速地增长着。

我们已经实行了普及的义务的免费的初小教育，根据一九□九年的统计，在路西，共有初级小学三、七〇三所，学生一二五、六四二人；在冀中，共有初级小学三、三九〇所，学生一七九、五八六人。这就是说，已经有百分之七十的行政村建立了初级小学，在各方面工作比较进步的县中，已经有半数以上的学龄儿童享受着免费的初小教育，我们不仅恢复了"七七"事变后敌骑踏遍冀中冀南平原地带时文化教育事业所受到的创痍，而且无论在学校数目上，在学生人数上，都已经大大的超过了抗战前的数字。尤其在冀中和冀西游击区中，公路纵横，据点林立，在我政权实际□辖下的地区和人口，已较抗战削减少，而学校与学生数目，则均较战前□□。

在这三年中间，我们边区恢复或树立了高级小学二〇八处，学生达万余人，边区中学八处，学生二千二百人，此外还建立了抗大、联大、抗建学院和群众干部学校等高级的专门的学校，培养了和培植着大批的军事、政治、群众、财政经济、文艺、社会科学理论□各方面的干部。

是的，边区的学校教育，在蓬勃发展之中，但这还不能说明边区文化教育实际发展情况，及其真实动态。一方面上述统计数字并不完全，另一方面，在敌后残酷的战斗环境中，以最广阔的范围和新的姿态发展的，是广大群众的普遍、社会教育，以冬学运动而论，根据不完全的统计，去年路西，入学的群众达三九〇、四〇五人，在冀中则远超过此数，在广大群众中已经掀起了学习的热潮，去年的冬学已经从□时性的季节性的学校而变成恒久的民众识字班与民众学校，使学习逐渐成为广大群众业余生活的重要部份，一个经常的不可缺的部份。

广大群众的一般文化运动，也朝着边区人民政治文化水平的提高而蓬勃开展起来。许多村□团与村歌咏队已经建立，读报和通讯工作在某些县份已经开始向农村深入，村文化运动干部训练已经开始举办，文化在边区，已经不再是少数特殊阶级的专利品，而已经开始成为广大群众所亲身参加与亲身享受的大众文化。

这都是三年来边区文化教育运动的伟大成就，这个成就不是偶然的。这是由于在边区开创之时，我们就确立了文化教育政策，规定了小学教育的普遍的义务的免费的原则，在各级政府的开支中，支出了相当数量的教育经费；在游击区中澈底粉碎了敌伪的奴化教育，在敌寇不断的摧残之下，坚持了抗日的政治和文化教育；由于□□坚决执行了保证知识青年与改善小学教员生活的方针，培养了大批坚决抗日而又愿意以□□学生精力来从事于国民后代教育的神圣事业的青年干部，提高了小学教员的质量；尤其重要的是我们坚决执行了广泛开展广大群众文化运动和社会教育的政策，得以极少的财力和人力，使极大数目的失学的成年、青年和儿童，普遍受到了政治和文化教育，这是远□□后的边区文化教育运动伟大开展的重要环节和最大特点。

边区学校教育的最大缺点，是中学以上的正规的学校教育，我们□中学还没有恢复正□的中学课程，我们各大学和学院都还带有短期的干部学校的性质，没有建立起正常的大学或专门的学课，特别是自然科学等。抗战是长期的，我们必须在长期抗战中恢复并健全我们的正规的中学和大学教育，这是建国事业中，重要工作之一。

中共在分局施政纲领中关于文化教育、纲领，不□总结了三年来边区文化教育运动的经验和教训，而且进一步□□□□□的具体方针，无疑在这关于边区今后文化教育的开展，有其异常重大的意义。

今后的具体工作是什么呢？

第一，要继续猛上发展边区的初小教育，要做到每行政村设一个小学，大量的动员学龄儿童入学，以期每一个边区儿□□都能够普遍的受到义务的免费的初小教育。

第二，要大量开办高小和中学，要做到每行政区设立一个高小或完全小学，每专区设一个中学，并收容半工半读生，使家境贫苦不能以全部时间从事学习的青年，能够得到受高小和中学教育的机会，建立并改进大学及专门教育，加强自然科学的教育。

第三，建立并健全学校教育，确定小学教育为四二制，初中为四年制，高中为二年制，附设于各大学，实际成为□□，适当的调节学生的上课时间与课外活动时间，注重提高学生的政治文化水平和自然科学知识，不但要恢复原有的中学大学的正规课程，并且应该加强和加以改进，在这里，我们不能因陋就简，□使边区各级学校，在程□上能够相衔接。

第四，继续提高小学教育质量，改善小学教员生活，大师举办师资训练班，尊重小学教员，力求提高他们的社会地位，改善他们的生活。

第五，更广泛的开展群众的识字运动，普遍健全午校夜校识字班等经常性的群众业余学校，发展这些民众学校，以定期逐步扫除文盲。

第六，继续发展大众的文化娱乐工作，使文化娱乐工作深入到村庄中去，普遍大量的组织不脱离生产的剧团和歌咏队，培养村级的文化娱乐工作干部，使广大群众对文化能够进一步的实际参加与享受。

（原载一九四〇年八月二十五日《抗敌报》第一版社论）

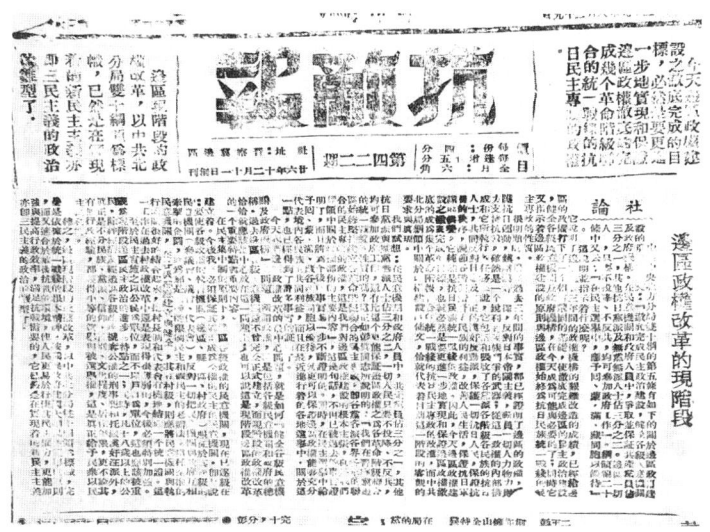

边区政权改革的现阶段

中共中央地方分局双十纲的第五条有如下的关于边区政府建设的重□□□文:"澈底完成民十政治建设,健全各级民意机关及政府机构。在民意机关和政府人员中,争取并保证共产党员占三分之一,其他抗日党派及无党无派人士占三分之二。边区一切人□,只要不投降、不反共,均可参加政府工作"。纲领第二十条中又云:"在民主选举中,应予回、蒙、满、藏同胞以优待"。这说明并指示着什么呢?

它说明了边区□□三年间的政权机构的艰难改造的成绩,已经给边区的政权打下了一个相□巩固的基础,使澈底完成边区的民主政治建设,健全各级民意机关及政府机构，在今天成为可能与必要的了，同时它又指示着边区政权建设的原则与边区政权始终为抗日民族统一战线的民主专政的性质。

很明显的，边区过去三年间的事实，都已经证明了边区的政权，□护抗日运动，镇压汉奸□□，反对日本帝国主义，动员一切人力物力财力支持抗战，确然是一个锐利的民族斗争的武器；从这一政权的内部构成和它所执行的任务来说，它包括和吸收了各党派各阶级各民族的抗日人士，共同反对日□反□正的汉奸反动派，保护一切抗日人民，保证抗日的秩序，调节□阶级□□□民族的利益，改善人民生活，保证抗日军队的供养，它纯然是抗日民族统一战线的政权，因此，今天边区政权建设之□□完成□目标，也就必然是要更进一步地实现和保证边区政权澈底的成为几个革命阶级□□□统一战线的抗日民主专政的政权，而中共北分局纲领中关于政权建设□条文，恰就代表着目前这一阶段的客观的要求与真理。

我们试想：在民意机关和政府人员中，共产党员占三分之一，其他抗日党派与无党无派人士占三分之二，一切人民只要不投降、不反共，均可参加政府工作，还有比这个更能保证边区政权之为各革命阶级联合的统一战线□性质的吗？这正如彭真同志所说明的："我们在晋察冀边区始终坚持建立各革命阶级联合的民主专政，即各党各派各界各□的联合的民主专政的政权，这是我们对边区政权建设的根本主张，□□我们纲领中关于政权部份的主要内容"，这几句话，不但已被过去的事实证明了，而且将为今后的事实进一步不断证明的，同时，在民主选举中给予回、蒙、满、藏各民族同胞以优待，以更可以保证边区政权能够充分代表境内各民族的共同利益，而且在最近朝廷着的各地选举中，关于这一点，也已经得到了许多事实的证明了。

今天我们边区政权改革的最中心问题，就是如何"健全各级民意机关及政府机构"的问题，所谓政权，就是包括各级民意机关和政府的总称。过去边区各级□意机□□不曾完全正式建立，而现阶段的政权改革恰恰就应该从中心放在这一问题上；也可以说这是现阶段边区政权改革的一个重要特点与重要内容。

在民主集中制的原则下，边区各级政权的民意机关，现在已逐级在建立着。今后我们必须保证其□□成为全权的民主的民意机关，即□说：要使各级政权的执□机关（边区、县、区、村政府）服从于□□级的民意机关（参议会、议会、代表会），反对一切把□□机关与政府互相牵制的企图，因为□是□□的限制民主和假民主的老办法，这种全权的民意机关，在各级都应建立与健全，其在村级，则应将民意机关与执行□□很好的结合起来，把村长制和代表会有机地结□一个统一体。这一工作在过去村政权改革中还是表现得很薄弱的，今后必须特别加强。

至于民主实施之以公民为单位，而不以户口为单位，这也应该被重视为现阶段边区民主政治的进步的特点之一；同时，凡十八岁以上的公民，除神经病及经边区各级政府□□公权的刑事犯和托派汉奸汪派外，真正是不分民族、党派、信仰、□别、文化程度、居住年限，更不论其有无行政经验，都获得平等的选举与被选举权，这是真正给予民众以民主权利的。

总之，边区现阶段的政权改革，以中共北分局双十纲领为标识，完全是依据于统一战线的根本精神，按国民政府建国大纲□□□□□则，而又适合于敌后抗战的环境，使人民更易于行使其民主权力，更能加强与提高行政效率，满足抗战需要的，它已经是在实现着的新民主主义亦即三民主义的政治的雏型了。

（原载一九四〇年八月二十九日《抗敌报》第一版社论）

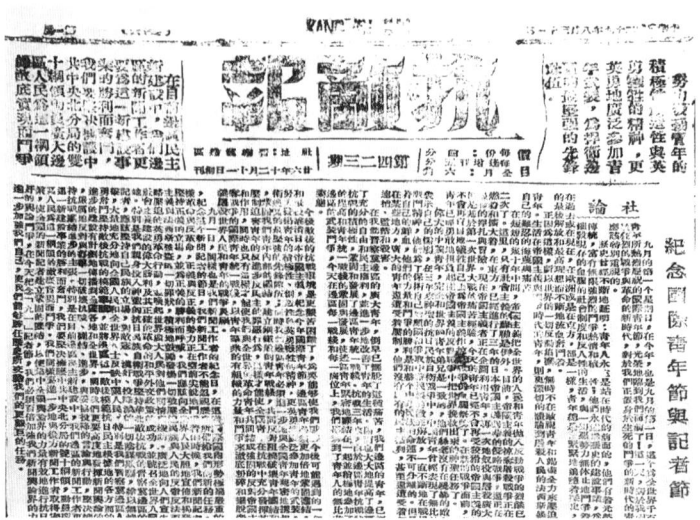

与记者节

九月的第一个星期日,在今年,也是九月的第一日,这个为全世界千百万广大青年所热烈庆祝的国际青年节,光荣地临到我们面前了!这一天,对于我们正置身于狂烈的战争与革命的新时代,对于我们正置身于生死的斗争的新时代的青年。是应该特别重视的。

历史曾经不断地证明:青年人永远是站在时代的前面的,他们有着光荣的革命传统,富有无限强烈的斗争热情和积□性;他们永远为历史的建设事业,为反对和摧毁现存的血腥的社会制度和反人性的生活,与一切恶势力无休止地斗争着。无论在过去或在现在,在欧洲或是在东方,都是一样,青年总是在紧紧地追随着历史,为人类的最后解放和最高理想而不断地流血奋斗着。

正因为这样，所以世界的一切反动集团，无时不在敌视青年和竭尽全力来压迫与残害青年。生活在帝国主义与战争时代的青年，则更深切的体验到屠杀人民的法西斯暴徒给予自己的难忍的侮蔑与痛苦。

在短短的几十年中间，帝国主义把全世界的人民和青年抛入反动战争的烈焰已经是第二次了。这里，只有社会主义的苏联是例外。目前，帝国主义的掠夺屠杀战争正在欧洲炽燃着和扩大着，在东方，已经进行了三年的日本帝国主义对华的侵略战争，还正在进行着最后的挣扎与冒险，现在帝国主义者正在企图利用青年，再一次地奴役与屠杀广大青年，但是基于第一次世界大战的痛苦经验，今天的青年已经不会再受狡猾的帝国主义的欺骗，不会再盲目地牺牲自己去为帝国主义作掠夺战争的血腥祭祀了。在新的战争面前，全世界青年已经勇敢地担负起从帝国主义的反动战争中把世界挽救出来的神圣任务了。

伟大的中国青年，完全和世界的青年弟兄是一致的，他们丝毫没有在残暴的敌人面前表示自己的懦弱，在三年来神圣的抗日民族自卫战争中，中国青年曾经表现了无比的英勇战斗精神，他们为了保卫自己的祖国和争取中华民族的澈底解放，一直不断地在战场上洒着自己的鲜血，他们的力量和斗争的胜利是和整个中华民族的命运不可分离的。但是不幸在某些地方，广大的青年还遭受着压制，他们没有□有的民主权利，甚至还遭受着无理的逮捕、监禁和杀害。

在我们晋察冀边区的广大青年，倒早已摆脱了这种痛苦，我们边区的青年，已经获得了充分的自由和民主权利，并进一步地改善了青年的生活。因而也大大地提高了边区青年抗战的积极性，巩固和发展了边区青年统一战线。抗战三年来，由于边区青年抗战积极性的提高和青年统一战线的巩固与发展，使边区青年紧密地团结在一起并积极地参加了保卫边区的武装斗争，今天在边区每一战线和每一岗位上，我们都看到了青年人的无比英勇的姿态。

今后敌后的抗战环境是更艰苦困难了，为要能够使我们战□今后可能遇到的一切困难和最后击溃日本帝国主义，纪念今年国际青年节，边区青年必须更加倍地巩固团结，更加努力发扬两年的积极性、创造性和英勇牺牲的精神，更英勇□广泛参加青年的武装，为捍卫边区的最坚强的先锋队伍；同时我们边区青年必须进一步地与全国青年亲密地携起手来，巩固我们青年内部的团结，建立钢铁般的青年战线，共同反对阻挠破坏青年团结和任何压制迫害青年的反进步反民主的罪恶行为，这样才能使全国青□在抗战中充分发挥其力量和作用，同时也只有这样才能使我们与全世界的革命青年共同结成强固的反对帝国主义掠夺战争的国际青年统一战线，以青年群众的有组织的力量和斗争来澈底粉碎和摆脱帝国主义屠杀世界人民和青年的战争灾祸。

九月一日，同样也是我们新闻工作者的纪念日，在这□国际国内形势极端严重的年代，纪念这个新闻记者的节日，我们新闻工作者不能忽视压□所带给我们的新的任务。在这样革命与反革命，正义与反正义的势力正在空前尖锐地斗□着的时候，我们新闻记者必须坚持正义的立场，并为正义的胜利而呼喊。我们应该向全世界人民大胆地宣布和揭发帝国主义与法西斯强盗的一切罪状，积极地鼓励发扬一切被压迫民族与人民的反帝反法西斯侵略压迫的英勇革命行动，并唤起世界广大人民对他们同情与援助。广泛地向人们宣告苏联社会主义建设的伟大胜利及其正确的革命的和平外交政策的成功，并号召全世界人民拥护他。特别是我们亲身投入神圣的抗日民族自卫战争坚持华北敌后抗战的晋察冀边区的新闻记者，应该坚持自己民族的立场，对敌寇、汉奸、投降派的一切阴谋欺骗，给以无情的打击，大量地充分地向全国人民和全世界人士反映中国人民，特别是我们晋察冀边区人民英勇奋斗坚持敌后抗战的模范事迹，并将边区这一敌后模范抗日民主根据地的各方面的新的进步的建设有计划地传播到全国各地和全世界。

同时我们更要高度地发挥新闻舆论的威力，严厉地反对与打击一切破坏抗战、团结、进步，与妥协投降的言论与行动，坚决拥护坚持抗战团结进步的主张，特别是在目前边区民主新建设中，我们边区的新闻工作者更要为这一新建设事业的胜利而奋斗，我们要坚决拥护中共中央北分局的双十纲领，动员广大边区人民为这一纲领的彻底实现而斗争。我们同样要进一步地与后方新闻工作者取得密切联系，使全国的新闻记者建立巩固的团结，以便集中全国舆论界的力量有效地朝廷抗日反汉奸的舆论斗争，在今天纪念"九一"记者节，我们必须百倍加强我们新闻舆论界的力量，进一步加强我们自己，使我们能够胜历史所交给我们的更艰巨的任务。

（原载一九四〇年八月三十一日《抗敌报》第一版社论）

胜利的完成边区参议会的选举

　　边区参议会的选举，是在边区党政军民亲密团结，坚持敌后抗战与边区县区村的新的民主建设已经获得了伟大胜利的基础上开展起来的。它是边区三年来坚持抗战与民主运动胜利的结晶。它是边区民主建设进入□阶段的总结。

　　边区参议会的选举，不仅会进一步的加强边区内部的团结，巩固与发展抗日民族统一战线，进一步实行新的民主建设，而且是在于他的贯澈到底的新民主主义的精神，为一切关怀中华民族独立自由幸福的人士所景仰，给全国坚持团结抗战的人士，以一种精神上的鼓舞和活生生的榜样，给游击区敌占区关怀祖国的人民以无限的兴奋与有力的推动，可以坚定全国人民胜利的信心。

边区参议会的选举，由于中共北方分局颁布了关于晋察冀边区目前施政纲领，给了边区人民以具体行动的指针，获得了千百万人民的热烈的拥护，使千百万参加选举的人民，把这一纲领，变成他们自己实际行动的指针。更加百倍的提高了他们对民主政治的新建设的信念，更有力的保证了边区参议会的选举，能够及时的胜利的完成。

一切宣传机关和广大群众应当动员起来，依据这施政纲领，在各种选举的会议上讨论，提出自己的提案和意见，造成更加普遍的竞选热潮，我们相信边区人民将根据这种施政纲领提案和意见，选举参议员，并实行对于参议员的监督。

边区参议会的完成，正是边区参议会建设的开始，这是一个伟大的任务，也是一个艰苦斗争过程，须要我们边区同胞以高度的创造精神去完成它：

一、我们认为参议会的第一项重要工作，即根据"双十"施政纲领及选民所提的各种提案和意见，制成各种法规或条例，如保障人权、改善人民生活、劳动法、婚姻法，以及关于政治经济文化各方面的建设方案，使参议会真正成为富于创造性的边区的最高的权力机关，成为敌后民主宪政运动的表率。

二、必须监督政府实行参议会的决议。

三、参议会的一□检查制度，必须切实建立起来，经常的检查政权中各种工作。

四、经常的征求人民的意见，反映群众的要求，充分保障群众团体的民主权利，根据这些意见和要求，不断的创造新法律，保障和调剂各阶层人民的利益。

（原载一九四〇年九月二日《抗敌报》第一版社论）

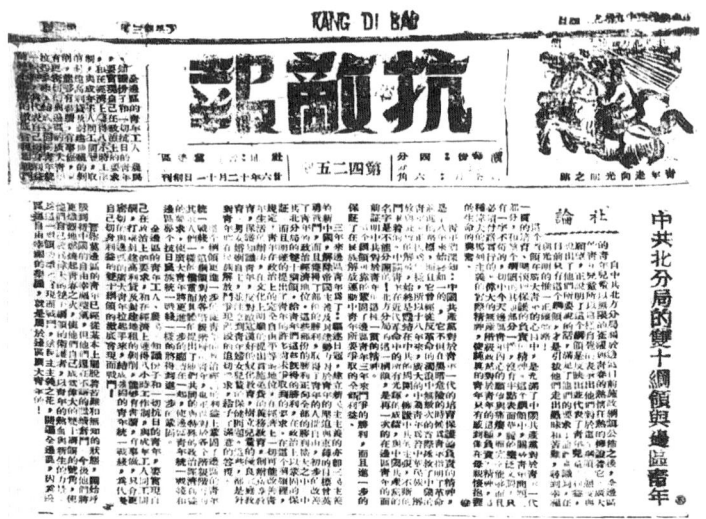

中共北分局的双十纲领与边区青年

自中共北方分局关于边区目前施政纲领公布之后，全边区的青年儿童以无限的雀跃与青春的热情狂热的拥护着它，广大的青年儿童所以这样自觉的表现出他们对于这个纲领的态度与愿望，正说明了这个纲领是反映出并代表了青年儿童□利益，说出了他们所要说的话，满足了他们的要求！他们认识到，在目前只有这个纲领，才是引拔他们走出愚昧和苦难，寻到幸福与光明的惟一正确的路！

这个纲领在广大青年的心目中，是充满了中国共产党对于青年一代一贯的培育、关怀与保护的负责的精神。这个纲领中，关于青年问题□部分，和整个纲领的其他部分一样，没有半点表面华丽的广泛文词，只有一字不苟的，切中今天边区青年内心的愿望与痛□，而完全能够而且必须付诸实行的。伟大的无产阶级政党对于青年的这种负责的精神，这种伟大的马列主义的实际精神，使纯真的青年只有感到像在母亲怀抱里的生命的兴奋。

青年们深知：中国共产党对于青年一代的培育保护的负责的精神，是十八年来始终如一的，它不但在黑暗危险的时候为青年指明了革命前进的路标，而且它曾经从反革命的浊浪中无数次的实际拯救了中国的青年。正因为这样，所以十八年来，广大的中国青年为着中华民族□解放与社会的解放，始终是团结在中共的周围，拥护中共的主张，不断的斗争着的。中国青年在近代革命中的所有光辉的成绩，与中国共产党的名字是不能分开的！北方分局的这一纲领，是再一次的在边区青年的面前证明中共对于青年的这种一贯的精神。

这个纲领可靠的巩固了边区青年三年来斗争的胜利，而且进一步的保证了在民族解放运动中青年所要争取的全部利益。

三年来边区青年为了：驱逐日寇，建立新民主主义的亦即三民主义的新中国，解除帝国主义及封建势力对于青年的压迫与束缚的目标曾英勇战斗，而且获得了部份的胜利，取得了青年的人权自由，初步的改善了青年的政治经济地位。这些部份的胜利正向全部的胜利扩大之中，中共北分局的双十纲领，给青年们这些既得的胜利，在政治上以巩固的保证□而且明确的提出了青年的许多尚未争取到的要求。在这个纲领里，规定了青年在政治上的完全自由平等的地位，在经济上一切可能改善青年生活的办法，在文化上明显的提出贯施免费的义务教育，创办高等教育，保护知识青年，反对敌寇汉奸的奴化教育，树立儿童的优良家庭教育，男女婚姻自由，并注意到青年妇女儿童的保健问题。这些，都是针对青年们在民族解放斗争现阶段的迫切要求，给予了满意的答复。

这个纲领更进一步的从青年的政治经济的利益上巩固了边区的青年统一战线。这纲领对于各阶级阶层的青年，也正是对于各个阶级阶层的其余人们一样的慎重而具体的提出了他们共同的与特殊的政治经济利益的要求，使广大青年将更进一步的团结在一起，使边区青年统一战线和边区整个抗日民族统一战线一样的将得到进一步的巩固。

全边区的青年工人、农民、知识份子和一切抗日的青年，要实现自己在政治上的要求，和在经济上获得八小时工作制，与成年工人同工同酬，打击封建高利贷及封建地租的剥削，能够有书读，有事做，只有更密切的与边区的广大青年拉起手来，结成强固的青年统一战线，为代表自己切身利益的双十纲领的澈底实现而战斗！

晋察冀边区的青年已经从基本上摆脱着苦难和无知的状态，开始呼吸到新中国的自由幸福空气，但他们还在不断的继续奋斗，今后他们将更炽烈地燃烧起青春之火，使他们自己成为伟大的双十纲领的号角，使他们自己成为伟大的双十纲领的卫护者，以青年的热血与新生的力量，为这一纲领的澈底实现而战斗，□民主主义之花，开遍全边区，因为边区这自由幸福的乐园，就是属于边区广大青年的！

（原载一九四〇年九月四日《抗敌报》第一版社论）

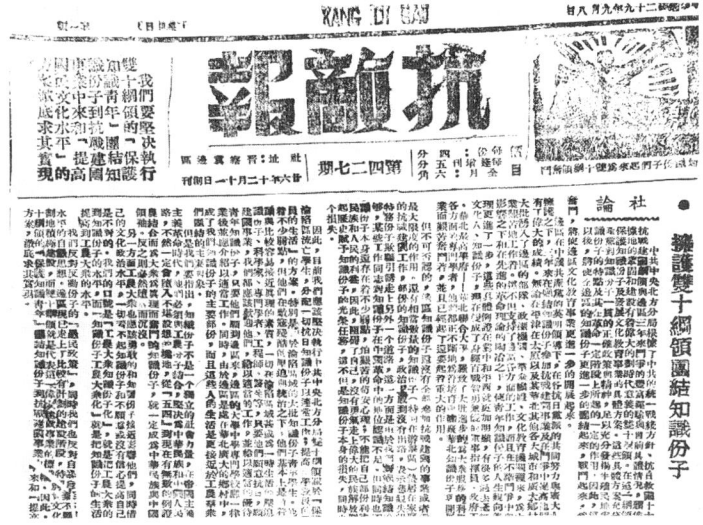

拥护双十纲领团结知识分子

中共中央北方分局根据了中共的统一战线方针、抗日救国十大纲领和国民政府抗战建国纲领与边区三年来斗争的丰富经验与目前具体情况，颁布了对边区抗日根据地的巩固和建设有着伟大的划时代意义的双十纲领。在这一纲领中明确的提出了保护知识份子及发展文化教育事业的具体方案。这些具体方案充分的表现出中国共产党对知识份子一贯的正确政策与精神，足以充分发扬半殖民地半封建的中国的知识份子的特点及其在革命一定阶段上所起的一定的作用，因此，这一纲领付诸实施以后，将使全边区的知识份子更进一步的团结起来，战斗起来，为抗战建国事业而奋斗，将使边区文化教育事业更进一步的开展起来。

边区在中国共产党的英明领导下，在各抗日党派的共同努力与广大人民的积极斗争与拥护之下，三年来在团结知识分子参加抗战建国事业及在斗争中提高他们的政治认识上已有了伟大的成绩。无论在平津在太原以及其华北其他各大城市和广大乡村中的知识份子，大批涌入了边区的部队、政权机关、群众团体、文化教育机关里来，为中华民族的解放事业艰苦地工作着。这不但支持了边区各方面的工作，而且在不断斗争中与广大工农大众的影响之下和在先进的革命理论的陶冶之下，使青年知识份子的人生观向着正确的科学的真理更进了一步，这些具体例证在冀中和平西就更加明显，有很多过去毫无军事政治经验的文化人、知识份子，现在变成了身经百战智勇兼优的军事指挥员，政府工作员和群众领袖。华北最高学府——华北联合大学，罗致了大批进步的为大众服务的科学、文学、艺术的各方面的专门学者，他们都正不断地为着培育与团聚华北知识份子□开展华北文化教育事业而艰苦奋斗着，并且已经起了还要起着重大的作用。

但不可否认的，边区知识份子还没有全部参加抗战建国的事业或者还没有起他应有的最大限度的作用。还有相当数量的知识份子（特别在游击区）蛰居在家庭中没有参加适当的抗战建国工作，部份的知识份子，政治上感到没有出路，表示悲观失望，或被顽固份子特务份子欺骗引诱走上另外一个道路，这一方面是由于我们对团结知识份子工作还做的不够，某些工作同志对知识份子在中国革命中的地位认识不足，但同时也不可否认，这些知识份子本身还存在着不少弱点，怕艰苦的苟安心理；不能把自己部份利益来服从整个国家民族和人民的利益，因此，阻碍了自己，没有勇气走上伟大的民族解放斗争的战场上去负起历史赋予知识份子的光荣任务，这不但是知识份子本身的损失，同时也是国家民族的一个损失。

因此，目前我们应该坚决执行中共中央北方分局双十纲领关于"保护知识青年，忧辑沦陷区流亡学生，分配一切抗日知识分子以适当工作；提高□学教员的质量，改良小学教员的生活"的方案。特别是□于沦陷区域的大批知识份子青年学生。他们本身虽然还存在着不少弱点，但他们在敌寇残酷的压迫与统治之下，他们基本上是有着比较觉悟的民族意识与比较容易接近真理的素质，一切在沦陷区域甚或为一时生活的压迫而为敌人服役的知识份子、科学家、专门学者、工程师、医生等，只要他们愿意抗日，愿意参加边区的抗战建国事业，我们都应该欢迎他们，给以适当的工作，并给以适当的优待。一切失学失业的青年知识份子，只要他们愿到边区来，边区的大学中学专门学校应一律允其免费入学，卒业后并应介绍以适当工作。同时，由于边区是处在华北广大的乡村中，因此，小学教员就成了我们知识份子的主要部份，而且这些人的生活是更接近于工农群众，今后应该成为我们团结的主要对象。

但是我们要指出，知识份子不是一个独立的社会力量，在帝国主义垂死时期与新民主主义革命时代，他们必须与工农份子结合，坚决为中华民族和中国人民的利益奋斗才有出路，不然一定会堕入不堪设想的境地，从"五四"到现在有无数的例证告诉我们，能和工农结合而为大众为真理而奋斗的知识份子，就一定成为中华民族与中国人民的优秀战士和领袖。反之则必然堕落而沉没。

另一方面工农大众也应该勇敢的和知识份子接近影响他们，同时借助于他们以提高自己的文化政治水平，一切看不起知识份子和不愿意或没有信心提高自己文化政治水平这都是不对的。我们的口号是"工农大众知识份子化"，就是把工农大众的文化政治水平提高到知识分子的水平，而"知识份子工农大众化"就是把知识份子的生活意识组织性坚定性提高到工农大众的水平。

我们反对反动份子的"愚民政策"，同时我们也反对自暴自弃不愿提高自己文化政治水平的自愚思想。边区现已走上了比较有计划的建设阶段，特别对文化教育事业正在有计划地积极建设，而双十纲领就是代表这一伟大建设事业的标□。因此，我们要坚决执行双十纲领的"保护知识青年"团结知识份子到抗战建国事业中来和"提高国民文化水平"的方案，澈底求其实现。

（原载一九四〇年九月八日《抗敌报》第一版社论）

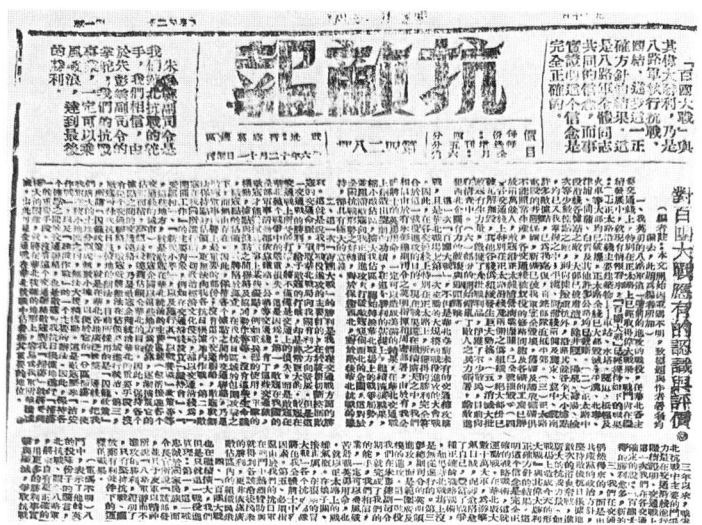

对百团大战应有的认识与评价

（编者注：本文开始因电码不明，致标题与作者署名均漏去，此题为编者所加）

一、我英勇的八路军这一空前的进攻的战役，在华北各主要交通线上，特别在正太路上已经取得伟大战果。战斗尚在继续发展中，就现有情报看来，"百团大战"已经获得如下的战果：（一）正太路沿线主要建筑物——车站、水塔、隧道、桥梁及火车等大部均已破坏，正太路全线已大部毁灭。平汉、北宁、津浦、同蒲、白晋及其他许多公路均已截断。（二）正太路中段沿线各据点之敌，大部已被肃清，除井陉、阳泉、寿阳、榆次等少数据点之敌，刻尚据险顽抗外，沿路其余各个大小据点，均已入我掌握之中；平汉、同蒲线两侧及冀东、冀中、冀南许多敌据点，已为我克复，前锋部队直抵平郊。（三）正太路东段的井陉煤矿，新矿已被我军完全毁坏，旧矿及阳泉铁矿俱不能照常生产，各交通线被奴役的修路同胞及各矿的工友已解放两万余人，敌寇沿正太线随□商业机关，已全被摧毁。（四）各交通线上特别在正太路沿线及两侧之伪组织，绝大部份已被瓦解摧毁，其他各线伪组织发生巨大动摇。（五）消灭大批敌寇有生力量，缴获了大批战利品，俘获了不少敌兵，目前尚在清查中。（六）部份的开始错乱了敌人之兵力部署，给敌进犯西北企图有利的破坏与迎头痛击。

这一次"百团大战"，不但是华北空前未有的交通总攻击战，且是华北战场上第一次主动的大规模的战役进攻的大会战。因此，在各交通线上特别在正太路上，所获得的胜利完全符合于这一战役进攻的目的。现在战果还在继续扩大之中，我们相信由于有朱彭总副司令之英明指挥和周密部署，由于有我全体将士的英勇□命，一定可以造成美满的结果，在华北交通战上创造出空前的功绩。在这个胜利的基础上，继续扩张战果，缩小敌占区，扩大我战区，开始转换华北战场上的战争局势，并阻滞敌寇向我正面进攻，打破敌寇窥伺西北的企图，这对于全国抗战形势之好转，对于保卫西北，对于敌后华北抗战的坚持，都具有极大的意义。

二、这一次"百团大战"的胜利是我们在交通战方面的胜利。这就是说我们战役进攻的主要目的，在于破坏切断控制敌寇的交通命脉，争取华北战局向我国有力之方向发展。但是这一交通战的胜利，给予敌寇的打击，却是非常巨大的。敌寇在交通战上所受的打击，将不仅仅是交通上的损失，而是敌寇在华北整个战争中的严重损失。这是因为：第一，敌寇在我国的全部军事活动都依靠铁路、公路等交通线，有了这些交通线，敌寇才能发挥其军事上某些优点，例如重兵器的使用，军队的机动，据点与据点之间联络及协同动作等等。没有这些生命线，敌寇点的占领，□将陷于孤立，在我抗日区域的包围攻击之下，而无由存在。因此，保持各个据点之间的交通联络，乃是敌寇军事部署上最重要的部份；没有这个交通联络，敌寇就无法保持点□占领，更无法向我各抗日根据地内作战。第二，敌寇在我国所进行的一切政治经济文化侵略，都以交通沿线为"开辟工作"的主要对象，例如在交通沿线设立"维持会"、"爱护村"、"新民小学"，以及施行其"以战养战"政策等等，这些地方，就是敌寇在华北统治的主要区域（包括接连各个交通线的城市）。敌寇企图以这些地方为依靠，逐渐扩展它的占领面积，梦想最后达到占领全华北的目的。因此，保持各个据点之间的交通联络，乃是敌寇企图统治华北的重要手段，没有这个交通联络，敌寇就将无法在占领区域进行统治。第三，敌寇对付我抗日根据地的办法，目前所采用的是"囚笼政策"，所谓"囚笼政策"，就是在华北各地广泛修筑□通线，把我们广大的土地分割成无数小块，以便于它的"分区扫荡"，使我军在狭小地区之内，无法大规模机动。这是敌寇历来"治安作战"，以及"建设作战"的一个主要的办法。因此，保持各个据点之间的交通联络，也是敌寇对我抗日根据地进行"扫荡"的重要手段。没有这个交通联络敌寇对我"扫荡"就将受到极大的困难，就将在华北复杂的地形上，容易为我军所击溃□灭。由此可见交通战在华北抗战中占着极其重要的地位。

三年以来，战争的过程，已经逐渐证明交通战已经成为华北抗战中主要的斗争形式之一，所以敌我双方历来都集结主要力量在交通沿线进行战斗，过去的事实证明，将来的事实还将继续证明。交通战上的胜败，可以影响到整个战局的胜败，而这一次我们在各交通路上进行总攻击战的大捷报，使我们敢于确定的说："百团大战"必将转换华北战争局势。这一次所获得的胜利愈多，新的战争局势就将对于我们愈加有利。

三、我们在交通总攻击战上，所获得的伟大胜利，并不是偶然得来的，而是由于：第一，华北的八路军坚决执行了中国共产党的政治方针，坚持抗日民族统一战线，坚持敌后抗日与坚持敌后抗日根据地。三年以来，在这一方针之下，进行了无数次的浴血奋战，进行了无数次艰苦的组织群众工作,与动员广大的抗战力量,如果没有上述这些工作,我们就不能在华北战场上造成今天的形势,也就不能进行"百团大战"。"百团大战"与其伟大胜利,乃是八路军执行抗战、团结、进步这一正确方针的结果,这是八路军全体同志共同的信念,而事实证明这个信念是完全正确的。第二,华北的八路军坚决执行了正确的战略战术,这就是以游击战为主,而不放弃有利条件下的运动战。在华北广大地区内,开展了广泛的游击战争,使敌寇数十万大军,为游击战争所牵制,迫使敌寇消耗日益增多,锐气日减,泥脚愈陷愈深;而八路军在长期的艰苦斗争中,锻炼了自己,丰富了战争的经验,稍蓄了自己的力量,如果没有这种正确的战略战术,如果没有执行这一正确战略战术的八路军,如果华北战场上没创造出敌寇这百般弱点,"百团大战"也是无从进行的。第三,"百团大战"所以获得胜利,还由于朱彭总副司令的英明领导,这一战役进攻,不是一个平常的战役进攻,而是范围广及华北合计包含着一百个团以上兵力的大规模的进攻。这一战役准备工作、组织工作是非常艰巨的。但我们在朱彭总副司令的英明领导之下,经过一个短短的准备时期,就完成了我们的战役部署。朱彭总副司令是我们华北抗战的舵手,我们相信,由于朱彭总副司令的掌舵,我们的抗战事业,一定可以乘风破浪,达到最后的胜利。第四,全体将士艰苦奋战英勇用命,也是"百团大战"获得胜利的主要原因之一。就以正太路上的战斗而言,无数次显示了我们传统的民族英雄气概。在娘子关、井陉的冲锋陷阵,在独脑山争夺战中的再接再厉,在狼□的冒毒奋进,都说明了我们八路军参加"百团大战"各个抗日部队是无比英勇,而这个无比的英勇精神,更将在我全体将士中发扬滋长起来,为今后争取新的胜利的重要因素。第五,必须指出我们在华北抗战中所获得的一切胜利,还由于我们的抗日军队与广大民众亲密合作,还由于广大民众在战斗中热烈赞助与积极参加,这一次各个交通线,始终我们就得到各该沿线民众极有力的帮助。今后我们要扩大交通战争的胜利,更非依靠广大民众力量不可。因此,目前对收复区及敌占区内的组织民众、武装民众工作也是必须加紧的。

四、"百团大战"尚在向前发展之中，各交通线上的战果也在继续扩大，我们目前还不能对这一战役作出最后的总结，但是只就这一战役进攻的已得胜利看来，已经证明了下列几点真理：第一，这一战役进攻胜利，证明了共产党与八路军真正忠诚于国家民族，而且为国家民族建树了不少战绩，正如卫司令长官所说"该部发动'百团大战'，不惟予敌寇以致命打击，并且予友军以精神上之鼓励"。这一事实就已经把投降份子所说"八路军游而不击"的诬蔑完全粉碎了。第二，这一战役进攻的胜利，证明了共产党与八路军的抗战主张是完全正确的，只有坚持抗战、团结、进步，只有坚持以游击战争为主而不放弃有利条件下的运动战的敌后抗战的战略方针，才能得到这样的战果。

（电码不明）八路军全体指战员，在无数次向敌进攻的战斗中，表示了他的英勇，这一事实应该把那些成天咒诅八路军的投降份子的□言，打得粉碎了。事实胜于雄辩，一切关心华北抗战、关心八路军的同胞，对于这一次"百团大战"的胜利，将来自有更正确的评价，我们只有更加努力去扩大如今胜利，用更多的胜利事实，去告慰全国同胞，给敌寇更多更大的打击与歼灭，争取抗战的胜利。

一九□□年九月二日

（原载一九四〇年九月十日《抗敌报》第一版社论）

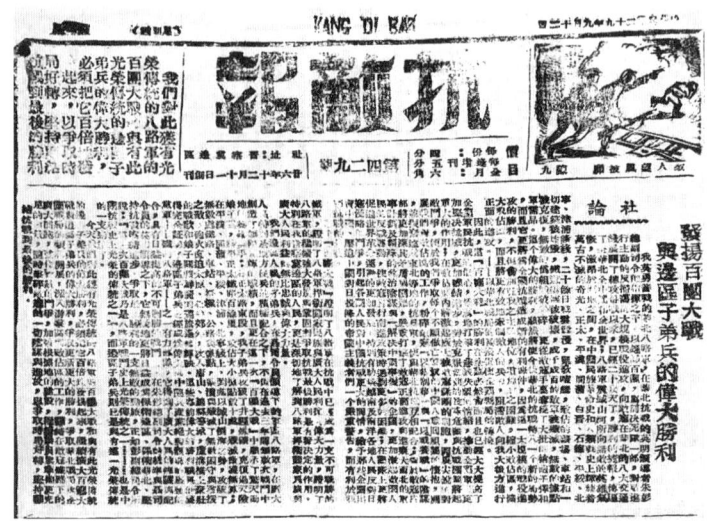

发扬百团大战与边区子弟兵的伟大胜利

我英勇善战的华北八路军,在华北抗战的英明领导者朱彭总副司令的指挥之下,以雄师百团,□□决死队一部,对敌进行主动的反"扫荡"的大规模战役进攻,向敌寇在华北的八大交通线展开了总攻□战以来,已经二十□天了,胜利的捷报,传遍了全华北全中国和全世界;八路军震撼山河所向无敌的英雄气慨,激昂于天地之间,在中国民族革命史和人类战史上辉煌着万古不灭的奇光。正太、平汉、同蒲、白晋、石德、平绥、北宁、津浦干线,二十余日战云弥漫,凯歌喧腾,敌占的矿场、车站和一切建筑被炸毁,铁道桥□被破坏,成千成百的敌军被歼灭,无数的据点被克复,无数的伪组织被粉碎,更从敌寇手里夺获了大批的枪炮子弹和军需品。这个伟大的胜利,虽然将使今后华北的抗战转入一个新的局势,而且它更将为全国抗战造成新的有利条件,因为这一大规模的战役进攻的胜利,不但会加强我之□地位,增加□之困难,缩小敌占区,扩大我占□,而且将更有效地牵制敌人的兵□,阻滞敌人向我大后方进行正面的进攻。——以华北战局的转换促使全国战局的转换。

因此,这"百团大战"的胜利在全国必然会而且也已经大大提高了全国军民抗战的信心,严厉地打击了悲观失望的情绪,推动全国军□更加坚决抗战,更加团结进步,对于克服当前的□□危机与抗战困难将起重大的作用;在敌□□内将激起广大被敌寇蹂躏的同胞,开展尖锐的对敌斗争,便于我们争取每个不愿做亡国奴的中国人重回祖国的怀抱,开展我们对敌占区的工作,粉碎敌寇"以华制华"与"以战养战"的阴谋,并振奋远□东北等地的抗日军,使与华北抗战互相配合;□于敌寇内部将更加深其矛盾与困难,严重打击了敌寇正面进攻与进□大西北的军事计划及□降的政治阴谋与"解决中国事变"的企图,更加激起敌国人民的反战运动,使敌寇实行南进政策时遇到更多的困难;在□□上更将促进世界革命运动的更加发展,特别有助于越南及南洋各地人民反对日寇侵略的斗争,引起各国人民对中国抗战更大的同情,给予那些企图出卖中国、压迫中国对日投降的帝国主义者们一个严重警告,而有利于我国抗战的发展。

这个"百团大战"证明了八路军在抗战中已经成为一支不可战胜的铁军,证明了八路军捍卫国家民族与广大人民利益的伟大力量,证明了八路军的继续强大发展与巩固对争取抗战最后胜利是有着决定的作用。特别在我晋察冀边区的人民,更是深切地了解到八路军捍卫国家民族与广大人民利益的无比忠诚与伟大力量。

我们边区人民的子弟兵,在聂司令员领导下的军区八路军,在广大人民特别是地方民兵的积极配合之下,不仅在过去三年间无数次战斗中创造了无限光辉的战绩,而且更在这一次"百团大战"中展示了惊天动地的英雄身手：在正太路东段，我子弟兵攻破了井陉煤矿，克复过天险娘子关，踏平正太铁路百余里，攻占大小据点数十处，歼灭敌寇无算；在平汉、同蒲、平绥、津浦、北宁线上，到处以撼山倒海之势，攻破了无数处铁路、车站、桥梁、公路与据点，击溃与歼灭了无数困守与增援之敌。炮火□迫太原、□□郊外，攻入唐山、蓟县等城，卢沟桥上豪壮的战歌和娘子关头□丽的国旗遥相辉映。这些空前伟大□□□□□□的□得完全证明了边区子弟兵已经成为伟大的中国共产党绝对□□□□□□的党军——铁的八路军——之一有力部队，它得到了广大人民的拥护与配合，具有日益提高的不可战胜的战斗□。在朱彭总副司令的统率与聂司令员的英□领导之下，它无疑地更将日益成为保卫边区、保卫华北、坚持抗战团结进步，争取最后胜利的一支无敌的劲旅，正如彭副总司令所说："这一次百团大战乃是八路军战斗史上光荣传统之一……也是中国抗战史上光荣的传统之一"，而边区子弟兵则已是与有这一光荣传统的一支劲旅了。

今天我们将此获有光荣传统的八路军的百团大战和与有此光荣传统的边□子弟兵的伟大胜利，必须把它百倍地发扬起来，继续扩大百团大战与边区子弟兵的伟大胜利，争取更新更大的胜利，争取华北战局与全国战局的顺利开展，深入游击区与敌占区的工作，团结在敌寇铁蹄下的广大同胞，强化□敌的斗争，加强根据地的建设，继续动员与□□更充足的力量，随时击碎敌寇的一切阴谋与进攻，以争取时局好转，坚持团结抗战到最后的胜利。

（原载一九四〇年九月十二日《抗敌报》第一版社论）

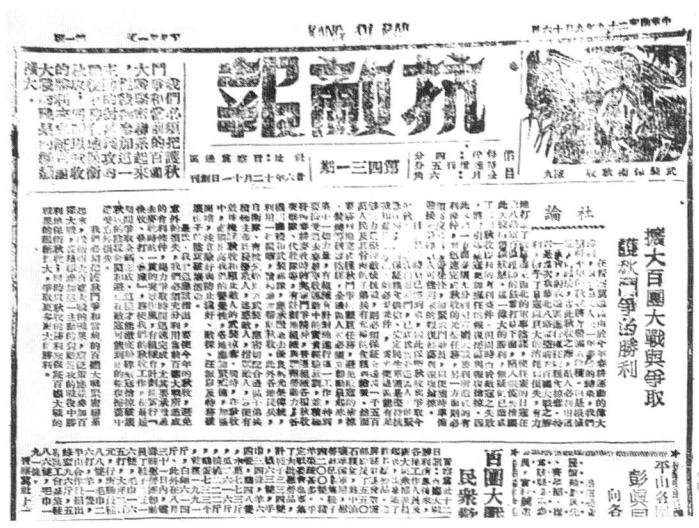

扩大百团大战与争取护秋斗争的胜利

在晋察冀边区由于今年春耕运动的伟大胜利，□□□□人民一年辛劳的结果，我们预料今年的秋收将有丰满的收获。但是根据□□□经验，当此秋收之际，敌人必利用这一机会，对我边区进行疯狂的粮食掠夺，特别是这次我华北八路军空前的百团大战之胜利，给予了日寇以巨大的消耗与损失，有力地打击了□□进□西北的军事阴谋，使狂妄的日寇在我八路军百万雄师的严重打击下面，陷入张慌失措顾此失彼的□□状态。这一伟大的胜利，无疑的已造成了□□秋收胜利的有利条件。但同时由于敌寇之失败，将会引起敌寇更加疯狂的报复"扫荡"与报复抢掠。因此□□一方面必须充分利用百团大战胜利所造成的有利条件，而迅速完成秋收的光荣任务，另一方面则必须高度□□警觉性，加紧战斗动员，以便随时准备迎接和粉碎敌人可能带来的报复"扫荡"与报复抢掠。

目□前秋□时□已经到来，因此保卫秋收与争取今年秋□□□□利而战斗，已成为□□边区人民的紧急□□；□□保证粮食供给、安定民生军需是坚持抗战和□□□□□□的必要条件，为要使边区能有足够的力量坚持敌后抗战，则必须保证全边区一千五百万人民及其骨肉的子弟兵有充裕的食粮与给养。然而要胜利地完成护秋斗争的艰巨任务，避免敌寇的抢掠、焚烧等破坏阴谋，全边区人民必须立即动员起来，集中一切力量，有组织有计划地进行这一工作，特别要接受过去春耕麦收运动中的宝贵经验教训，并积极发动春耕麦收时的完整斗争精神，普遍组织各种秋收突击队、代收队等，有计划地组织与调剂劳动力；各机关团体和武装部队，应承继过去优良的光荣传统，利用一切闲暇，积极参加帮助秋收。此外各地民兵、自卫队、青抗先等地方武装，应密切配合边区子弟兵积极主□□袭扰敌人，迷惑敌人，拑制敌人，以便有效地掩护秋收和阻止敌人的武装掠夺。同时，在秋收中，必须提高我们的警觉性，各地应加紧戒备，加强岗哨，注意除奸与防止汉奸、敌探、汪派以及特务破坏份子的阴谋破坏活动。

最后，我们还应该指出，要使今年的秋收，避免意外的损失，我们必须充分利用当前百团大战所造成的有利条件，竭力争取时间迅速完成，尤其要承继过去麦收时的一贯的突击作用，有组织有计划地实行"快收、快打、快藏"，务使我们的秋收工作，在最短期间争取全部完成，这样才能澈底粉碎敌寇抢掠破坏秋收的阴谋企图和避免在敌寇可能到来的报复"扫荡"中遭受意外损失。

我们必须把护秋斗争和当前的百团大战紧密联系起来，继续扩大百团大战的战果，广泛策应并参加百团大战，从积极参加这一主动的对敌进攻的战役中胜利地保卫秋收；同时以秋收的胜利来保证百团大战的战果的继续扩大，争取更多更大的胜利。

（原载一九四〇年九月十六日《抗敌报》第一版社论）

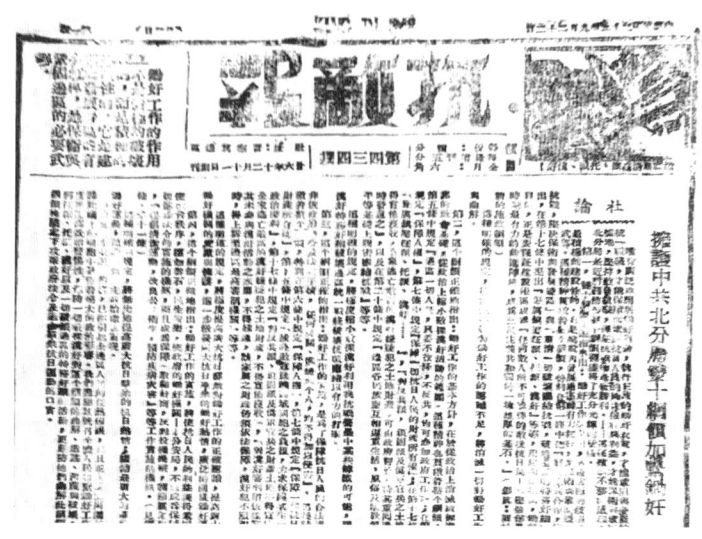

拥护中共北分局双十纲领加紧除奸

唯有广泛地开展锄奸运动,执行正确的锄奸政策,才能巩固与发展抗日民族统一战线,才能保障□□□抗日人员的□□□□□利益,才能保卫与巩固抗日根据地,坚持敌后抗战,保证抗战□□□胜利。——这样□□不移的道理,□中共北分局最近所□布□□十纲领里获得了充分光辉的□□。

第一,双十纲领□□指□出:锄奸工作□□□,□□□极的破坏□□,而最积极的建设性的,□是建设与发展□□□□□有力杠杆,□□□与巩固边区的必要武器。这种精神贯澈着整个纲领,特别在第一条中把"□□国共合作,坚持团结抗战,坚决保卫与发展边区"与"肃清一切破坏团结抗战，破坏□□的特务奸细"联系提出，在第十七条中提出"严厉镇压汪派、托派、汉奸"等等，用以明确指出，锄奸工作的目的，正是要保证建设边区成为"任何敌人所不可战胜的敌后抗日民主的坚强堡垒与反攻时期最有力的前进阵地，成为三民主义共和国的一块雄厚的基石。"（彭真：关于我们目前的施政纲领）

这种明确的规定，□□□□□对锄奸工作的认识不足，将消灭一切对锄奸工作的误解与曲解。

第二，这个纲领正确地指出：锄奸工作的基本方针，在于从政治上消灭敌探汉奸所依靠的社会基础，从政治上缩小敌探汉奸活动的范围。这种精神也贯澈着整个纲领，特别在第五条中规定"边区一切人民，只要不投降，不反共，均可参加政府工作"；在第六条中规定"保障人权"，第七条中规定"保障一切抗日人民的财产所有权"，在第十七条中规定"严厉镇压汪派、托派、汉奸……"，"对反共派、顽固派及伪军官兵之土地财产不得宣布没收，全家逃亡敌区的汉奸嫌疑犯之土地财产，可由政府暂管，待其重回边区抗日时发还之"，以及在第二十条中规定"边区各民族应互相尊重生活、风俗及宗教习惯，在平等基础上亲密团结抗战"等等。

这种明确的规定，将极度缩小敌探汉奸利用我抗战营垒中某些罅隙的可能，将予敌探汉奸特务奸细破坏边区统一战线破坏抗战团结以有力的打击。

第三，这个纲领正确的指出：锄奸工作的实施，是为了保障抗日人员的合法权利，"非依政府法令及法定手续，任何机关、团体或个人，均不得加以侵害"，这种精神□贯澈着整个□□，特别在第六条中规定"保障人权"，第七条中规定"保障一切抗日人民的财产所有权"，第十五条中规定"减轻敌寇蹂躏区域同胞之负担，力求保护其生命财产及政治权利"，第十七条中规定"对反共派、顽固派及伪军官兵之财产土地不得宣布没收；全家逃亡敌区的汉奸嫌疑犯之土地财产，不得宣布没收"，"对汉奸审判须依确实证据，其未参与汉奸活动之家属，不得株连，该家属之财产仍须依法保障，汉奸犯不服初审判决时，得上诉至边区最高审讯机关"等等。

这种明确的规定，将极度提高广大抗日群众对锄奸工作的正确认识，提高广大群众对爱戴与拥护，进一步派发广大抗日群众的锄奸热情，广泛的开展锄奸运动。

第四，这个纲领正确地指出：锄奸工作的实施，将使抗日人民的利益获得巩固保障，使社会秩序，稳如盘石，民生安乐，使政府的锄奸机关——公安局，不但成为保障政府一切进步法令的实施的机关，而且成为保障"取缔奸商，反对投机操纵，调节粮食和物价"，"提倡清洁运动，改良公正卫生，预防疾病灾害"等等工作实施的机关。（见纲领第十条、第十一条）

这种明确的规定，将无比地提高广大抗日群众的抗日热情；团结最广大的群众，开展锄奸运动，保□□□□主政治澈底实现。

□自从三个纲领□□□，已经引起全边区人民的狂热拥护，并且正□□□□周围在敌寇铁蹄蹂躏□□同胞中□□着绝大的政治影响。我们还应该号召全体人民加紧锄奸工作，最高度地提高政治警惕性，严防一切敌探汉奸对这个纲领的曲解、造谣、污蔑与破坏，严防任何汪派、托派、汉奸以及一切破坏边区的特务奸细的活动，更严防他们曲解此纲领或在此纲领掩□之下攻击政府法令及边区群众抗日运动的口□。

（原载一九四〇年九月二十二日《抗敌报》第一版社论）